KB239640

파렁 판타지 장편 소설

FANTASY FRONTIER SPIRIT

브레이브

THE BRAVEST OF THE BRAVE

브레이브 1

파령 판타지 장편 소설

초판 1쇄 찍은 날 § 2006년 9월 16일
초판 1쇄 펴낸 날 § 2006년 9월 26일

지은이 § 파령
펴낸이 § 서경석

편집장 § 문혜영
편집책임 § 최하나
편집 § 문정흠

펴낸곳 § 도서출판 청어람
등록번호 § 제1081-1-89호
등록일자 § 1999. 5. 31
어람번호 § 제1-0749호

주소 § 경기도 부천시 원미구 심곡1동 350-1 남성B/D 3F (우) 420-011
전화 § 032-656-4452 팩스 § 032-656-4453
http://www.chungeoram.com
E-mail § eoram99@chollian.net

ⓒ 파령, 2006

ISBN 89-251-0316-8 04810
ISBN 89-251-0315-X (세트)

BRAVE

파령 판타지 장편 소설 **1** _ 검의 길

FANTASY FRONTIER SPIRIT

브레이브

THE BRAVEST OF THE BRAVE

도서출판 청어람

C O N T E N T S

서문(序文) /6

Chapter 0 검의 길 /9

Chapter 1 아렌 /16

Chapter 2 훈련 /29

Chapter 3 검을 쥐다 /55

Chapter 4 네린 /76

Chapter 5 보라색의 괴신사 /111

Chapter 6 바카스 /143

Chapter 7 시험 /168

Chapter 8 미래를 위한 이별 /190

Chapter 9 6년의 흐름 /230

Chapter 10 달콤한 /243

Chapter 11 광검(光劍) /274

Chapter 12 여정 /298

Chapter 13 제국의 검 카고라스 /319

서문(序文)

　안녕하세요? 파령입니다.

　전작 비상을 완결한 지 오랜 시간이 지난 지금에서야 다음 작품으로 이렇게 찾아뵙게 되었습니다.

　그동안 많이 고민도 하고 노력도 했습니다. 또 많은 분들이 도와주셨고, 용기를 북돋워 주셔서 결국 이렇게 새로운 글을 선보이게 되었습니다.

　이 자리를 빌어 조언과 질책을 아끼지 않고 많은 도움을 주신 금강 선생님과 현우 형님을 비롯한 일산에 사시는 여러 형님들, 그리고 누벨바그와 연무지회의 많은 분들께 감사의 인사를 전합니다. 또 제 글을 재미있게 읽고 하나하나 소중한 댓글로 힘을 주신 모기와 문피아의 독자님들께도 감사의 인사를 전하고 싶습니다.

　브레이브는 용기란 뜻의 단어입니다.

　전 이 용기라는 것이 일정하게 정해져 있는 것이 아니라 수많은 형태로 존재하는 것이라고 생각합니다.

　스스로를 믿는 것, 다른 사람을 믿는 것, 멈추지 않고 앞으로 나아가는 것, 때로는 멈추고 주변을 둘러보는 것 등등의 많은 것들이 바로 용기입니다.

어떻게 보면 세상을 살아가는 데 있어서 크게 필요하지 않는 것이기도 하며, 또 어떻게 보면 반드시 필요한 것이기도 합니다.

그 용기란 것을 이 글에 담아보고 싶었습니다.

어수룩하고 겉보기엔 보잘것없어 보이는 아렌이라는 인물이 여러 이들과 함께 어울려 많은 것을 배우고 깨달으며 성장해 가는 동안 조금씩 용기를 키워 나가는 모습을 보여드리고 싶었습니다.

제 글 솜씨가 아직 부족해서 기대에 못 미치게 될까 두렵지만, 부디 이 글을 읽는 동안만이라도 즐거운 시간 보내시길 기원하며 여기서 줄이겠습니다.

2006년 부산에서
파령(芭零).

검의 길

우리 할아버지는 바보다.

할아버지는 평소엔 아무런 일도 없이 그저 집 안에서 맴돌다가 가끔 누군가 찾아오면 방 한쪽에 놓여 있는 쇠막대기를 잡곤 밖으로 나간다. 그리고는 찾아온 누군가의 쇠막대기와 할아버지의 쇠막대기가 이리저리 부딪치기 시작하고, 그것은 결국에 할아버지의 쇠막대기가 저만치 날아가거나 아니면 상대의 쇠막대기가 할아버지의 몸에 닿으며 끝이 난다.

이게 내가 기억조차 나지 않는 어릴 때부터 봐왔던 장면이다.

옆집의 아주머니가 그러는데 할아버지의 이 일은 사실 내가 태어나기도 훨씬 전부터, 그러니까 할아버지의 아버지 때부터 시작됐다고 한다. 그 말끝에 나더러 불쌍한 녀석이라며 머리를 쓰다듬었는데, 아주머니의 말을 이해할 수 없어 할아버지께 여쭤봤더니 할아버지는 이상한 표정을 지으시며 크면 다 알게 된다고만 하셨다.

아참, 이게 중요한 게 아니었지.

내가 할아버지더러 바보라고 한 것엔 다 이유가 있다.

내 유일한 취미는 할아버지의 일을 지켜보는 것이다. 이 주변엔 친구라고 할 만한 또래의 아이들도 없고, 그렇다고 다른 할 일이 있는 것도 아니었기 때문에 할아버지의 일을 지켜보는 게 유일한 취미가 됐다.

아주 어릴 때는 아무런 생각 없이 그냥 지켜봤다.

처음엔 괜찮았는데 쇠막대기가 움직이기 시작하면 눈에 보이지 않았다. 하지만 가끔가다가 쇠막대기끼리 부딪쳐 캉캉! 소리 내는 것이 재미있었고, 그때마다 햇빛에 비쳐서 번쩍번쩍거리는 게 멋져 계속해서 그것을 지켜봤다.

조금 자라자 쇠막대기가 검이라 불린다는 것을 알게 되었다. 그리고 할아버지의 일이 대련이라는 것이고, 언제나 할아버지가 지고 있다는 것도 알게 되었다.

조금 더 자라자 처음엔 움직이기 시작하면 보이지 않던 검이 보이기 시작했다. 제일 처음 보인 게 바로 할아버지의 검이었고, 그 다음부터는 다른 사람들의 검도 조금씩 보이기 시작했다.

검이 이리저리 움직이는 게 너무 신기해서 더 집중해서 보았다. 그러자 얼마 지나지 않아 할아버지의 검이나 할아버지를 찾아오는 사람들의 검을 잠시도 놓치지 않고 모두 볼 수 있게 되었다.

네 살 무렵에 할아버지 몰래 할아버지의 검에 손을 댄 적이 있다. 그때 검은 내가 생각했던 것보다 훨씬 더 무거웠다. 게다가 검의 날이란 부분은 매우 날카로워서 자칫 잘못하면 크게 다칠 것 같다는 생각에 함부로 들지 못했다.

검을 들기 위해선 힘을 키워야 한다는 걸 깨닫고는 그때부터 운동을 시작했다. 그 뒤 내가 검을 들기까지 다섯 달이란 시간이 걸렸다.

처음엔 그저 호기심에 검을 들고 싶었는데, 막상 검을 들고 나자 할아버지와 다른 사람들이 검을 휘두르는 모습이 생각났다. 나는 머리 속에 떠오르는 검의 움직임대로 따라 해보고 싶었다. 하지만 역시나 아직 내게는 검을 휘두를 만한 힘이 없었다. 다시 검을 휘두르는 데까지 세 달이란 시간이 걸렸다.

수월하게 검을 휘두를 수는 없었지만 나름대로 할아버지와 다른 사람들의 검을 생각하며 열심히 움직였다. 하지만 휘두르면 휘두를수록 할아버지나 다른 사람들의 검과는 다르다는 것을 깨닫게 되었다.

그때부터 할아버지의 대련을 더욱 유심히 지켜보기 시작

했다. 아무런 의미도 없이 그저 눈으로 검만 좇던 예전과는
달리 이번에는 검이 움직이는 모습을 집중해서 지켜보았고,
그것을 깊숙이 기억해 놓았다가 나중에 떠올리며 할아버지
몰래 검을 휘두르곤 했다.

다시 몇 달이 지나자 마침내 조금씩 사람들의 검이랑 비슷
해져 간다고 생각이 들 때쯤, 결국 할아버지께 검을 휘두르는
장면을 들키고 말았다. 할아버지는 내가 검을 휘두르는 걸 잠
시 멍하니 지켜보더니 곧 얼굴이 하얗게 사색이 되어 내게서
검을 빼앗았다. 그리고는 절대 다시는 검을 휘두르지 말라며
야단치셨다.

언제나 내게는 다정하시던 할아버지가 그렇게 화내는 것
은 처음 보았기에 나는 그저 고개를 끄덕일 수밖에 없었다.
그후부터 나는 검을 들지 못했다.

하지만 언제고 다시 검을 들 수 있도록 힘을 키우는 것을
잊지 않았다. 아니, 이전보다 검을 잘 휘두르기 위해 힘을 더
키워야겠다고 생각했다. 그리고 할아버지의 대련 모습을 더
욱 세심하게 관찰하며 보게 되었다.

할아버지는 내가 검을 휘두르는 걸 본 다음부터는 할아버
지의 대련을 지켜보는 걸 달갑지 않게 여기셨지만 내 유일한
취미가 그것뿐이라는 것을 알기에 막지는 않으셨다.

시간이 흘러 일곱 살이 됐을 때쯤 할아버지의 대련에서 이
상한 변화가 일어났다. 아니, 정확히 말하자면 내 눈에서 일

어난 변화였다.

　이상하게도 어느 순간 검이 갈 방향이 보이기 시작했다. 검은 아직 그쪽으로 움직이지 않는 데도 검이 어디로 갈 것인지 보이기 시작했다. 할아버지의 검은 물론이고 시간은 조금 걸렸지만 다른 사람들의 검도 마찬가지였다. 그리고 그것은 한 번의 틀림도 없이 정확했다.

　곧 내 눈에는 검이 갈 방향 자체가 마치 긴 실로 이어져 있는 것처럼 보이기 시작했다. 실로 이루어진 검의 방향은 한번 정확히 머릿속에 들어오면 절대 지워지질 않았다. 아주 신기한 변화였다.

　그때부터였다.

　검이 어디로 갈지 보이기 시작하자 그것을 상대하기 위해선 내가 어디로 검을 움직여야 할지, 그리고 어느 방향으로 움직여야 상대가 내 검을 막기 힘들 것인가 하는 생각이 들기 시작했다. 직접 검을 휘두를 수는 없었지만 그 생각 자체가 내게는 굉장한 재미였다.

　그러다가 문득 할아버지를 보았다. 할아버지의 검은 언제나 내 인상을 찌푸리게 만들었다. 할아버지의 검은 느렸으며, 검이 만들어내는 실은 엉킨 듯 어지럽기 그지없었다. 그리고 상대의 검은 언제나 그 엉킨 틈을 쉽게 뚫고 할아버지에게 다가갔다.

　검을 휘둘렀다가 호되게 혼난 뒤로는 할아버지에게 검에

대한 얘기를 꺼내지 않았지만 결국 참다못해 할아버지에게
처음으로 검이 이상하다고 말했다.

할아버지는 처음엔 대수롭지 않게 들었지만 내가 마치 손
에 검이라도 들고 있는 것처럼 모습을 취하고 할아버지의 검
이 가진 단점을 직접 표현하며 얘기하자 곧 진지한 표정을 지
으셨다. 그리고 마지막에 상대의 검을 이길 수 있는 작은 수
법을 얘기하는 대목에선 탄성을 터뜨리셨다.

할아버지는 내게 어떻게 그런 사실을 알았냐고 물으셨고,
난 내게 일어난 변화를 있는 그대로 다 얘기했다. 내 애길 들
은 할아버지는 다른 사람에게는 절대 그러한 이야기를 하지
말라고 당부하셨다. 다급한 할아버지의 당부에 난 영문도 모
른 채 고개를 끄덕였다.

얼마 뒤 할아버지는 다시 대련을 하셨다. 이번 상대는 제법
날렵한 데다가 힘이 담긴 검을 구사했다. 하지만 내가 할아버
지에게 알려 드린 방법으로 어렵지 않게 깰 수 있는 검이기도
했다.

할아버지는 상대를 맞아 힘겹게 싸우셨다. 할아버지는 이제
나이가 너무 많아 검에 담긴 힘도 속도도 이전과 비교할 수 없
을 정도였다. 하지만 천천히 내가 알려준 방법대로 상대를 이
끄셨다. 그리고 마침내 상대의 검을 깰 수 있는 기회가 왔다.

할아버지의 검에선 실이 뿜어져 나와 상대의 가슴을 꿰뚫
고 있었다. 내가 생각하는 최상의 검이었다. 역시 할아버지의

검도 그쪽으로 움직이고 있었다. 그런데 어느 순간 할아버지의 검이 멈칫했다. 마치 생각에 잠기신 듯했다.

그 순간을 뚫고 상대의 검이 최상의 검이 가르는 틈을 막아버렸다. 할아버지의 행동이 의아했지만 아직도 기회는 남아있다고 생각했다. 하지만 할아버지의 검은 내가 알려준 방법이 아닌, 예전 할아버지의 검으로 돌아가 있었다. 여전히 할아버지의 검에서 흘러나온 실은 잔뜩 엉켜 풀릴 줄 몰랐고, 상대의 검은 그 틈을 너무나도 쉽게 뚫고 들어갔다.

결국 그날도 할아버지는 지고 말았다.

밤이 되어 할아버지께 이유를 물었지만 할아버지는 그저 웃으시며 내게 말하셨다.

"힘에는 반드시 그에 따르는 책임이 있단다. 하지만 난 너무 늙어서 책임을 질 자신도 용기도 없구나."

내가 아직 어리기 때문인가? 나로서는 도저히 이해할 수 없는 말이었다. 할아버지는 그 외에도 내 검이 나 스스로 완전해졌다고 생각하기 전에는 남에게 함부로 보여주지 말라고 하셨다.

할아버지는 어째서 이길 수 있는 대련에도 지셨을까? 어째서 내 검을 남에게 보여주지 말라고 하시는 걸까?

이런저런 생각이 들었지만 결론은 하나다.

우리 할아버지는 정말 바보다.

아렌

세상엔 통과점이라는 것이 있다.

다음을 위해 거쳐 가야 하는 곳, 그것이 바로 통과점이다.

세상 사람들은 살아가면서 많은 통과점을 거치고 다음으로 넘어간다. 때로는 그 통과점이 자신과 전혀 상관 없는 사람일 수도 있고, 가장 친한 친구일 수도 있으며, 사랑하는 가족이 될 수도 있다.

통과점을 통해 사람은 더욱 앞으로 나아가려 하고, 통과점을 통해 조금씩 성장해 간다.

팔시아 용병 길드에도 이런 통과점이 있다.

팔시아 용병 길드는 대륙 최초의 통일제국인 바티스타 제국의 변방에 위치한 용병 길드이다. 그다지 유명하지도 않으며, 그저 인근에서 벌어지는 의뢰를 자신의 길드에 소속된 용병들에게 소개시켜 주고 그에 합당한 대가를 받는 것으로 유지되는 곳이다.

그런 팔시아 용병 길드가 자리 잡은 변방 도시 토루의 한 귀퉁이엔 외딴집이 지어져 있었다.

어딜 보나 평범한 집임에 분명했지만 토루에 사는 사람들은 그곳이 팔시아 용병 길드의 통과점이 사는 곳이라는 걸 알고 있었다.

그곳에는 한 노인과 손자가 살았다.

노인이 하는 일은 팔시아 용병 길드에서 첫 의뢰를 맡을 초보 용병들과 대련을 해주는 것이었다.

노인은 강하지도 너무 약하지도 않은, 그저 적당히 약한 검술 실력을 가지고 있었다. 때문에 의뢰를 맡을 초보 용병들은 그와 대련하여 이김으로써 스스로의 검에 대한 자신감을 북돋울 수 있었던 것이다. 그리고 노인은 그 대가로 일정한 돈을 받았다.

팔시아 용병 길드의 통과점인 노인의 역할은 패배하는 것이었다.

그 노인은 손자와 함께 살고 있었다. 노인의 일을 싫어한 하나뿐인 아들이 집을 뛰쳐나가 15년 만에 돌아오며 데리고 온 손자였다. 그렇게 돌아온 아들은 얼마 지나지 않아 병으로 죽었다.

손자의 이름은 아렌이었다. 노인은 그렇게 아렌과 단둘이 살게 되었다. 그것이 10년 가까이 되었다.

당시엔 젖먹이였던 아렌이 어느덧 열 살의 소년이 되어 있었고, 노인은 자신의 생명이 얼마 남지 않았다는 것을 직감적으로 알 수 있었다.

노인은 자신이 평생 동안 모은 돈을 모두 챙겨 팔시아 용병 길드로 향했다.

"제발 부탁드립니다."

"허어, 거참."

팔시아 용병 길드의 길드장은 난처한 표정을 지었다. 노인이 지금 그의 앞에 엎드려 애원하고 있었기 때문이다.

다른 사람 같았으면 귀찮아서라도 그냥 걷어차 버렸을 텐데 노인은 자신이 길드장에 오르기도 전부터 용병 길드와 상호 관계를 맺어온 사람이라 차마 그럴 수 없었다. 길드장은 그렇게 모진 사람이 아니었다.

"노인장, 좀 일어서시오. 일어서서 말을 하시오."

"승낙해 주실 때까진 일어서지 못합니다. 제발 부탁드립니다. 제가 평생을 들여 모은 돈입니다. 이 돈을 모두 드릴 테니 제발⋯⋯."

노인은 길드장의 앞에 엎드린 채 품에서 돈주머니를 꺼내

보였다. 그냥 보기에도 제법 묵직해 보이는 주머니였다. 그 돈주머니에 길드장의 눈이 번쩍였다.

"크, 크흠. 알았소. 알았으니까 이제 좀 일어나시오."

"그, 그럼 승낙해 주시는 겁니까?"

"어허, 거참, 알았다니까. 보내주면 될 거 아니요. 이래 봬도 신의로 먹고사는 사람이오."

길드장이 그리 말하자 노인은 벌떡 일어나 허리를 숙이며 인사했다. 몇 번이고 허리를 숙여 인사하는 노인에게 그만 가 보라며 손짓했고, 나가는 와중에도 끝까지 인사를 하는 노인을 귀찮게 바라보던 길드장은 노인이 놓고 간 주머니를 주워 들고는 흡족한 미소를 지었다.

돈주머니는 생각보다 더 무거웠다.

"할아버지, 어디 가요?"

"허허, 내가 아니라 네가 가는 거란다."

노인의 말에 소년은 고개를 갸우뚱했다.

갈색 머리카락에 검은 눈동자를 가진, 열 살치고는 체격이 왜소한 것만 제외한다면 어디서든 볼 수 있는 그런 평범한 소년이었다. 그 소년이 노인의 손자인 아렌이었다.

아렌은 노인의 말을 이해할 수 없었다.

"어디 가는 건데요?"

"…아렌아, 검 좋아하지?"

“네!”

질문과는 전혀 상관 없는 대답인 데도 아렌은 검 얘기에 눈을 반짝이며 대답했다.

“그 검을 배우러 가는 거란다.”

“정말요?”

“그럼, 정말이지.”

“와아! 신난다!”

노인은 정말 신난 듯한 아렌의 모습에 미소를 지으며 그의 머리를 쓰다듬었다. 그러자 잔뜩 기분이 상기되어 있던 아렌이 노인을 바라보며 다시 질문을 던졌다.

“할아버지도 같이 가는 거죠?”

질문이었지만 바람이기도 했다. 하지만 노인은 고개를 저었다.

“아니, 너 혼자 가는 거란다.”

“왜요? 왜 할아버지는 안 가는 건데요?”

“난 이제 그런 여행을 하기엔 너무 늙었단다. 그래서 너 혼자 가는 거야.”

노인의 말에 아렌은 생각에 잠긴 듯했다. 그러길 잠시, 아렌은 다시 고개를 들었다.

“그럼 나도 안 갈래요. 할아버지 혼자 남겨두고 갈 수는 없어요.”

“허허허! 예끼, 인석아! 아직 꼬맹이인 네가 이 할애비를 걱정하는 게냐?"

"하지만……."

"너 같은 꼬맹이가 이 할애비를 걱정하기엔 10년은 멀었다, 인석아."

장난기 가득한 말이었지만 노인의 말이 이어질수록 아렌의 표정은 시무룩해져 갔다. 노인은 장난기를 지우곤 푸근한 미소를 지었다.

"안 가면 안 돼요?"

"허허, 너는 가야 한단다. 그곳에서 네가 좋아하는 검을 배우고, 그곳에서 친구도 사귀어야지. 그게 네가 이 할애비에게 줄 수 있는 최고의 선물이로구나."

결국 아렌은 어쩔 수 없이 고개를 끄덕였다.

아무런 걱정 없이 뛰어놀 나이인 데도 아렌은 벌써부터 이별을 알고 있었다. 그래서 노인은 아렌이 가여웠고, 이것밖에 해줄 수 없다는 사실이 안타까웠다.

어느새 아렌은 울고 있었다. 노인은 아렌의 두 뺨을 타고 흐르는 눈물을 닦아주며 입을 열었다.

"아렌아, 아렌아?"

"…네, 할아버지."

"할애비가 예전에 해주었던 말, 기억하지?"

"네, 기억나요."

"한번 말해주겠니?"

“힘에는 반드시 책임이 따른다.”

아렌은 눈물을 흘리고 울먹이면서도 노인이 자신에게 해 주었던 말을 기억했고, 노인은 잘했다며 아렌의 머리를 쓰다듬었다.

“그곳에 가서도 절대 잊으면 안 된단다. 그리고 끝까지 참아야 한단다. 이 할애비와 약속해 줄 수 있겠니?”

“네. 약속할게요, 할아버지.”

“그래, 그래야 우리 착한 아렌이지.”

노인은 울음을 터뜨리는 아렌을 품속에 꼭 끌어안았다.

노인의 눈동자에서도 눈물이 흘러내리고 있었다.

*　　　*　　　*

다그닥다그닥!

말발굽 소리가 덜컹거리는 마차 소리와 함께 울렸다.

20명의 아이를 태운 두 대의 마차가 빠른 속도로 토루를 빠져나가고 있었다. 목적지가 아주 멀었기에 마차를 이용할 수밖에 없었다. 물론 말이 마차지 그것은 수레나 다름없었다.

마차는 쉬지 않았다. 아이들은 달리는 마차 속에서 잠을 자고 주어진 음식을 먹어야 했다. 그것은 아이들에게 고된 여행이었다. 엉덩이가 퉁퉁 붓기도 했다.

몇몇 아이들이 불만을 터뜨렸지만 마차는 멈추지 않았다.

토루를 빠져나오고 사흘이 지나서야 마차는 멈췄다. 하지만 그곳이 도착 지점은 아니었다. 마차가 멈춰 선 곳은 작은 여관이었고, 아이들은 사흘 만에 덜컹거리는 마차가 아닌 딱딱하기는 해도 침대에서 잠을 잘 수 있었다.

마차는 다음날 아침 일찍 다시 출발했고, 닷새가 지날 때까지 멈추지 않았다.

두 대의 마차 안에는 각각 열 명씩 아이들이 나눠 태워져 있었다. 처음엔 아무런 말도 없는 조용한 마차였지만 시간이 지나면서 끼리끼리 뭉치게 됐는데, 그 누구도 아렌에게 말을 걸지 않았다. 모두가 아렌을 피하고 있었다. 아이들은 아렌이 패배자, 노인의 손자라는 걸 알고 있었다.

그래서 아렌은 혼자였다. 하지만 별로 신경 쓰지 않았다. 어차피 토루에서도 아렌은 혼자였으니 그것이 이 작은 마차로 바뀐다고 해도 달라질 건 없었다.

그렇게 아렌은 보름간의 긴 여정 동안 혼자여야 했다.

엄청난 수의 아이들이 모여 있었다.

대충 어림잡아도 2천 명은 될 듯해 보였다. 하지만 그런 아이들을 바라보는 사내의 표정은 그리 밝지 못했다. 이 중에서 훈련 과정을 마칠 아이는 고작해야 100명을 넘지 못할 것을 알고 있었기 때문이다.

왼쪽 뺨에 작은 검상이 나 있는 사내는 옆에 서서 서류를 훑어보고 있는 수하를 보았다.

"다 도착한 건가?"

"아직 한 곳이 도착하지 않았습니다."

그때 마침 입구 쪽에서 두 대의 마차가 들어오고 있었다.

"저들인가?"

"그런 것 같습니다. 잠시 보고 오겠습니다."

수하는 그리 말하고 단상을 내려가 두 대의 마차가 선 곳으로 다가갔다. 수하는 마부에게 물었다.

"어디서 온 건가?"

"팔시아 용병 길드 소속입니다."

"음… 맞군."

수하는 서류에 체크를 하고 뒤로 정렬되어 있는 아이들을 보았다. 20명이었다.

"저기 맨 가장자리에 정렬시키게."

"네."

마부는 아이들을 수하가 말한 이미 정렬되어 있는 수많은 아이들의 가장자리로 이끌었다. 아이들은 환경의 변화에 수군댔지만 마부가 차가운 눈빛으로 바라보자 곧 입을 닫았다.

아이들이 정렬을 끝내자 단상에 마련되어 있는 의자에 앉아 있던 왼쪽 뺨에 상처가 있는 사내가 일어서서 단상의 앞으로 나왔다. 그는 미리 준비되어 있는 마법 확성기를 확인한 후 입을 열었다.

"모두 용병 길드 연합총단에 온 것을 환영한다. 나는 제군들이 지원한 용병 연합 수련단의 총지휘를 맡고 있는 벤이라 한다. 앞으로 제군들은 각 교관의 지시에 따라 수련을 하게 될 것이고, 그로 인해 강해지게 될 것이다. 세상은 강하지 않으면 살아남을 수 없다. 부디 제군들은 끝까지 수련 과정을 마쳐 세상에서 살아남을 수 있도록 강해지길 빌겠다."

스스로를 벤이라 소개한 사내는 그 말을 끝으로 단상에서 내려갔다.

아렌과 수많은 아이들이 도착한 이곳은 제국의 용병 길드 연합총단이었다. 그중에서도 수련단이라는, 각 용병 길드에서 2년에 20명씩 아이들을 뽑아 연합총단으로 보내고, 그곳에서 우수한 용병으로 키우는 곳이었다.

수련단의 훈련 과정을 모두 이수하게 되면 정식으로 B급의 용병 자격이 주어지기에 많은 이들이 선호하는 곳이었다. 물론 그만큼 입단하기도, 또 훈련 과정을 이수하기도 어렵지만 해마다 신청자가 많아지고 있었다. 하지만 아직도 수련단은 각 길드마다 20명씩이라는 제한을 풀지 않았다.

아렌으로선 원래라면 꿈도 못 꿀 곳이었으나 노인이 전 재산을 바치고 애원하다시피 했기에 팔시아 길드의 입단자 20명 중 하나로 뽑힐 수 있었던 것이다.

아렌을 비롯한 수많은 아이들은 지휘에 따라 이동했다. 그곳에는 몇몇의 이들이 쭉 늘어선 아이들을 체크하고 있었다.

오랜 시간이 걸려 아렌의 차례가 왔다.

"이름은?"

낙막하게 생긴 사내는 어쩐지 말투가 냉정하게만 느껴졌다.

"아렌이에요."

"앞뒤 자르고 묻는 대답만 해라. 이름은?"

"아렌."

"나이는?"

"열 살."

"희망하는 과는?"

사내의 마지막 질문에 아렌이 질문이 뜻하는 바를 몰라 갸우뚱하자 사내는 한숨을 쉬며 옆을 가리켰다. 거기엔 큰 종이에 검, 도끼, 창부터 시작하여 몇 가지 과목이 적혀 있었다.

그것은 아이들이 배울 종류를 뜻하는 것이었다. 그제야 질문을 이해한 아렌은 얼른 대답했다.

"거, 검을 배우려구요."

"검?"

사내는 삐딱한 눈으로 아렌을 아래위로 훑어보았다.

"하긴… 마법을 배울 만큼 똑똑하게 생기지는 않았군."

"……."

"하지만 그 체격으로 검을 배우겠다? 뭐, 내가 알 바는 아니지."

사내는 그 뒤로 몇 가지를 더 질문하고는 다음으로 넘겼다. 아렌은 사내를 지나쳐 이동했고, 그곳에선 또 다른 이들이 아이들의 몸 상태를 체크하고 등급을 나누고 있었다.

아레이 선 곳은 검을 지망한 아이들의 체격을 체크하는 곳이었다. 수련단에 입단한 아이들의 상당수가 검을 지망했는지 그곳엔 아이들이 제법 많았다. 오랜 시간이 걸려 아렌의 차례가 왔고, 아렌은 최고로 낮은 등급인 D급을 받았다.

아렌은 어릴 때부터 나름대로 검을 쥐기 위해 운동을 해왔으나 정식으로 배운 다른 아이들에 비해선 턱없이 모자랐다. 게다가 또래 아이들보다 체격조차 왜소해 D급을 받을 수밖에 없었다.

급을 배정받은 아렌은 D라고 쓰인 종이 팔찌를 차고는 줄을 섰다. 이미 급을 배정받은 아이들은 각 급수마다 줄을 서 있었다. 검을 지망한 총인원 1,127명 중에서도 D급을 받은 아이는 총 200명 남짓이었고, 아렌은 그중 하나였다.

모든 배정이 끝나고 줄을 서서 정렬하자 그들의 앞으로 누군가가 나왔다. 벤의 옆에 서 있던 그의 수하였다.

"왜 급수를 나눈 것인지 궁금하겠지? 너희들의 체격과 기본적인 신체 상태에 따라 급수를 나누었고, 그것을 바탕으로 너희들은 분반이 될 것이다. 각 분반마다 다른 훈련 과정을 밟게 될 것이다. 불만은 용납지 않는다. 각자의 노력에 따라 후에도 얼마든지 월반이 가능하니 불만있는 녀석은 실력으로 증명하도록. 자, 그럼 각자 앞에 선 교관을 따라 이동한다!"

말이 끝나고 각 급수대로 그들의 앞에 선 교관을 따라 이동하기 시작했다. D급을 이끄는 교관을 따라 도착한 곳은 하나의 거대한 숙소였다. 숙소는 몇 개의 방으로 이루어져 있었는데, 보통 한 방은 여덟 명에서 열 명까지 사용이 가능한 것 같았다.

아렌의 방에는 그를 포함한 열 명이 자리를 잡았다. 말이 열 명까지 사용 가능하다는 것이지, 어린아이이기는 해도 열 명이 들어서자 방 안은 가득 찼다.

몇몇 아이들이 평소의 제 방을 생각하며 눈살을 찌푸리자 숙소까지 안내한 교관이 입가에 웃음을 띠며 말했다.

"불편하나? 불편하겠지. 걱정 마라. 얼마 지나지 않아 방 안에 남은 사람은 반도 안 될 테니 그때부턴 불편하지 않을 것이다."

의미심장한 말을 남기고 사라진 교관 덕분이었을까? 한동안 숙소에는 조용한 침묵만이 감돌았다.

Chapter 2

훈련

　다음날부터 훈련은 시작되었다.

　나누어진 급에 따라 각자 다른 훈련을 받았는데 A급과 B급의 아이들은 기초 과정을 뛰어넘어 하급 과정에 들어갔고, C급의 아이들은 기초 과정을 재확인한 후 다음 과정으로 넘어갔다.

　하지만 D급의 아이들은 기초 과정을 처음부터 할 수밖에 없었다.

　용병 길드 연합총단에서도 훈련소가 차지하는 비율은 굉장히 컸다. 덕분에 훈련소 자체 역시 거대했기에 각 과는 물론이고 각 반마다 개인적인 훈련장을 배정받을 수 있었다.

　　D급의 아이들에게 배정된 훈련장엔 약 200명의 아이들이 줄에 맞춰 정렬해 있었다. 그런 그들의 앞에는 우락부락한 모습의 덩치 큰 교관이 이리저리 왔다 갔다 하며 아이들을 훑어보고 있었다. 마침내 교관은 그들의 정면에서 멈추어 섰다.

　　"반갑다. 나는 앞으로 제군들에게 힘과 체력을 길러줄 간트라 한다. 나는 제군들의 스승이 아니다. 그러니 나를 부를 때는 스승이 아닌 교관님이라 부르도록. 이것은 나뿐만이 아니라 전 교관님을 대상으로 모두 마찬가지다. 알겠나?"

　　"네, 알겠습니다!"

　　스스로를 간트라 소개한 교관의 말에 아이들은 큰 소리로 대답했다. 하지만 간트에게는 그것이 마땅찮은 것 같았다.

　　"소리가 작다. 알겠나?!"

　　"네, 알겠습니다!"

　　다시 한 번 아이들이 소리를 질렀지만 성에 안 차는지 간트의 인상이 더욱 찌푸려지고 말았다.

　　"안 되겠군. 일단 훈련장 20바퀴를 돈다. 실시!"

　　"엑?!"

　　"40바퀴를 돈다. 실시!"

　　누군가에게서 터져 나온 기성 때문에 졸지에 달릴 거리가 두 배로 늘어나고 말았다. 하지만 이번에는 누구도 입을 열지 않았다. 그저 원망스런 눈으로 기성을 터뜨린 아이를 쏘아보며 줄을 맞춰 훈련장을 돌 뿐이었다.

　훈련장은 200명쯤 되는 아이들이 쓰기엔 그리 넓다고 할
수 없는 넓이였지만 그렇다 해도 40바퀴는 엄청난 양이었다.
하지만 아이들은 운동장을 뛸 수밖에 없었다. 그래도 아이들
의 머릿속에는 어느 정도 돌다 보면 멈춰주겠지 하는 생각이
떠올라 있었다.

　다섯 바퀴쯤 돌자 서서히 뒤처지는 아이들이 있었다. 한눈
에 보기에도 무거워 보이는 녀석 몇몇과 여자 아이들이었다.

　수련단에 입단한 여자 아이들의 대부분은 이 D급에 속해
진다. 그것은 기초 훈련이 부족해서가 아니라 기본적으로 남
자들보다 여자들의 체력이 약하기 때문이었다. 그리고 여자
애들이 가장 많이 탈락하는 곳이 바로 이 체력 단련 과정이었
다.

　여덟 바퀴를 돌자 아이들의 상당수가 뒤처졌고, 처음부터
뒤처지던 아이들은 결국 쓰러지고 말았다. 앞서 달리던 아이
들은 그들을 보며 어찌해야 할지 몰라 우물쭈물하고 있었다.

　퍽!

　"컥!"

　교관의 날카로운 발차기가 가장 뒤에 쓰러져서 헐떡이는
한 뚱뚱한 아이의 복부에 틀어박혔다. 그리 세게 찬 것 같지
는 않았지만 배를 얻어맞은 아이는 뒤로 나뒹굴며 비명을 토
해냈다.

　아이들은 그 모습을 지켜보며 눈을 동그랗게 떴다. 그러자

교관이 서 있는 아이들을 향해 소리쳤다.

"뭐 하나, 달리지 않고!"

교관의 윽박질과 함께 아이들은 다시 달리기 시작했다. 그리고 교관은 자신에게 차여 쓰러져 있는 아이에게로 다가갔다.

"일어서라."

하지만 아직까지 배를 움켜잡은 채 눈물을 흘리며 고통스러워하는 아이는 일어서지 않았다. 그러자 다시 교관의 발길질이 날아갔다.

퍼억!

"커억!"

"내게 두 번 말하게 만들지 마라. 일어서라."

아이는 그제야 자리에서 일어섰다. 고통 따위는 이미 교관을 향한 공포에 눌려 잊어버렸다.

"달려라."

교관의 말에 아이는 달리기 시작했다. 아이가 달리기 시작하자 교관은 다음으로 쓰러져 있는 아이에게로 다가갔다. 이번에는 여자 아이였다.

여자 아이는 뚱뚱한 아이가 맞는 것과 결국 달리기 시작하는 모습을 지켜보았지만 설마 여자인 자신을 때릴까 싶어 조마조마한 마음으로 쓰러져 있었다.

하지만 교관의 발길질은 가차없었다. 다시 얼마의 시간이 지나지 않아 여자 아이조차 눈물을 흘리며 달려야 했다. 그 모습에 다른 쓰러져 있는 아이들은 물론이고 계속 달리고 있던 아이들도 더욱 힘을 내어 달려야 했다.

아이들이 뛴 거리가 열다섯 바퀴가 넘어서자 아이들은 다리가 말을 듣지 않는 것을 느낄 수 있었다. 하지만 뒤처지는 아이들에게 일말의 사정도 없이 교관의 발길질이 날아들었기에 아이들은 정신력으로 버티며 달릴 수밖에 없었다.

하지만 그것도 20바퀴가 넘어서자 바닥나고 말았다. 처음부터 뒤처지던 아이들은 물론이고 잘 달리던 아이들까지 모두 체력과 정신력이 바닥났다. 결국 다시 한 명이 쓰러졌다.

"헉! 헉! 나, 난 헉! 헉! 못해! 더 이상 헉! 못해!"

아이는 그렇게 소리치며 아예 드러누워 버렸다. 어느새 아이의 곁으론 교관이 다가와 있었다.

"못하는 건 없다. 뛰어라."

"하지만 교……."

퍽!

"어억!"

아이는 말조차 끝마치지 못했다. 교관의 발차기가 아이의 얼굴을 때린 것이다. 아이는 비명을 지르며 나뒹굴었지만 교관의 발질길은 멈추지 않았다.

결국 아이는 그대로 기절해 버렸다. 그러자 교관은 누군가에게 시켜 물을 퍼 오게 하더니 아이에게 부어서 깨운 후 다

시 달리게 만들었다. 아이들은 그 모습에 얼굴이 새파랗게 질
려갔다.

"뛰지 못하겠나? 그렇다면 기어라! 기어서라도 멈추지 마
라!"

아이들의 눈동자엔 교관이 마치 악마처럼 보였다.

아침부터 시작한 뜀박질은 해가 서산 근처에 도착했을 때
쯤 끝났다. 나중에 가선 200명 남짓 되는 아이들 모두 기다시
피 해서 들어왔다. 그동안 교관에게 차이지 않은 아이가 없을
정도였다.

아렌도 무척이나 많이 차였다. 달리는 도중 아렌은 심장이
터지는 줄 알았다. 그래서 쓰러진 적도 여러 번이었고, 기절
도 몇 번 했다. 그것은 아렌뿐만이 아니었다. 그 결과 아렌을
비롯한 아이들의 얼굴은 퉁퉁 부어 있었다. 다행이라면 크게
다친 아이는 없다는 것 정도일까? 하지만 미래를 안다면 아이
들은 차라리 크게 다치길 바랄지도 몰랐다.

교관은 후들거리는 다리를 붙잡고 간신히 서 있는 아이들
을 다시 한 번 훑어보았다. 그리고 입을 열었다.

"난 한 번 한 얘기를 두 번 하는 것과 내 말에 토 다는 걸 가
장 싫어한다. 그리고 제군들이 아직 뭘 모르는 것 같으니 다
시 한 번 내 소개를 하겠다. 나는 앞으로 제군들의 체력과 힘
을 키워줄 간트라 한다. 때로는 미친개라고 불리기도 하지.

자신이 있다면 그렇게 부르도록. 진정한 미친개를 보여주도록 하겠다.”

간트의 목소리에 아이들은 진저리를 쳤다. 그 누구도 간트를 미친개라 부를 정도의 간담을 가진 아이는 없었다. 아니, 처음엔 있었을지 몰라도 지금은 없다. 그들의 눈엔 간트가 악마로 보였다.

“제군들은 이곳에 놀러 온 것이 아니다. 강해지기 위해 훈련을 받으러 온 것이다. 각자 강해지려는 이유는 제각각이겠지만, 그딴 이유야 어쨌든 수련단에 들어온 이상 나를 비롯한 교관들은 제군들을 강하게 만들어야 한다. 여기 있는 동안 제군들은 조금 힘들겠지만 그래도 믿고 따라와야 한다. 그렇다면 분명 강해질 수 있을 것이다.”

간트가 말을 잇는 도중 그의 입에서 ‘조금 힘들겠지만’ 이란 말이 나오자 몇몇 아이들이 경기를 일으켰다. 이것이 조금 힘들다면 그냥 힘든 건 대체 어느 정도란 말인가?

몇몇 아이들이 경기를 일으키든 말든 간트는 상관하지 않고 자신의 말만을 계속하였다.

“오늘은 제군들의 첫 훈련이니 가볍게 훈련장을 몇 바퀴 뛰는 것으로 마무리하겠다. 하지만 이것도 며칠이다. 그 후로는 더욱 강도 높은 훈련이 제군들을 기다리고 있을 것이다.”

여기까지 말하자 아이들의 얼굴에 희색이 돌았다. 드디어 쉴 수 있는 것이다. 하지만 곧 아이들의 얼굴은 일그러지고 말았다.

"그럼 훈련장 20바퀴를 돈다. 실시!"

아이들의 얼굴이 사색이 되었다.

지금부터 20바퀴를 더 뛰라고 한다. 그럼 지금까지 뛴 것은 대체 무엇이란 말인가? 이것은 아이들에게 죽으라는 것이나 마찬가지였다.

그러나 다행히도 기성을 지르거나 반발하는 아이는 없었다. 이미 한 번 뼈저리게 겪은 경험이 위험 신호를 거세게 울려 그것만은 막은 것이었다.

결국 아이들은 움직이지 않는 다리를 억지로 질질 끌며 기어가다시피 하여 훈련장을 돌기 시작했다. 그렇게 기어가는 것이니 당연히 속도는 느릴 수밖에 없었다.

그러자 교관이 입을 열었다.

"해가 지기 전까지 30바퀴를 돌지 못하는 녀석에겐 저녁밥 따윈 없다. 그것만 알아라."

이미 점심을 굶었다. 그런데 저녁까지 위기에 처한 것이다.

몇몇 아이들은 조금 더 힘을 내어 기어가기 시작했지만 그것도 얼마 가지 않았다. 곧 힘이 빠져서 뒤따라 온 아이들에게 따라잡히고 말았다.

그런 아이들을 보며 교관은 마치 지금에서야 생각났다는 듯 입을 열었다.

"아참, 환영 인사를 빼먹었군. 제군들, 지옥에 온 것을 환영한다. 하하하하하!"

말 그대로 그곳은 지옥이었다.

결국 그날 저녁을 먹을 수 있는 사람은 하나도 없었다. 아니, 먹을 수 있었다 하더라도 다 토해내 버렸을 것이다. 그만큼 훈련은 혹독했다.

모두 쓰러진 숙소엔 정적만이 감돌았다. 코를 골거나 할 힘도 없이 그대로 잠든 것이다. 하지만 아렌은 아직 잠이 들지 않고 있었다.

욱신!

'윽!'

아렌은 아주 조금 움직였음에도 상당한 고통이 느껴졌으나 입 밖으로 터져 나오려는 신음을 간신히 억누를 수 있었다. 그래도 고통이 느껴진다는 사실은 조금 전보다 많이 나아졌다는 것을 증명해 주는 것이다. 조금 전까지만 해도 감각 자체가 느껴지지 않았으니까.

아렌은 조용히 몸을 일으켜 앉았다. 고통이 전신을 옭죄어 왔지만 아렌은 이를 악물고 조금씩 몸을 움직였다.

검을 쥐기 위해 운동할 때 아렌은 거의 매일 근육통에 시달려야 했고, 그때마다 노인이 아렌의 근육을 풀어주었다. 노인은 아렌이 갑작스레 운동을 하는 것에 의문을 가졌으나 아렌은 그저 씩 웃을 뿐이었다.

그렇게 노인이 몇 번 몸을 만져 근육을 풀어주면 다음날에는 씻은 듯이 나아 있었다. 물론 다음날에도 과도한 운동의 대가로 다시 근육통이 돌아왔지만 전보다 더 오래, 그리고 더욱 많은 양의 운동을 할 수 있었다는 사실이 아렌을 흡족하게 만들었다.

이런 날이 오랫동안 반복되자 아렌은 스스로 노인의 근육 푸는 법을 터득하게 되었다. 그리고 그것은 검을 쥐고 휘두를 수 있을 때까지 아렌에게 커다란 힘이 되었다.

그래서 지금 아렌은 고통을 참으며 전신의 근육을 풀어주고 있었다. 오늘도 버티기 힘들었는데 이런 고통을 참으며 오늘과 같은 훈련을 버티기란 무리일 것이란 판단하에서였다.

'걱정 마세요, 할아버지. 나, 반드시 검을 배워서 돌아갈게요.'

훈련은 이제부터가 시작이었다.

아렌은 다음날 교관의 우렁찬 기상, 집합 소리와 함께 자리에서 일어나야 했다. 그리 잠이 많은 편은 아니었지만 어제의 혹독한 훈련 때문인지 일어나기가 너무 힘들었다. 그래도 다행인 점은 일어나자마자 신음을 터뜨려 대는 다른 아이들에 비해 몸이 한결 가볍다는 것이었다.

늦게 잠드는 것을 각오하고 한 근육 풀기가 효과가 있었던 것이다.

아렌은 감기려는 눈을 억지로 뜨고 각각 세 벌씩 주어진 훈련복을 입고는 훈련장으로 집합했다. 아직 해조차 동산에 걸쳐 있어 평소라면 늑장을 부리는 시간이었지만 간트 교관은 미리 나와서 아이들을 기다리고 있었다. 그리고 간트 교관을 보자 늑장을 부리던 아이들은 아픈 몸을 이끌고 얼른 뛰어와 줄을 섰다.

그들에게 이미 간트 교관은 악마로 낙인 찍혀 있었다.

"모두 잘 잤나?"

"네!"

귀청이 떨어질 듯한 큰 소리였다.

아직 이른 아침인데 깨워놓곤 잘 잤느냐고 묻는 간트의 말에 열불이 치솟는 아이들이었지만, 그렇다고 작게 대답하거나 대답을 하지 않았다가는 어제의 처참함이 리플레이될 것 같았기에 아이들은 있는 힘껏 소리쳐 대답했다.

아이들의 대답을 들은 간트는 만족스런 미소를 지었다.

"오늘도 상쾌한 하루가 돌아왔다. 오늘도 어제와 같은 심심찮은 하루가 될 것이니 그런 똥 씹은 표정 하지 말도록. 아니면 어제의 훈련이 너무 심심했나?"

간트의 아침 인사에 잔뜩 인상을 찌푸리던 아이들은 이어지는 그의 말에 재빨리 표정을 바꿔야 했다.

"좋아. 가볍게 아침 훈련을 시작하도록 하겠다. 일단 훈련장을 가볍게 열 바퀴만 돌도록 한다. 실시!"

아이들은 그렇게 아침도 먹지 못한 채 꼭두새벽부터 훈련장을 돌아야 했다.

그래도 다행히 모든 아이들은 그날 아침밥을 먹을 수 있었다. 어제부터 하루 종일 굶은 아이들은 아침을 향한 집념에 불타올라 있었고, 전날에 비하면 너무나 가벼운 아침 운동을 무사히 마칠 수 있었던 것이다. 물론 몇 번 차였다는 사실을 부정하지는 않았다.

하지만 진정한 훈련은 아침을 먹고 난 후부터였다.

아침을 먹고 잠시간의 휴식 시간이 주어진 후 아이들은 다시 훈련장을 돌아야 했다. 이번에는 몇 바퀴라고 정해준 것도 없었다. 간트는 무조건 뛰라고만 하였고, 오늘도 여지없이 발길질이 날아들었다.

"체력을 향상시키는 방법 중 가장 좋은 것이 바로 달리는 것이다! 그리고 가장 쉬운 것이기도 하지! 그런 것조차 견디지 못해선 이곳에 남아 있을 이유가 없다! 뛰어라! 뛰지 못하면 기어라! 멈추는 건 용납지 않는다! 제군들의 발이 멈추는 순간 제군들의 검도 멈춘다고 생각하라! 그리고 그 순간 제군들의 목은 적의 칼날 아래 있을 것이다!"

말 그대로 간트는 멈추는 걸 용납하지 않았다. 뛰다가 도저히 못 뛰겠으면 기어서라도 앞으로 나아가야 했다. 그렇다고 뒤처지는 걸 가만히 내버려 두는 것도 아니었다. 조금이라도

아이들과 뒤처지거나 아이들의 전체적인 속력이 늦어졌다고
생각되면 그대로 발길질이 날아들었다. 그래서 아이들은 맨
뒤에 서지 않으려 죽도록 뛰었고, 비록 줄은 흐트러졌을지 몰
라도 치열하면서도 처절한 훈련은 계속되었다.

아이들은 뛰다가 심장이 터질 것만 같은 기분이 이럴 것이
라 생각했지만 간트는 아이들의 심장이 터지든 말든 자신과
는 전혀 상관 없는 듯했다.

결국 아이들은 얼마 가지 않아 먹은 아침을 다 토해내야 했
고, 점심을 먹기는커녕 하루 종일 뛰다가 저녁 시간을 간신히
앞두고 간트의 멈추라는 소리와 함께 모두 쓰러졌다.

"허약한 놈들."

고작 반나절 뛰고 이렇게들 쓰러지다니……. 이것이 솔직
한 간트의 심정이었지만 그의 훈련은 누가 보더라도 아이들
의, 아니, 인간의 한계를 끌어내는 그런 혹독한 훈련이었다.

간트는 혀를 차며 식사를 하러 이동하라 한 후 사라졌다.

대부분의 아이들은 그대로 기어서 숙소로 이동했고, 몇몇
아이들만 식당으로 향했다. 그중에서 아렌은 식당으로 향한
부류에 속해 있었다.

마음 같아서는 아렌도 숙소로 돌아가 그대로 뻗어서 자고
싶었지만 힘을 내기 위해선 잘 먹어야 한다는 할아버지의 말
을 잊지 않고 있었다.

때문에 아렌은 넘어오려는 속과 워낙 많이 맞아서 욱신거

리는 고통을 참으며 저녁 식사를 마쳤다. 그리고 숙소로 돌아가 근육을 풀어주었다. 애써 감기는 눈을 참아가며 한 시간 동안 근육을 풀어주던 아렌은 그대로 잠이 들고 말았다.

그러한 훈련은 일주일이나 지속되었다.

아이들이 일주일 동안 한 일이라고는 오직 달리는 일뿐이었다. 그나마 시간이 지나면서 차츰 익숙해져 점점 뛸 수 있는 시간이 늘어났지만 여전히 끝에는 기어서 도착했다. 체력이 놀랄 만큼 발전하기는 했지만 그만큼 간트가 뛰는 양을 늘렸기에 힘이 덜 드는 것도 아니었다.

그래도 일주일이 지나며 도저히 못 버틸 것 같던 하루하루가 그나마 버틸 수 있는 하루하루로 변해갔다는 게 다행이었다. 하지만 그것도 이 일주일로 끝날 것이란 사실을 아이들은 알지 못했다.

"일주일간 그 허약하기 짝이 없는 몸뚱어리로 훈련을 따라오느라 나름대로 수고가 많았다."

간트의 말에 몇몇 아이들은 뿌듯한 표정으로, 몇몇 아주 소수의 아이들은 석연찮은 표정을 지었다. 그들이 일주일간 겪은 간트라는 악마는 결코 그런 말을 쉽사리 할 인물이 아니었기 때문이다.

과연 그들의 예감은 적중했다.

간트는 부리부리한 눈을 뜨며 입을 열었다.

"지난 일주일간 제군들은 속으로 나를 욕했겠지만, 사실 그것은 내가 제군들에게 베푼 마지막 배려였다. 제군들이 앞으로 시작될 진정한 훈련을 버텨낼 수 있도록 도와준 것이었단 말이다. 그러나 여기까지다. 오늘부터는 진정한 훈련에 들어갈 것이며, 따라오지 못하는 낙오자는 얌전히 집에 돌아가야 할 것이다."

그의 말에 대다수의 아이들은 잔뜩 긴장했다.

드디어 진정한 훈련과 함께 낙오자의 색출이 시작된다는 말이었기 때문이다. 수련단에 들어오기 전부터 주변으로부터 들었던 이야기다. 수련단의 훈련에서 낙오되는 날에는 말 그대로 짐 싸서 집으로 돌아가야 한다.

그렇게 듣고 수련단에 입단한 아이들은 일주일 동안 낙오자를 색출해 내지 않자 한편으론 의아한 마음이 없지 않았는데, 마침내 이제부터 시작된다는 말이었다. 그것은 곧 지금까지가 워밍업에 지나지 않았다는 말과 일맥상통했다.

한편 그런 사실을 알지 못하고 있던 나머지 아이들은 하나같이 새파랗게 질렸다. 그들은 주변에 이런 얘기를 해줄 사람도 없었고, 듣지도 못했다. 그들에게 있어서 간트의 이야기는 청천벽력과도 다름없었다.

비록 죽을 것같이 힘들기는 해도 언젠가는 B급 용병으로 등록될 수 있다는 희망이 그들을 지탱해 주고 있었는데, 이제는 그 희망마저 불확실해져 버린 것이다.

“하, 하지만 교관님…….”

한 아이가 간트를 불렀다.

여기에 모인 D급의 아이들 중 가장 나이가 많은 축에 속하는 아이로, 은연중에 몇몇 나이가 어린 아이들로부터 큰형님 취급을 받고 있는 아이였다.

하지만 끝내 아이는 말을 잇지 못했다. 간트가 매서운 눈으로 아이를 쳐다봤기 때문이다.

“나약하게 의지하려는 썩어빠진 정신 따윈 버려라. 버티지 못하면 죽는다. 이것은 실전에서도 통용되는 말이다. 훈련조차 이겨내지 못하는 나약한 녀석 따위, 실전에선 금방 뒈져버릴 목숨이다.”

분했지만 간트의 말은 사실이었다.

지옥과 같은 훈련이지만 훈련일 뿐이었다. 실전은 이보다 더욱 지독하고 잔인할 것이다. 훈련조차 이겨내지 못한다면 실전에선 적에게 가장 먼저 목숨을 잃고 말 것이다.

“지난 일주일을 지옥이라 생각했겠지? 앞으론 지난 일주일이 천국이라 생각하게 될 것이다.”

간트의 눈동자는 맹수의 그것처럼 빛나고 있었다.

훈련은 시작되었다.

이전의 날들과는 달리 아이들에겐 몇 가지 물건이 주어졌는데 그중 하나가 네 개의 토시였다. 양 팔목, 양 발목에 차는 토시는 적게 잡아도 각각 2킬로그램은 나갈 듯했다.

그것이 네 개다. 결국 아이들은 자신의 몸무게의 1/3쯤 되는 무게를 짊어지게 된 것이다.

게다가 무슨 짓을 해놨는지 훈련장도 하룻밤 새 싹 바뀌어 있었다. 평평하던 훈련장이 울퉁불퉁해지다 못해 아예 언덕까지 만들어져 있었다. 언덕의 높이도 제각각으로, 훈련장 전체가 그렇게 바뀌어져 있었다.

간트는 변함없이 아이들에게 훈련장을 돌라고만 했다. 진정한 훈련에 들어간답시고는 변함없는 훈련 종목이었지만 아이들은 죽을 맛이었다. 갑자기 자신의 몸무게가 3할 이상 불어난 것만으로도 힘겨운데 달리는 땅조차 평평하지 않으니 이전보다 몇 배는 더 힘든 것이다.

한 바퀴도 채 돌기 전에 쓰러지고 싶은 마음이 간절했으나 때마침 들려온 간트의 목소리가 아이들을 계속 달리게 만들었다.

"딱 세 번이다. 나에게 세 번을 걷어차인 녀석은 그대로 제명될 것이다."

아이들은 늦게 뛸 수도 없었다. 전체적으로 속도가 늦어졌다가는 그대로 아이들 모두에게 발길질이 날아들 테니. 그렇다고 맨 뒤에 설 수도 없었다. 간트의 가장 첫 번째 목표는 맨 뒤로 뒤처지는 녀석이었다.

서로의 눈치만 살피며 달리던 아이들은 맨 뒤의 녀석이 처

음으로 간트에게 차이고 울상을 짓자 장난이 아니라는 사실
을 깨닫게 되었다. 그리고 그때부터 처절한 달리기가 시작되
었다.

어떻게든 살아남기 위해선 뛰어야 했다. 그것도 후반부에
위치하면 걷어차일 확률이 컸다. 뒤에 선 아이들은 뒤에 서지
않으려 안간힘을 다해 앞의 아이들을 앞지르기 시작했고, 앞
의 아이들은 무섭게 뛰어오는 아이들로부터 따라잡히지 않기
위해 죽을힘을 다해 달려야 했다.

그런 양상이 무려 열 바퀴나 지속되었다. 일주일간의 뜀박
질로 체력이 많이 향상된 아이들이었지만 갑자기 바뀐 환경
과 살아남기 위해 펼친 무리한 페이스로 벌써부터 지쳐 가고
있었다.

결국 열한 바퀴째에 들어서자 이미 한 번 차였던 아이가 두
번 더 연속으로 차이고 말았다.

"억!"

세 번을 모두 차인 아이는 땅바닥을 뒹굴었다. 일주일 동안
느낀 사실이지만 교관의 발길질은 맞으면 맞을수록 고통이
더욱 증가되었다. 모든 것은 시간이 지나면서 익숙해지기 나
름이지만 익숙해지기는 쥐뿔이! 오히려 전신에 멍만 늘어갈
뿐 아프기는 매한가지였다.

"넌 낙오자다!"

간트의 싸늘하기 그지없는 목소리가 땅바닥을 뒹구는 아

이에게 들렸다. 아이는 엄습해 오는 고통에 몸부림치면서도 이대로 끝날 수 없다는 생각에 다가온 간트를 향해 빌었다.

"교, 교관님, 하, 한 번만 더 기회를 주세요. 전 아직 달릴 수 있어요. 제발… 한 번만……."

"넌 이제 수련단의 단원이 아니고 난 네 교관이 아니다."

아이는 간트에게 간절히 빌었지만 그는 냉정했다. 싸늘하게 대꾸한 그가 다음으로 뒤처진 녀석을 향해 다가가려 하자 아이는 재빨리 그의 다리에 매달렸다.

"제, 제발 한 번만 더 기회를 주세요! 전 이대로 돌아갈 수 없어요!"

"놔라."

"교관님, 제발… 제발……!"

퍽!

"커억!"

간트는 아이가 자신의 다리에 매달려 놓지 않고 계속 빌자 다른 쪽 다리를 들어올려 그대로 아이의 얼굴을 내려찍었다. 하지만 아이는 제법 센 발길질에 맞았음에도 떨어지지 않았다.

그러나 간트는 인정사정없이 아이가 떨어질 때까지 발로 차기 시작했다. 결국 한참이 지나고 얼굴이 피떡이 돼서야 아이는 떨어져 나갔다.

"기회는 한 번뿐이다."

그 한마디를 남긴 간트는 새파랗게 질린 채 다가오는 자신을 바라보다 속력을 올리는 아이들을 향해 걸어가기 시작했다. 그리고 피투성이가 되어 쓰러진 아이는 어디선가 나타난 다른 교관들에 의해 옮겨졌다.

정오가 지났을 땐 열세 명의 아이가 낙오자가 되었다.

열세 명의 아이 중에선 처음의 아이와 같이 매달리며 애원하다 피떡이 될 때까지 맞고 기절하여 실려 간 아이도 있었으며, 제 발로 훈련장을 걸어차고 나간 아이도 있었다. 이전과는 달리 교관들은 제 발로 떠나는 것을 막지 않았다.

그렇게 정오가 지나고 간트의 그만이라는 신호와 함께 달리기가 멈추자 아이들은 지난날 하루 종일 뛰었을 때보다 더욱 기진맥진해 있었다.

점심 식사 후에는 지금까지와는 다른 훈련을 시작했다. 지금까지는 오로지 달리기뿐이었지만 이제는 기본적인 윗몸 일으키기부터 팔굽혀 펴기 등의 훈련이 따른 것이다.

처음엔 더 이상 뛰지 않아도 된다는 사실에 좋아했던 아이들은 곧 역시나 무지막지한 훈련 양에 점심을 다 토해내고는 후회할 수밖에 없었다. 그리고 밤이 깊어질 때까지 총 열일곱 명의 아이가 낙오되어 수련단에서 쫓겨나야 했다.

"열일곱 명이라……. 제법 많이 버텼군. 내일부터는 훈련의 강도를 높이도록 한다. 네놈들같이 허약한 녀석들을 강하게 키울 자신이 사라졌다. 아무래도 강하게 키우기보다는 빨리 모두를 쫓아내고 쉬고 싶은 생각뿐이다. 그래서 목표가 바뀌었다. 잘 들어라. 이제부터 내 목표는 하루라도 빨리 네놈들을 모두 낙오자로 만드는 것이다. 이런 속도라면 열흘이면 충분하겠군. 흐흐흐!"

마지막 간트의 말에 온몸의 진이 다 빠져 숙소로 돌아온 아이들은 눈물을 흘리며 숙소를 떠나는 아이들의 모습에 숙연해졌다.

남의 일이 아니었다. 내일이라도 당장 자신이 저런 모습이 될 수 있었다. 앞으로는 살아남기 위해 멈추지 말아야 했다. 이젠 고통이 문제가 아니었다.

다음날도, 그 다음날도 훈련은 계속되었다. 휴식이란 단어는 그들에게 주어지지 않았다. 게다가 훈련 양과 강도는 며칠이 지나지 않아 기존의 두 배에 가깝게 높아졌다.

훈련의 종목 역시 수많은 변화가 찾아왔다. 물론 달리는 것은 그대로였지만 듣도 보도 못한 훈련들이 첨가되어 갔다.

아이들의 입에선 신음이 그칠 날이 없었다.

결국 버티다 못한 아이들은 자발적으로 수련단을 나갔다. 또한 너무 무리한 대가로 인해 도저히 몸을 움직일 수 없는 아이들은 그대로 쫓겨나고 말았다. 그 누구도 예외는 없었다.

살아남으려면 움직여야 했다. 달리는 시간에는 교관의 발에 차이지 않기 위해 뛰어야 했고, 나머지 시간에는 그 나름대로 다른 아이들에게 뒤처지지 않기 위해 버텨야 했다.

아이들은 정말 하루하루를 지옥같이 보냈다. 팔다리가 끊어질 것 같아도 참았고, 심장이 터질 것 같아도 참아야 했다. 아이들은 지독한 훈련을 악착같이 버텨냈다.

하지만 그렇다고 탈락자가 사라진 것은 아니었다. 첫날처럼 무더기로 십여 명이 탈락하지는 않았지만 매일매일 마치 일부러 그러는 듯 일정량의 아이들이 탈락했다.

다시 일주일이 지나기까지 탈락한 아이들은 무려 70명에 육박했다. 수련단 검술반 D급의 인원 중 약 30퍼센트가 탈락을 한 것이다. 그중 16명은 자발적으로 걸어나갔고, 나머지는 교관에 의해 탈락된 아이들이었다.

살아남은 아이들은 매번 생사를 넘나들고 있었다.

실제로 달리다가, 또 훈련을 받다가 죽은 아이는 아직까지 아무도 없었지만 아이들의 머릿속엔 수련단에서 탈락되는 아이들이 마치 죽은 것처럼 생각되었다.

그들은 매일 생사를 걸고 싸워야 했다. 그들의 적은 다름 아닌 자신의 가슴속에 존재하는 안일한 마음이었다. 이제 조금쯤은 쉬어도 괜찮을 거야 하는 유혹이 한시도 사라지지 않았고, 유혹에 넘어간 아이들은 여지없이 탈락됐다.

다행히 아직까지 많은 아이들이 이 유혹에 넘어가지 않고 살아 있었다. 하지만 아주 조그마한 틈새라도 생긴다면 금방 유혹에 잠식되고 말 터이다.

아렌에게도 유혹은 계속되었다.

체격은 물론이고 실제 체력 또한 D급의 아이들 중에서도 가장 떨어지는 축에 속해 있었던 아렌은 기적처럼 하루하루를 버텨냈다. 아마 근육을 풀어주는 법을 몰랐다면 가장 먼저 탈락한 아이들 중 하나가 됐을 터이다.

아렌은 매번 가장 궁지까지 몰렸고, 간신히 탈락되기 전에 훈련을 끝마칠 수 있었다.

가장 위험했을 때는 달리는 도중 두 번을 걷어차이고, 교관이 마지막 발길질을 하는 순간 미끄러져 넘어졌던 때다. 만약 미끄러져 넘어지지 않았다면 교관의 발길질은 아렌을 걷어차 그는 탈락했을 것이다.

하지만 다행히도 미끄러져 넘어진 덕에 교관의 발길질을 피할 수 있었고, 넘어지면서도 멈추지 않고 데굴데굴 굴러가다가 일어서서 다시 달려 그날 훈련을 무사히 마칠 수 있었다.

그렇게 하루하루가 아렌에겐 위험한 사지(死地)에서의 나날과 다를 바 없었다. 너무나 힘들었지만 이곳에서 떨어지면 검을 배우지 못한다는 사실이 아렌의 육체를 이끌었고, 정신을 유혹에서 건져 낼 수 있었다.

지옥과 다름없는 3개월이 지났다.

나날이 사라져 가는 아이들 덕택에 숙소는 텅텅 비어갔다. 그도 그럴 것이 200명이 넘는 아이들이 쓰던 숙소에 30명, 아니, 정확히 말해선 31명밖에 남아 있지 않았으니 당연한 결과였다.

언젠가 어느 교관이 말했던 예상이 그대로 실현되어 버렸다.

그동안 살아남은 아이들은 31명이 전부였다. 나머지는 모두 탈락했다. 애초부터 그렇게 될 것을 알고 있었다는 듯 교관들은 태연하기 그지없었다. 그리고 마침내 31명의 아이들에게 기쁜 소식이 전달되었다.

드디어 체력 훈련을 비롯한 다른 기초 과정 훈련이 끝난다는 것이다. 3개월 동안 아이들은 체력 훈련 과정부터 시작하여 몇 가지의 기초 과정을 동시에 해나갔다. 그것이 마침내 종지부를 찍었다는 것이다.

물론 아이들이 가장 기뻐한 것은 체력 훈련 과정을 마쳤다는 것이다. 그리고 드디어 그 마지막 날이 되었다.

31명의 아이가 훈련장에 정렬해 있었다.

훈련장은 다시 평평한 그때의 모습으로 돌아가 있었다. 아이들의 훈련 중에는 삽으로 훈련장의 언덕을 없애고 다시 쌓는 과정도 포함되어 있었기 때문에 하루에도 훈련장은 많은 모습으로 변해왔다.

31명의 아이들의 표정은 딱딱하게 굳어 있어 무표정했지만 그 무표정들 속에서는 미처 숨기지 못한 기쁨을 찾아볼 수 있었다.

그런 아이들을 보며 간트가 입을 열었다.

"난 제군들이 D급에 속해진 것을 다행이라 생각한다. 이왕이면 A급, B급이 좋은데 D급에 속해진 게 왜 다행이냐고 묻고 싶을 테지. 그 답은 지금 제군들 자신이 보여주고 있다. 비록 3개월간의 짧은 훈련 기간이었지만 제군들은 기초 과정을 거치며 체력과 힘을 비롯한 여러 가지를 신체에 쌓았다. 이로써 제군들은 다른 급수의 동료들과 신체적인 면으론 동등한 조건에 설 수 있게 된 것이다. 아니, 제군들은 그간의 훈련으로 포기하지 않는 끈기와 인내를 배웠고, 그것은 다른 급수의 동료들이 갖추지 못한 월등한 힘으로 제군들에게 작용할 것이다."

확실히 그러했다.

시작은 볼품없는 D급이었지만 그간의 훈련으로 31명의 아이들은 A급에 뒤지지 않는 체력을 기르게 되었다. 기본적인 재능 등을 제외한다면 더 이상 D급은 최하의 급수가 아니게 된 것이다.

"자, 이로써 제군들은 3개월간의 기초 과정을 마치게 되었다. 비록 제군들의 몸 사정을 생각해서 기간이 짧고 강도가 그리 세지 않았지만 훈련을 마친 제군들에게 경의를 표한다."

간트의 말대로 기간이 짧고 강도가 그리 세지 않아서 다행이었지, 기간이 길고 강도가 셌다면 아이들은 탈락은 고사하고 실제로 다 죽어버렸을지도 모른다.

하지만 그걸 아는지 모르는지 간트는 새파랗게 질려 버린 아이들을 상대로 몇 마디를 더 했고, 그때마다 아이들의 낯빛은 다양한 색깔을 선보였다.

그렇게 31명의 아이들은 지옥 같던 기초 과정을 끝마칠 수 있었다.

검을 쥐다

수련단의 훈련 과정은 총 4단계에 의해 이루어진다.

가장 아랫 단계로 기초 과정이 있으며, 그 위로 하급 과정, 중급 과정, 상급 과정이 있다.

하지만 일반적으로 기초 과정은 다른 세 과정에 비해 인정되지 않고 있었다. 훈련의 강도는 세 과정에 비해 떨어질 바 없는, 아니, 강도만 따져 놓고 보자면 가장 강한 것이 기초 과정이었지만, 기초 과정은 애초의 의미를 잃고 이제는 인정조차 받지 못하는 훈련 과정으로 전락해 버렸다.

사실 기초 과정은 수련단을 계획한 용병 연합의 7대 총재가 자질이 떨어지는 아이들도 다른 여타의 아이들에 뒤지지 않게 기초를 튼튼히 쌓게 하고 자질을 개선시킨다는 목적에서 만든 것이었다.

용병 연합 7대 총재는 스스로의 자질이 뛰어나지 못해 겪었던 고생을 떠올리며 그런 과정을 만든 것이지만, 그것에는 큰 문제가 있었다.

한 아이의 자질을 개선시키는 데 드는 돈이 조금 뛰어난 정도의 아이들 셋을 용병으로 키우는 데 필요한 돈과 맞먹는다는 것이었다.

용병 연합 입장에선 자질이 떨어지는 아이들의 자질을 개선시켜 키우는 것보단 차라리 다른 아이들에게 그 자금을 투자하여 더 뛰어난 용병으로 키우는 것이 훨씬 이득이었다.

때문에 7대 총재가 물러나고 8대 총재가 자리에 오르자 곧 기초 과정은 본래의 의미를 잃고 유명무실해졌다. 무턱대고 기초 과정을 없애지는 않았지만 기존에 주어진 예산을 대폭 삭감하는 건 물론이었다.

그러다 보니 기초 과정은 적은 예산으로 자질이 떨어지는 아이들을 개선시켜야 했고, 그 결과 훈련은 혹독하고 환경은 나빠질 수밖에 없었다. 결국 훈련을 따라오지 못하는 이들이 속출하였고, 아이들의 대부분은 수련단에서 쫓겨나다시피 했다.

훈련의 강도와 훈련 양은 다른 과정과 비할 바가 아니라 자질 개선은 어떻게든 이루어지는 듯했지만 그 훈련을 견뎌내는 건 선택된 몇뿐이었다.

결국 누구나 강해질 수 있도록 만들겠다는 처음의 의도를 완전히 잃고 말았다.

현재에 와선 누구도 기초 과정에 그런 의의를 두고 있지 않았다. 불순물을 걸러내듯 아이들을 걸러내고 남은 아이들을 찾는 것이 기초 과정의 목적이 되어버렸다.

올해도 그런 아이들이 훈련장에 집합해 있었다. 기초 과정을 통과한 31명의 아이들이었다.

31명의 아이들 중 여자 아이는 단 일곱 명뿐 나머지는 전부 남자였다. 처음부터 남자 아이들이 여자 아이들보다 많기는 했지만 이 정도까지의 비율은 아니었다. 그들이 한 기초 과정 훈련은 남자 아이들조차 버티기 힘들 정도였기에 대다수의 여자 아이들이 탈락해 지금의 결과가 나온 것이다.

인내력이나 체력 같은 문제가 아니었다. 기본적으로 약한 근력 때문에 나온 어쩔 수 없는 결과였다. 기초 과정의 훈련 중에는 근력을 필요로 하는 훈련도 상당수 있었던 것이다. 그나마 여기 일곱 명이 남아 있다는 것만 해도 대단한 일이 아닐 수 없었다.

어쨌든 이 31명의 아이들은 누군가를 기다리고 있었다. 다름 아닌 앞으로 자신들을 가르칠 교관을 기다리는 중이었다.

아이들에게는 다행스럽게도 간트는 기초 과정의 체력 단련 훈련만 맡았고, 이제 기초 과정을 넘어 하급 과정에 들어간 아이들은 새로운 교관을 만나야 했다.

"이번의 교관은 어떤 사람일까?"

"난 간트 교관 같은 사람만 아니었으면 좋겠어."

"야! 간트 교관이 어디 사람이냐, 짐승이지?"

무사히 기초 과정을 통과한 아이들은 어느 정도 여유를 되찾고 있었다. 이전 같았으면 절대 하지 못할 농담이라든가 간트의 험담 등을 하며 새로운 교관을 기다리고 있었다.

'언제쯤 검을 잡을 수 있을까?'

아렌은 다른 아이들과는 달리 검을 잡을 날만을 기다리고 있었다. 할아버지에게 검을 휘두르는 모습을 들킨 후 한 번도 잡아보지 못한 검이지만 분명 그의 손끝에는 검의 감촉이 그대로 남아 있었다.

차갑고 딱딱하지만 어딘가 모르게 기분 좋은 감촉.

그것이 아렌이 기억하고 있는 검의 감촉이었다.

그는 당장이라도 검을 잡고 휘둘러 보고 싶었다. 오랫동안 검을 쥐지 못한 만큼 더욱 검의 감촉을 느끼고 싶었다.

마음껏 검을 휘두를 수 있다는 상상만으로도 아렌은 그 무엇보다도 즐겁고 흥분되었다.

그렇게 기분 좋은 상상을 하고 있을 무렵, 드디어 새로운 교관으로 보이는 사내가 훈련장에 나타났다.

사내는 이제 막 50대에 접어들었을 정도의 나이로 보였는데 그의 눈 위론 검상으로 보이는 짙은 상처가 있었고, 표정은 얼음덩이를 보는 듯 딱딱했다. 게다가 푸른색 눈동자는 차갑게 빛나고 있어 마치 그 주변으로 싸늘한 바람이 드는 듯한 착각을 일으키게 했다.

그는 31명의 아이들 앞에 와 섰다. 갑자기 차가운 침묵이 감돌았다.

"난 너희들에게 검의 자세를 가르쳐 줄 디프론이라고 한다."

목소리에 고저가 없다. 그저 무뚝뚝하기 이를 데 없는 목소리였다.

간트처럼 처음부터 그들을 겁주지도 않았는데 아이들은 괜스레 긴장감에 마른침이 넘어가는 것을 느꼈다.

디프론은 그 존재 자체만으로 주변을 싸늘하게 만드는 재주가 있었다. 하지만 그 자신은 그에 대해 전혀 신경 쓰지 않는 듯 바로 본론으로 들어갔다.

"오늘부터 내가 너희들에게 가르칠 것은 좀 전에 말했다시피 검의 자세다."

그는 그렇게 말하고는 오른쪽을 바라보았다. 그러자 그곳에서 몇몇의 교관이 다급히 뛰어왔다. 그들은 가슴에 무엇인가를 잔뜩 안고 있었다.

곧 교관들이 도착했고, 그들은 디프론의 뒤로 가 섰다.

“나눠 주도록.”

“네.”

디프론의 지시에 그제야 교관들은 가지고 있던 무언가를 아이들에게 나눠 주기 시작했다. 그것은 다름 아닌 목검이었다.

“검의 자세를 배우기 위해선 검이 필요하다. 아직 너희들에겐 진검이 허용되지 않으니 목검으로 배우는 수밖에.”

그리 말한 디프론이지만 아이들은 손에 잡힌 목검에 새삼스러워했다.

아이들 중 검을 처음 잡아본 아이는 없을 터이다. 이 수련단에 입단했다는 것은 어떻게든 용병과 연관이 있다는 뜻일 테고, 그러니 아무리 아이라고는 해도 한 번쯤은 검을 잡아봤을 것이다.

하지만 3개월간의 고된 훈련 동안 그림자도 보지 못한 검이다 보니 목검만으로도 새삼스러워하는 게 당연했다. 그중에는 아렌 또한 포함되어 있었다.

‘우와!’

물론 그는 그냥 새삼스러워하는 정도가 아니었다.

아렌은 교관들이 목검을 나눠 주자 안절부절못하며 얼른 자신의 차례가 왔으면 했다. 그리고 드디어 그의 차례가 와 목검을 건네받은 아렌은 터져 나오려는 탄성을 가까스로 삼켜야 했다.

목검은 제법 솜씨를 기울여 만든 듯 면이 깔끔하고 무게도 적당했으며 검의 균형도 잘 맞았다. 보통 목검은 밖에서도 흔히 구입할 수 있는 것이었지만 이만큼 좋은 목검을 찾기도 힘들 터이다.

하지만 그런 모든 것을 떠나 아렌은 단지 검을 쥐었다는 사실이 좋았다. 비록 진검이 아니라 목검이기는 해도 아렌의 눈동자는 검은 하늘의 별빛처럼 초롱초롱 빛나고 있었다.

'가볍다. 그리고 매끄러워.'

목검은 가벼웠다.

물론 예전에 그가 쥐었던 노인의 검보다 가벼운 게 당연하지만, 그보다는 고된 훈련으로 인하여 아렌의 힘이 좋아졌다는 게 더 큰 요인으로 작용했다.

아렌은 이 목검이라면 마음껏 자신의 생각대로 얼마든지 휘두를 수 있을 것이란 생각이 들었다. 그래서 얼른 휘둘러 보고 싶은 마음이 간절했지만 디프론의 차가운 눈동자가 아이들을 둘러보고 있었기 때문에 참아야만 했다.

아이들이 목검을 모두 나눠 받자 교관들은 다시 왔던 곳으로 사라졌고, 디프론이 입을 열었다.

"내가 지금부터 가르칠 검의 자세는 무척 중요하다. 어째서 그런지 아는가?"

디프론의 물음에 한 아이가 손을 들고 대답했다.

"자세라는 것은 검의 기본 중의 기본입니다. 검은 한 동작 한 동작에서부터 시작되는 것이라 그 동작을 이루는 자세는 매우 중요하다고 생각합니다."

아이는 수련단에 들어오기 전에 제법 검에 대해 공부를 한 것 같았다. 디프론은 그 아이를 한 번 쳐다보고는 고개를 끄덕였다.

"옳은 말이다. 하지만 너무 어려운 설명이군. 검의 자세가 중요한 까닭을 쉽게 말하자면 검의 자세가 정확할수록 검을 더 잘, 더 쉽게 휘두를 수 있기 때문이다."

확실히 그의 설명은 쉬웠지만 어째서 자세가 그러한 능력을 내는 것인지 모르는 아이들이 몇몇 있었다. 아렌도 그중 하나였다.

"너희들이 검을 검집에 넣어둔 채 서 있다. 아직 너희들도 검을 뽑지 않은 상황이다. 만일 이 상황에서 적을 이기려면 어떻게 해야 하겠는가?"

"적보다 빨리 검을 뽑아서 휘두르면 됩니다."

"정답이다. 적을 이기기 위해선 적보다 빨리 뽑고 빨리 휘두르면 된다. 그렇다면 어떻게 해야 적보다 검을 빨리 뽑고 빨리 휘두를 수 있겠는가?"

이번 디프론의 물음에 아이들은 쉽사리 대답하지 못했다.

굉장히 쉬운 것 같으면서도 뭔가 살짝 꼬인 듯한 그런 질문이었다.

결국 다시 디프론이 입을 열었다.

"정답은 자세다. 모두 나를 잘 보도록."

디프론은 자신의 허리춤에 매달린 검집에서 검을 뽑는 자세를 취했다. 곧 몇 번이나 검을 뽑고 다시 집어넣기를 반복했다. 그리고 다시 아이들을 바라보았다.

"지금 난 통상적으로 알려져 있는 세 가지의 발검세를 취했다."

그의 말에 아이들은 믿을 수 없다는 표정이었다.

아이들이 보기엔 그저 똑같은 자세로 검을 뽑았다 집어넣은 것 같은데 그것이 세 가지 종류나 된다는 게 쉽게 믿기 힘들었다.

아이들이 믿을 수 없다는 표정을 짓자 디프론은 구분 지어서 천천히 동작을 취하기 시작했다.

검을 잡고 가볍게 뽑는 자세.

"이것이 가장 기본적인 일반형이다. 그리고……."

이번에는 검을 잡고 살짝 몸을 뒤로 끌어당겼다가 앞으로 튕겨주며 검을 뽑았다. 말로는 간단하지만 그 움직임이 극히 미세했기에 구분 동작으로 천천히 보여주지 않았다면 아이들이 눈치 채기란 요원한 움직임이었다.

"이것은 순간적으로 강한 힘을 실어주며 뽑는 자세다. 몸을 뒤로 살짝 끌어당겼다 앞으로 튕겨내기 때문에 한순간에 전체적인 체중이 검에 실리게 되지."

그렇게 말한 그는 검을 집어넣더니 다시 뽑아내기 시작했다. 전과 다른 점은 검집을 몸으로 당기고 살짝 옆으로 기울이며 뽑아낸다는 것이었다.

　"검을 몸으로 당기는 것은 그만큼 검을 뽑아낼 거리를 줄이기 위해서이다. 그리고 검집을 기울이는 것은 검을 잡은 방향과 뽑을 때 휘어지는 방향을 일치시켜 마찰을 최소화하기 위한 것이지. 그만큼 검은 이전의 두 자세에 비해서 빨리 빠져나오게 된다."

　그러더니 다시 빠르게 검을 뽑았다가 집어넣는 동작을 몇 번 반복했다. 여전히 똑같은 것 같았지만 그가 조금 전에 보여주었던 세 가지 자세를 취하고 있다는 사실을 모르는 아이는 없었다.

　'그러고 보니…….'

　조용히 보고 있자니 세 가지 자세에서 몇 가지 차이점을 발견할 수 있었다. 그중 하나가 느낌이었다.

　처음의 자세에 비해 두 번째 자세는 뽑는다고 하기보다는 그어 올린다는 표현이 어울릴 것 같은 느낌이 들었다. 그리고 그에 비해 세 번째 자세는 뽑아 당긴다는 느낌이 훨씬 강했다. 각자 첫 번째 자세와는 그리 큰 느낌의 차이를 보이지 않았으나 두 번째 자세와 세 번째 자세 사이에는 확실히 큰 이질감이 느껴졌다.

　또한 소리가 달랐다. 집중하고 들으면 검을 뽑을 때 첫 번짼 거친 마찰음이, 두 번짼 밀려가는 듯한 마찰음이, 세 번짼 거의 마찰음이 느껴지지 않았다.

이외에도 몇 가지의 차이점이 더 있는 것 같았으나 딱히 무엇이 다른지 집어내기가 애매했다. 그리고 대다수의 아이들 또한 아렌이 발견한 이런 차이점을 찾아낸 듯했다.

디프론은 어느 정도 아이들이 이해하는 것 같자 입을 열었다.

"체중을 실어 뽑으면 그 상태에서 재빠르게 공격으로 이어질 때 공격에 힘을 싣기가 쉬워진다. 그리고 빠르게 뽑는다면 그만큼 적을 빨리 공격할 수 있겠지. 또한 가장 기본적인 자세로 뽑는다면 그리 빠르지도, 힘이 강하지도 않지만 공격이든 방어든 어느 자세든지 쉽사리 전환할 수 있는 장점을 가지고 있다."

그의 설명에 아이들은 감탄을 하기 시작했다.

그냥 볼 때는 자세의 변환을 느끼기조차 힘들 정도의 미세한 차이였지만 그 차이로 인해 이토록 달라진다는 것을 아이들은 처음으로 알게 되었다.

"뽑는 자세 하나에도 이토록 많은 차이가 있다. 이 외에 검을 잡을 때, 휘두를 때 등에도 몇 가지의 자세로 나뉘며, 이 모든 게 합쳐져 종국에 가서는 적보다 검을 더 빠르게 뽑을 수 있고 빠르게 휘두를 수 있게 되는 것이다."

이렇게까지 설명했으니 이해하지 못할 아이는 없다고 봐야 했다.

"또한 검을 뽑을 때부터 내려쳤을 때의 자세가 이어지면 그것이 동작이 되고, 동작이 이어지면 그것이 바로 검술이 된다. 결국 자세는 모든 검술을 이루는 기초라고 할 수 있다. 자세는 이러한 중요함을 가지고 있기에 지금 너희들이 배워야 하는 것이다.”

어느새 아이들은 그의 차가운 분위기보다 수업에 열중하고 있었다. 별것 아닌 것 같은 자세 속에 이런 이치가 담겨 있다는 것이 아이들에게는 무척이나 신기했다.

“그럼 이제부터 본격적으로 훈련을 시작하도록 하겠다. 우선 너희들이 가장 먼저 배울 자세는 검을 쥐는 법이다. 검을 어떻게 쥐느냐에 따라 많은 차이점이 있는 중요한 자세다.”

디프론은 곧 아이들에게 검을 쥐는 법을 가르치곤 가장 기본적인 자세 중 하나인 검을 중하단에 두는 자세를 취하게 했다. 그리고 31명의 아이들 사이를 돌아다니며 틀린 자세를 지적하고 바른 자세로 교정해 주었다.

아이들은 첫인상과는 달리 디프론이 굉장히 좋은 교관일지도 모른다고 생각했다. 그가 하는 설명은 쉬웠고, 작은 잘못 하나에도 따끔한 지적이 날아왔기에 아이들은 하나같이 열심히 수련에 임하기 시작했다.

그러나 그 생각은 네 시간쯤 지나자 바뀌고 말았다.

네 시간이 지날 때까지 그들이 배운 것이란 검을 쥐는 법과 중하단에 검을 두는 자세뿐이었다. 그 자세를 취한 채 무려 네 시간이란 시간 동안 버티고 있어야 했다.

처음엔 지루하다는 생각이 들었지만 지금은 지루함은 뒷전이었다.

아무런 변화도 없이 가만히 네 시간을 서 있기란 무척 힘든 일이었다.

시작 후 두 시간쯤 지나자 3개월 동안 기초 과정을 밟으며 쌓은 인내력에 금이 갈 정도로 정신적인 피로는 물론이고 경직된 근육과 몸을 지탱하는 근육이 맞물리며 전신이 뻐근해져 왔다.

세 시간쯤 지나자 전신이 말도 못하게 저려왔다. 그다지 무거운 목검이 아닌 데도 팔이 서서히 감각을 잃어갈 정도였다. 그리고 마침내 네 시간쯤이 되자 정신도 몸도 지쳐 버렸다. 어쩌면 기초 과정보다 더욱 힘든 훈련이 될지도 모른다는 생각이 아이들의 머릿속을 스쳐 지나갔다.

네 시간이 지나자 마침내 디프론이 입을 열어 아이들의 자세를 풀게 했다. 아이들은 당장 주저앉고 싶었으나 살을 에는 듯한 차가운 디프론의 눈빛에 정자세로 서 있을 수밖에 없었다.

디프론은 고통스런 표정을 짓고 있는 아이들의 정면으로 나왔다. 그러자 아이들은 이번엔 무슨 훈련을 시킬까 하는 막연한 두려움에 휩싸였다. 하지만,

"훈련은 여기까지 한다."

"······?"

아이들은 자신들이 잘못 들었다고 생각했다. 어떤 면으론 체력 훈련보다 고통스런 훈련이기는 해도 고작 네 시간이었다. 기초 과정에서 그들의 평균 훈련 시간이 열두 시간이었던 만큼 네 시간이란 시간은 고작해야 오전 훈련밖에 되지 않는 것이었다.

아이들은 의아한 표정이 되었지만 디프론의 표정은 처음과 전혀 다를 바가 없었다. 그대로 무표정을 유지하고 있었다. 결국 한 아이가 질문을 던졌다. 간트가 교관이었을 때라면 결코 시도조차 하지 못했을 것이다.

"그럼 이것으로 오늘 훈련은 모두 끝난 것입니까?"

"그렇다. 아니, 흠······."

디프론이 잠시 생각에 잠기는 듯하자 아이들은 그럼 그렇지 하는 표정을 지었다. 여기서 훈련이 끝날 리가 없었기 때문이다. 그러나 그 생각은 디프론이 다시 입을 열자 완전히 무너졌다.

"남은 시간은 자율 훈련이라 하지. 그리고 이것은 오늘뿐만이 아니라 앞으로도 마찬가지다. 난 앞으로 너희들을 1년 동안 훈련시킬 것이고, 하루에 네 시간이다. 나머지는 자율 훈련이다."

그러고선 뒤돌아 뚜벅뚜벅 걸어가더니 훈련장 한편에 서 있는 커다란 나무에 등을 기대고 앉아 눈을 감았다. 그대로 낮잠이라도 자려는 모양이었다.

당황한 것은 오히려 아이들이었다.

그들의 몸은 이제 열두 시간의 훈련을 당연하게 받아들이는데, 앞으로 그것이 30퍼센트로 줄어들었다고 하니 당황하지 않을 수 없었다.

아이들은 어느새 잠에 든 듯한 디프론을 멍하니 바라볼 뿐이었다. 하지만 그것도 잠시, 아이들 중 하나가 검을 중하단에 둔 자세를 취하기 시작했다. 그것을 본 나머지 아이들도 따라서 자세를 잡고 섰다.

아직 서바이벌 형식의 훈련은 끝난 것이 아니었고, 아이들은 디프론이 자신들을 시험한다고 생각했다. 그러다가 만약 틈이라도 보이면 그 순간 벌떡 일어나 틈을 보인 아이를 탈락시켜 버릴 것 같았다.

때문에 아이들은 쉽사리 자세를 풀 수가 없었다. 그러다 보니 자연스레 침묵이 주변을 감돌았고, 그들의 훈련은 계속되었다.

'정말일까?'

아렌은 궁금증이 들었다.

디프론 교관의 말이 사실인지에 대한 궁금증이었다.

자율 훈련에 대한 것이 아닌 정말 자세를 익히면 검을 더 잘, 더 쉽게 움직일 수 있을까 하는 것이었다.

자세에 대한 것은 아렌에게는 거의 혁명이나 다름없었다. 단 한 번도 검을 쥐고 뽑는 자세가 검을 더 잘 움직일 수 있다는 생각을 해보지 못했기에 자세라는 것이 너무나 새롭게 다가왔다.

'분명 달랐어.'

아렌은 디프론 교관의 시범을 떠올렸다.

처음엔 느끼지 못했으나 설명 후 두 번째 시범에선 확연한 차이점을 느낄 수 있었다. 그리고 몇 번의 시범이 더 이어지자 아렌은 그 외의 정확한 차이점을 찾을 수 있었다.

다른 아이들은 보지 못했겠지만 아렌은 지금까지 노인과 다른 이들의 검을 보며 살아왔고, 그것이 디프론 교관의 검을 볼 수 있도록 만들었다.

그 결과, 과연 그의 말처럼 검을 뽑는 것에 확연히 속도와 힘의 차이가 있다는 것을 알 수 있었다. 아렌은 그 사실이 너무나 신기했다.

할 수만 있다면 디프론에게 다시 한 번 보여달라고 부탁하고 싶었다. 하지만 그간 수련단에서 겪은 분위기상 그럴 수 없다는 건 아렌 역시 잘 알고 있었고, 결국 머릿속에 선명히 남아 있는 그의 검을 떠올릴 수밖에 없었다.

그러다가 문득 자신의 손에 들린 목검을 바라보았다.

'헤헤.'

단지 보았을 뿐인 데도 괜히 기분이 좋았다. 이렇게 검에 대해 하나씩 알아간다는 사실 자체가 그저 재미있고 흥겨웠다.

지난 네 시간 동안 힘들다는 생각이 전혀 들지 않았다. 단지 가만히 서서 똑같은 자세를 취하고 있을 뿐인 데도 어느 때보다 편하고 기분이 좋았다. 계속 그러고 있고 싶었지만 디프론 교관이 그만 하라고 해서 멈출 수밖에 없었다.

그런데 자율 훈련이라고 한다. 그 말은 마음껏 훈련을 해도 된다는 뜻이었다.

아렌은 당장이라도 목검을 휘두르고 싶었지만 그건 당분간 참기로 했다. 디프론 교관의 말대로라면 이렇게 자세를 연습하는 것만으로도 검을 더 잘 휘두를 수 있다고 했다.

아렌은 검을 더욱더 마음껏 자연스레 휘두를 수 있게만 된다면 휘두르는 것쯤은 참을 수 있을 것 같았다. 아렌은 그저 검과 함께 있다는 사실이 즐거웠다.

그래서 다시 검을 중하단에 놓고 디프론이 가르쳐 준 검을 쥐는 법을 떠올리며 목검을 똑바로 쥐었다. 손에 착 감기는 목검의 감촉이 너무 좋아 아렌은 살며시 미소를 지었다.

아렌은 나머지 아이들이 자신을 따라 자세를 취하는 것조차 느끼지 못한 채 그저 자세 훈련에 깊이 빠져 들어갔다.

결국 그날의 훈련은 그것으로 끝이 났다.

밤이 깊어지자 디프론은 잠에서 깨어난 듯 자리에서 일어나더니 곧바로 교관들의 숙소로 가버렸다. 그제야 그의 눈치만 보던 아이들이 하나둘씩 자세를 풀더니 한숨을 내쉬었다.

아무리 체력적으론 체력 훈련에 비하여 가벼운 자세 훈련이라 하더라도 하루 종일 동일한 자세로 버티는 것은 결코 쉬운 일이 아니었다.

팔다리를 시작으로 전신이 저려오기 시작하고, 나름대로 디프론의 눈치를 보는 것도 피곤했다. 게다가 한편으론 마치 잘못을 저지른 아이가 벌을 받는 것 같은 기분이 들어서 기분이 썩 좋지 않았다.

그러던 차에 디프론이 사라졌으니 아이들은 내심 기뻐할 만한 일이었다.

아이들 몇몇은 식당으로 가거나 숙소로 돌아갔지만 훈련장에 그대로 남아 있는 아이도 몇 있었다. 그중 어떤 아이들은 나름대로의 수련을 시작했고, 어떤 아이들은 계속해서 자세 훈련을 하고 있었다.

하지만 그 아이들도 밤이 서서히 깊어지자 하나둘 숙소나 식당으로 돌아가기 시작했다.

툭!

"아, 미안."

"응?"

"방금 어깨 부딪친 거 말야. 미안하다고."

"아, 괜찮아."

아렌은 미안하다는 아이에게 괜찮다고 대답해 줬다.

사실 아렌은 아이와 자신의 어깨가 부딪친 줄도 몰랐다. 그런데 문득 눈이 확 떠지는 느낌과 함께 아이가 자신에게 사과를 하고 있으니 고개를 갸웃할 뿐이었다.

"아, 벌써 밤이구나."

이미 하늘에는 달이 떠올라 있었다.

비가 오려는지 짙은 먹구름이 가득했지만 먹구름 뒤로 잠깐잠깐 달이 보였다. 아렌은 그제야 밤이 깊어 훈련장에 남아 있는 아이가 몇 없다는 사실을 인식할 수 있었다.

'벌써 시간이 이렇게 흐르다니…….'

그냥 검을 잡고 자세 훈련을 한다는 생각에 즐거웠을 뿐인데, 그렇게 얼마 지나지 않은 것 같은데 벌써 이렇듯 늦은 밤이 되었던 것이다.

아렌이 눈에 띄지 않는 아이라 그렇지 누군가 아렌을 주시하고 있었다면 실로 무서운 집중력에 놀라고 말았을 것이다.

사실 아렌은 그다지 집중력이 높은 아이가 아니었지만 누구나 자신이 좋아하는 일엔 굉장한 집중력을 보이는 법. 특히 아이일수록 그 효과는 크다. 아렌은 무척이나 검을 좋아했고, 덕분에 시간이 가는 걸 모를 정도로 훈련에 빠져들 수 있었던 것이다.

휘청!

아렌은 숙소로 돌아가는 아이들의 모습에 자신도 돌아가야겠다 생각하고 발걸음을 옮기려 했지만 순간 다리에 힘이 풀리며 주저앉고 말았다. 잠시 의아한 마음이 들었지만 곧 그 이유를 깨달을 수 있었다.

아무리 집중하여 당시의 피곤함과 힘듦은 잊었다고는 해도 육체는 그것을 고스란히 받아들이고 있었던 것이다.

쉽게 말해, 아이들은 훈련 도중에도 가끔씩 몸을 풀어준다든지 약간의 휴식을 취하였다. 그런데 아렌은 너무 깊숙이 집중해 버려서 미처 그런 휴식을 취해주지 못했고, 덕분에 몸에 부담이 온 것이었다.

아렌은 자신을 이상하게 쳐다보는 아이들의 시선을 느끼고는 얼굴을 붉히며 얼른 자리에서 일어났다.

'휴우! 아무리 검이 좋지만 내일부터는 너무 깊이 빠지지 않도록 조심해야겠어.'

이런 생각을 하며 부끄러움에 재빠른 발걸음으로 숙소를 향해 발걸음을 옮기는 아렌이었다. 하지만 그런 아렌의 시도는 곧 실패하고 말았다.

꼬르륵!

뱃속에서 천둥이 울렸다.

아렌은 그렇게 생각했다. 아렌의 뱃속에서 울린 천둥 소리가 얼마나 큰지 주변의 아이들이 다 들었을 것만 같았다. 과연 몇몇 아이들이 그를 보며 킥킥 웃고 있는 게 아닌가.

아렌은 안 그래도 빨개진 얼굴을 더욱 빨갛게 물들이며 발걸음을 식당으로 돌렸다. 방금 자신을 본 아이들이 이 사실을 모두 잊고, 또 아직 식당 문이 닫히지 않았길 기원하며……

네린

네린은 갑자기 자신이 한심해졌다.

그녀라면 이런 수련단 따위 들어오지 않아도 원한다면 충분히 이곳의 아이들보다 B급의 용병으로 더욱 빠르게 인정받을 수 있었다. 하지만 그녀는 그러지 않았다.

네린은 기억조차 나지 않는 어릴 때부터 삼촌과 함께 세상을 돌아다녔다. 덕분에 많을 걸 볼 수 있었고, 많은 것을 배울 수 있었다.

하지만 삼촌은 그녀를 데리고 위험한 곳엔 가지 않았다. 그녀가 꼭 가고 싶어 하는 곳도 위험하다는 이유로 데려가지 않았다.

그녀는 그것이 싫었다. 열두 살이나 된 자신을 삼촌은 언제까지나 어린아이 취급하는 것만 같았다. 그래서 삼촌에게 억지를 부려 몇 가지의 조건과 함께 간신히 수련단에 입단할 수 있었다.

입단은 어렵지 않았다. 삼촌이 아는 사람 중엔 용병 길드의 길드장도 더러 있었기에 그녀 하나쯤은 얼마든지 입단자들 중에 넣어주고도 남았다.

그녀는 애초에 B급 용병 자격 같은 것엔 흥미가 없었다. 그저 수련단의 모든 훈련을 마치면 삼촌이 자신을 인정해 줄 것이란 생각에서 입단한 것이었다.

그래서 그녀는 최대한 빠르게 수련단의 모든 훈련을 마치고 당당히 삼촌 앞에 설 생각이었다.

그런데 그녀의 생각은 초장부터 어긋났다.

가장 빠르게 모든 훈련을 마치려면 A급, 하다못해 B급에라도 들어가야 하는데 최하의 급수인 D급에 배정을 받고 만 것이다. 그것도 자신이 신청한 체술반이 아니라 검술반으로 바뀐 상태였다.

체술반은 여자를 받지 않는다는 것과 뒤에서 손을 쓴 몇몇을 제외한 여자 아이들의 대부분이 D급으로 간다는 사실을 그녀는 몰랐던 것이다.

미리 알았다면 어떻게든 다른 반으로, 하다못해 A급으로라도 들어갈 수 있었을 텐데 하는 생각이 들었지만 이미 입단을 한 후였고, 다른 방법이 없었다. 삼촌과의 약속 때문에 도중에 나갈 수도 없었거니와, 그것은 그녀의 자존심이 용납하지 않았다.

하지만 검술반, 그것도 D급에 배정받았다는 사실에 그녀는 맥이 빠지는 것을 느꼈다. 그런 그녀의 생각과는 다르게 훈련은 매우 혹독했다.

삼촌에게 체술을 배워서 상당한 체력을 갖춘 그녀조차 견디기 힘든 훈련이었다. 다른 아이들보다는 월등히 나았지만 그녀도 교관의 발길질에 몇 번 채였을 정도이다.

그래도 3개월 동안은 충분히 버틸 수 있었다. 3개월이 지나자 기초 과정이 끝나고 하급 과정으로 넘어간다는 말에 그녀는 나름대로 기분이 좋았다.

후회는 아무리 빨라도 늦은 법. 이곳에 들어온 것을 후회하기보다는 이왕이면 검을 높은 경지까지 익혀서 빠르게 모든 훈련을 마치겠다는 결심을 한 것이다.

그런데 그런 다짐을 하자마자 하는 훈련이라고는 고작해야 자세 훈련이었다. 그나마 며칠은 실망감을 꾹 참고 열심히 해보았지만, 그러면 그럴수록 이 훈련이 그다지 효과가 있을 것이란 생각이 들지 않았다.

삼촌에게 체술을 배울 때도 이런 무식한 방법은 사용하지 않았다. 결국 그녀는 자세 훈련 후 자율 훈련 시간이 되면 자세 훈련을 그만두었다.

그것은 그녀뿐만이 아니었다.

그래도 며칠간은 디프론 교관의 눈치를 보며 자율 훈련 시간에도 자세 훈련을 계속하던 아이들은 디프론이 아무런 반응을 보이지 않자 서서히 하나둘씩 자세 훈련을 하지 않기 시작했다.

아이들은 나름대로 수련단에 들어오기 전에 몇 가지 검술을 아버지나 관계된 누군가에게 배웠고, 그것을 수련하기 시작했다. 하지만 그것마저 귀찮거나, 아니면 배우지 못한 아이들은 그저 앉아서 쉴 뿐이었다.

시간이 지나며 자세 훈련을 하는 아이들은 채 다섯 명을 넘지 않았다. 하지만 그들 또한 얼마 버티지 못하고 제각각의 수련을 시작했으며, 그들은 아직도 그것을 깨닫지 못하고 있는 아이들을 비웃었다.

하지만 그건 어디까지나 남의 일. 네린이 상관할 바는 아니었고, 그녀는 그저 자신만의 검술 수련을 계속했다.

삼촌의 주특기는 검술이 아니었지만 평생 세상을 돌아다닌 만큼 여러 검술을 알고 있었다. 그것은 그녀도 마찬가지여서 그녀가 알고 있는 검술 중에는 제법 상급의 검술도 더러 있었다.

그렇게 알고 있는 검술 중 하나를 익히던 그녀는 돌연 한숨을 내쉬었다.

'이렇게 될 거였음 수련단에 들어올 필요도 없었는

데……'

최대한 빨리 모든 훈련을 마쳐서 삼촌에게 자신이 어린아이가 아니라는 사실을 입증하고 싶었는데 계획은 처음부터 빗나가고, 결국 들어가게 된 검술반에선 전혀 효과도 없는 훈련을 하니 한숨이 나오지 않을 수 없었다.

검술을 익힐 생각이었다면 여기 수련단에 들어오지 않고서도 얼마든지 익힐 수 있었을 것이란 생각이 그녀를 더욱 옭아맸다. 후회하지 않으려 했지만 주변 환경이 그럴 수 없도록 만들고 있었다.

그러다가 그녀는 문득 다른 검술을 수련하는 아이들을 바라보았다. 그리고 앉아서 쉬는 아이들도 보았다. 쉬는 아이들 중 몇몇은 입가에 한가득 비웃음을 띠고 있었다.

그런 아이들이 한결같이 바라보고 있는 곳은 다름 아닌 자세 훈련을 하고 있는 아이들이었다.

'한심해.'

네린 그녀도 자세 훈련이 효과가 있다고는 생각하지 않지만 어떤 수련도 하지 않으면서 자세 훈련을 하는 아이들을 비웃는 저 아이들이 정말 한심해 보였다.

그녀는 저런 아이들보다는 오히려 효과가 없더라도 스스로의 일에 매달리는 아이들이 훨씬 낫다고 생각했다.

그때 그들의 비웃음을 견디지 못한 것인지 한 아이가 먼저 자세 훈련을 그만두고 자리에서 나왔다. 저 아이는 다신 저

대열에 끼어 자세 훈련을 하지 않을 터이다. 지금까지 숱하게 보아왔기에 얼마든지 예상이 가능했다.

얼마 지나지 않아 두 명의 아이가 더 빠졌다. 그러자 남은 두 명 중 한 아이마저 안절부절못했다. 다섯 명이 할 때도 비웃음을 참기 힘들었는데 이젠 두 명이 하게 되었으니 더욱 참기 힘든 것이 분명했다.

과연 5분도 채 지나지 않아 결국 그 아이마저 자세 훈련을 그만두고 말았다. 이제 남은 아이는 한 명이었다.

"낄낄, 지금까지 훈련하느라 정말 고생이 많았어. 뭐, 헛고생도 고생은 고생이니까 말이야. 낄낄낄."

"흐흐, 그러게 말이야. 저딴 훈련으로 무슨 검을 잘 쓰게 된다는 건지. 잠깐 교관의 말에 혹한 우리가 바보였지, 흐흐흐."

가장 크게 그들을 비웃는 아이는 31명의 아이들 중 제법 큰 덩치를 가진 잼이란 아이였다.

D급의 아이들 중에서 덩치가 크다고 해봐야 얼마나 크겠냐마는, 그래도 잼을 중심으로 세 명의 아이가 더 뭉쳐 교관의 간섭이 없어진 지금은 다른 아이들을 놀리고 괴롭히는 걸 취미로 삼는 고약한 아이들이 되었다.

자세 훈련을 하는 아이들 중 태반이 그들의 놀림과 괴롭힘으로 그만뒀을 정도였다.

몇몇 아이들이 참지 못하고 덤벼들기도 했지만 덩치로 보나 숫자로 보나 이미 상대가 되지 않았고, 금세 나가떨어졌다. 그럴수록 잼을 위시한 아이들은 점점 더 기고만장해졌다.

그러던 차에 이제 자세 훈련을 하는 아이가 한 명밖에 남지 않게 됐으니 그들의 놀림이 극으로 치닫게 될 것이다.

"흐흐흐, 저 녀석은 또 얼마나 버틸까?"

"허약해 빠지게 생긴 녀석이 하루나 버티겠어? 지금까지 버틴 것만으로도 대단한 거지."

"그래, 저런 녀석은 다시 간트에게 보내줘야 한다니까. 낄낄!"

잼이 말을 꺼내면 세 아이는 앞 다퉈 맞장구쳐 주기에 바빴다.

게다가 이제는 남은 한 명의 아이가 기초 과정을 통과한 아이답지 않게 허약하게 생겼다는 걸 꼬투리 잡아 본격적으로 놀리기 시작했다. 그러다가 잼의 옆에 있던 한 아이가 문득 생각났다는 듯 입을 열었다.

"근데 저 녀석이 기초 과정을 어떻게 통과했을까? 혹시 굉장히 무서운 실력자 아냐?"

"어이쿠! 그럼 우리가 무릎 꿇고 빌어야 하나? 이 허약한 놈아, 제발 좀 살려줄래, 아니면 네가 죽을래 하고 말야. 푸하하하!"

"푸헤헤헤."

네린은 물론이고 그들의 비웃음을 들은 다른 아이들까지

인상을 찌푸렸다. 그렇다고 함부로 나서지는 않았다. 아직까지는 잼 패거리가 31명의 아이들 중 가장 강했기 때문이다.

네린은 혼자서도 잼이나 다른 세 명의 아이들을 때려눕힐 자신이 있었지만 그러지 않았다. 이미 앞서 말했다시피 이것은 그녀가 상관할 바가 아니었고, 세상을 돌아다니며 배운 것 중 하나가 남의 일엔 끼어들지 않는 게 좋다는 것이었기 때문이다.

자신에게까지 피해가 돌아온다면 몰라도 어쩐 일인지 잼 패거리는 그녀에게는 시비를 걸지 않았다.

'쟨 얼마나 버틸까?'

상관하지는 않는다 해도 궁금한 건 어쩔 수 없었다. 얼마 버티지 못할 테지만 남은 한 명의 아이가 얼마나 버틸지에 대해선 그녀 역시 궁금했다.

왜소한 체구에 평범하게 생긴, 아마 이번 일이 아니었다면 31명에 끼어 있었는지조차 몰랐을 아이였다. 아이를 잠시 바라보던 네린은 문득 아이의 눈동자를 보았다.

잔잔한 호수를 옮겨놓은 듯했다. 맑고 깨끗한 눈동자는 한 치의 흔들림도 없이 고요했다.

그것뿐만이 아니었다. 그것뿐이었다면 그녀의 관심을 끌기엔 부족했으리라. 네린은 아이의 눈동자에서 무언가를 느꼈다. 마치 따스한 열기가 전해지는 것 같았다.

"푸하하하!"

어느새 검술 수련을 멈춘 채 아이의 눈동자를 바라보던 그
녀는 잼의 방정맞기 짝이 없는 커다란 웃음소리에 간신히 아
이의 눈동자에서 눈을 뗄 수 있었다.

'내가… 왜 그런 거지?

그녀는 자신의 알 수 없는 행동에 의문을 가졌다. 그러다가
다시 조금 전에 보았던 아이의 눈동자를 떠올렸다.

'저 아이의 눈동자… 그건 뭐였을까?

아이의 눈동자에서 느껴졌던 기이한 열기. 그것은 무엇일
까?

아무리 생각해 보아도 현재의 그녀로선 알 수 없는 것이었
다.

결국 그녀는 애써 그 생각을 지워 버리곤 훈련장을 나갔다.
아직 자율 훈련이 끝나지는 않았지만 디프론 교관은 물론이
고 그 누구도 그녀를 제지하지 않았다.

시간은 언제든, 어느 누구에게든 제멋대로 흘러간다.

어떤 때엔 몇날 며칠이 지난 것 같지만 한 시간도 채 흘러
가지 않고, 어떤 때엔 눈을 감았다 뜨니 며칠이 훌쩍 지나가
기도 한다.

수련단의 아이들에게는 딱 그러했다.

노는 아이들이나 수련을 하는 아이들 모두가 흘러가지 않
는 시간에 지쳐 가고 있었다.

노는 아이들은 더 이상 놀거리가 없으니 심심했다. 어차피 자율 훈련 시간에 놀 장소라고 해봐야 이 훈련장이 전부다. 논다고 해봐야 놀거리가 마땅치 않은 게 당연했다.

수련을 하는 아이들 역시 마찬가지였다.

검을 배우고자 들어왔지만 디프론 교관에겐 아이들을 가르칠 의지가 없어 보였다. 그 예로, 자신들에게 쓸데없는 자세 훈련만 시키고 있지 않은가.

게다가 자세 훈련도 3주일이 지나선 더 이상 가르칠 게 없다며 아예 하루 종일을 자율 훈련 시간으로 만들어 버렸다. 그래도 아침이 되면 어김없이 훈련장에 나타나 나무에 기댄 채 잠이 들어 식사 시간이나 훈련이 마칠 시간쯤엔 어느 틈엔가 사라지고 없었다.

진심으로 배움을 바라던 아이들은 황당했고, 디프론 교관을 향한 불신이 날로 깊어갔다. 그들은 검을 배우러 여기에 온 것이지 놀러 온 것이 아니었기 때문이다.

그런데 그런 아이들 중 시간이 무척이나 빠르게 흘러간 아이도 있었다. 네린이 그러했다.

네린 역시 디프론에게 큰 반감을 가지고 있었지만 그렇다고 검을 놓고 있거나 하기보단 지금 당장 할 수 있는 일을 열심히 했다. 네린은 검의 초보답지 않게 점점 검술이 정교해지고 있었다.

하루가 다르게 변할 정도는 아니었지만 확실히 검술에 익숙해지고 있는 것이 보였다. 하지만 네린 스스로는 아직도 만족하지 못하고 있었다.

네린이 그동안 검술만 수련하며 보낸 것은 아니었다. 이상하게 아이의 눈동자를 본 그날부터 그녀는 한쪽에서 자세 훈련을 계속하고 있는 아이가 신경 쓰였다.

그날에 본 아이의 눈동자에서 느낀 것은 착각이었다고 스스로를 다그쳐 봤지만 쉽사리 잊혀지지 않았다. 아니, 그러면 그럴수록 더욱 기억에 남았다.

그렇다고 그 아이에게 특별히 관심이 간다는 건 아니었다. 다만 궁금증을 일으키게 한다는 것뿐이었다.

그렇게 네린은 아이를 의식하지 않으려고 애썼지만 힐끔힐끔 쳐다보게 되는 건 어쩔 수 없었다.

그때였다.

"에잇! 제기랄!"

심통 가득한 목소리가 들려왔다.

목소리의 주인공은 다름 아닌 잼이었다.

3주일이란 시간은 체력 훈련으로 다져진 인내심에 금을 그어놓았다.

애초 체력 훈련 역시 갖은 폭력으로 무장한 무시무시한 간트가 교관이 아니었다면 참지 못했을 터이다. 그렇게 강제적으로 쌓은 인내심은 아무리 높아 보여도 그 껍질은 얇고 속은 빈 것이 당연했다.

게다가 디프론 교관은 아예 그들이 뭘 하건 관심조차 없으니 잼이 날뛴다고 해도 어느 누구도 막을 사람이 없었다.

잼은 지난 3주일 동안 심심해 죽을 지경이었다.

처음엔 그나마 다른 훈련을 한답시고 자세 훈련을 포기했고, 1주일이 채 되기 전엔 자세 훈련을 계속하는 어리석은 아이들을 놀려먹는 재미가 있었다. 그런데 시간이 지나며 하나둘씩 떨어져 나가기 시작하더니 결국 한 명만 남게 되었고, 그 한 명은 아무리 놀려도 아무런 반응을 보이지 않으니 결국 재미가 없어진 것이다.

그렇다고 폭력을 사용하자니 지금까지는 잠잠했지만 폭력을 사용한 후에 디프론 교관이 어떻게 나올지 확신할 수가 없었기에 참고 또 참았다.

덕분에 심심함과 짜증은 계속해서 늘어만 갈 뿐이었고, 결국 오늘 터지고 말았다.

씩씩거리며 잼이 자리에서 일어나자 주변에 있던 아이들이 주춤거렸다. 뭔가 평소와 다르다는 것을 직감적으로 눈치챘기 때문이다. 하지만 잼은 그들에게 눈을 한 번 부라리더니 곧 자신의 목검을 쥐곤 한 방향으로 걸어가기 시작했다.

그곳은 다름 아닌 자세 훈련을 계속하는 한 아이가 있는 곳이었다.

"야."

잼이 아이를 불렀다. 이름을 모르기에 그냥 대충 부른 것이었다.

하지만 아이는 듣지 못한 듯 지금까지 그랬던 것처럼 오로지 자세 훈련에만 열중할 뿐이었다. 아래로 그어내리고 위로 긋고 하는, 디프론이 가르쳐 준 대로 검을 휘두르는 자세였다.

"야!"

다시 한 번 잼이 아이를 불렀다. 이번엔 이전보다 목소리가 더 커 훈련장에 있는 아이들 모두가 들을 수 있는 큰 목소리였다.

하지만 이번에도 아이는 꿈쩍하지 않았다. 한 치의 흔들림도 없이 목검을 아래로 그어내릴 뿐이었다.

결국 잼이 폭발하고 말았다.

"이 자식이! 감히 날 무시해!"

잼은 머리끝까지 화가 났다.

D급 중에서도 가장 바보 같은 아이, 31명 중에 같은 하나라는 게 마음에 들지 않을 정도로 형편없는 아이가 그들 중 최정상에 서 있다고 자처하는 자신의 말을 무시했기 때문이다.

잼은 목검으로 아이를 내려치려 했다. 잼의 힘은 꽤나 강했으니 싫든 좋든 목검을 맞은 아이는 자신을 보게 될 터이다. 아니, 이미 그런 건 상관없었다. 한껏 쌓여 있는 더러운 이 기분을 아이를 통해 풀어야 했다.

잼의 목검엔 인정사정이 담겨 있지 않았다.

그때였다.

"그만둬!"

잼의 목검이 아이를 치기 전에 멈췄다. 어차피 아직 힘을 완전히 싣지 않아서 멈추기엔 무리가 없었다.

잼은 물론이고 지켜보고 있던 아이들 모두가 목소리가 들려온 쪽으로 고개를 돌렸다. 그곳에는 네린이 서 있었다.

"방금 네가 나한테 말한 거냐?"

잼이 네린을 향해 묻자 네린이 무표정하게 대답했다.

"그래, 내가 그랬어. 그만둬. 더 이상은 용납하지 않겠어."

"하!"

잼은 기가 차다는 듯 헛숨을 내뱉었다. 그리고는 목검으로 땅을 툭툭 치며 네린에게로 다가갔다.

"용납하지 않으면 어쩔 건데?"

"그 팔, 못 쓰게 만들어줄까?"

"뭐?!"

잼은 방금 자신이 잘못 들은 것이라 생각했다.

잼이 그동안 네린을 건들이지 않은 것은 다른 이유가 아니었다.

네린은 D급의 나머지 여자 아이들에 비해서는 물론이고 이 수련단 자체에서도 보기 드물 정도로 예뻤다.

비록 힘든 훈련을 견뎌냈다지만 겉으로 드러나는 근육은 붙어 있지 않았기에 몸은 호리호리했고, 키도 여자치고는 큰 편에 얼굴까지 예뻤으니 그간 잼은 네린에게 호감을 가지고 있었다.

그래 가만히 내버려 둔 네린이 감히 자신의 일에 참견을 하고 나서다 못해 이제는 자신의 팔을 못 쓰게 만들겠다는 가소로운 협박까지 하였다. 이미 머리끝까지 화가 나버린 잼은 상대가 여자라는 것은 안중에도 없었다. 그래서 목검에 힘을 집어넣었다.

"좀 예쁘다고 봐줬더니만!"

부웅!

잼은 목검에 힘을 가득 담아 내려쳤다. 잼의 힘은 제법 셌기에 목검은 강한 바람 소리를 내며 네린을 향해 떨어져 내렸다. 하지만 그 정도에 당할 네린이 아니었다.

어느새 네린은 잼의 옆으로 돌아가 있었다. 그리고 그의 허리로 강하게 목검을 질러 넣고는 한마디 곁들여 주는 것도 잊지 않았다.

"힘만 센 오크 같은 녀석."

"뭐?!"

퍽!

"컥!"

잼은 옆구리에서 느껴지는 강한 충격에 미처 방비할 틈도 없이 옆으로 비틀거리며 물러났다. 하지만 간트의 발길질에 면역이 되어 있는 지금의 그는 이 정도의 타격 가지고는 쓰러지지 않았다.

잼은 자신의 옆구리를 목검으로 찌른 네린이 제자리에 서 있는 걸 보곤 눈에 불똥이 튀었다.

"크윽! 이게?!"

잼은 다시 한 번 네린을 향해 크게 검을 휘둘렀다. 하지만 이번의 공격 역시 네린은 가볍게 피해 버렸고, 연속해서 두 번의 공격을 잼의 몸통에 작렬시켰다.

"크억!"

"겨우 그딴 실력을 믿고 그렇게 까분 거야? 한심하군."

"제, 제길!"

이대로는 질 수 없다는 생각에 잼은 몸을 숙인 채 네린을 향해 달려들었다. 이렇게 몸을 숙이고 최대한 방비를 한 채 다가간다면 한두 대까진 견딜 수 있을 터이다. 그렇게 접근한 뒤 네린의 재빠른 몸을 잡기만 하면 자신이 이길 수 있을 것 같았다.

하지만 채 네린에게 접근하기도 전,

따악!

묵직한 소리가 울렸다. 그리고 잼은 눈앞이 아찔해지며 자신의 몸이 앞으로 쓰러지는 것을 느꼈다.

잼의 시도는 분명 좋았다. 빠른 발을 가진 이를 잡아 발을 멈추게 한 뒤 공격하는 건 실전 경험이 없는 그로서는 꽤나 뛰어난 시도였다.

하지만 네린은 체술을 익히고 삼촌과의 대련을 통해 실전

감각까지 충분히 익힌 상태였다.

사람의 몸에는 몇 군데 약점이라 할 수 있는 곳이 있었는데, 그중 하나가 뒤통수다. 사람의 몸 중 여느 곳들과는 달리 뒤통수는 단련하는 것 자체가 어려운 곳이다.

잼이 몸을 숙이다 못해 고개까지 숙이고 필사적으로 달려오자 네린은 목검에 힘을 실어 그의 뒤통수를 내려쳤고 잼은 그대로 쓰러지고 말았다. 기절을 할 정도까지는 아니었지만 네린의 승리가 확실했다.

"흥!"

네린이 쓰러진 잼의 모습에 콧방귀를 뀔 때였다.

조심스레 그녀의 뒤로 접근하던 이들이 있었으니, 다름 아닌 잼의 옆에 붙어 다니던 세 명의 아이들이었다.

아이들은 잼이 밀리는 듯하자 제각기 네린의 양팔과 양다리를 붙들어 맬 생각으로 그녀의 뒤로 접근했고, 마침내 그녀를 향해 달려들었다.

하지만 네린은 녀석들이 다가오는 정도는 진즉에 알고 있었다. 암습의 기본은 은밀함인데 발소리까지 커다랗게 내고 있으니 모르려야 모를 수가 없었다.

네린은 녀석들이 자신을 향해 달려들자 몸을 띄웠다. 그리고는 우선 양옆에서 자신의 두 팔을 잡기 위해 달려드는 녀석들을 향해 발을 날렸다.

퍼퍽!

“컥!”

“으억!”

애초에 그들은 네린의 상대가 아니었다. 그녀에겐 그들이 협공을 한다고 해도 얼마든지 상대할 수 있는 실력이 있었다.

네린의 발에 의해 두 아이는 가슴을 얻어맞고 뒤로 넘어져 버렸다. 그리고 네린은 그대로 무릎을 구부린 채 자신의 다리를 잡으려다 실패하여 바닥에 엎드린 꼴이 된 아이의 등으로 떨어져 내렸다.

곧 둔탁한 소음과 함께 아이는 등에 큰 충격을 받아 누운 자세 그대로 뻗어버렸다.

네린은 냉정한 눈빛으로 그들을 한 번 바라보고는 쓰러져 있는 잼을 향해 다가갔다. 그리곤 입을 열었다.

“이 팔… 못 쓰게 해준다고 했었지?”

“히익!”

잼은 겁에 질려 버렸다.

이미 자신들은 네린의 상대가 되지 않는다는 사실이 증명되었다. 게다가 저 바보 같은 교관은 이렇게 엄연히 폭력 사태가 벌어지는 데도 아무런 참견도 하지 않고 있으니 지금 네린이 자신의 팔을 못 쓰게 만든다면 말릴 사람은 아무도 없었다.

게다가 네린의 냉정한 표정이 아무리 봐도 거짓 같지 않아 보였기에 잼은 잔뜩 겁먹을 수밖에 없었다.

“하, 한번만 봐줘! 다, 다시는 안 그럴게!”

“이미 늦었어. 난 이미 경고를 했어.”

“제, 제발… 제발 한번만 봐줘!”

어느새 잼은 눈물을 흘리고 있었다. 게다가 물이 흐르는 곳은 눈뿐만이 아니었다. 어느새 바지도 축축하게 젖어 노린내가 났다.

결국 네린은 잼의 한쪽 팔에 올리려던 발을 그대로 둘 수밖에 없었다.

“앞으로 다신 까불지 마. 다음번엔 두 팔은 물론이고 두 다리까지 못 쓰게 만들 거야. 그건 네가 아니라 쟤들도 마찬가지야.”

네린의 그 말에 잼은 정신없이 고개를 끄덕였다. 그리고 그녀의 시선이 닿는 곳에서 역시나 겁에 질린 세 명의 아이들 또한 고개를 끄덕였다.

그제야 네린은 돌아섰고, 세 명의 아이들은 아직도 겁에 질린 채 조심스레 잼을 데리고 그 자리를 벗어났다. 어차피 한두 번 자율 훈련 시간에 숙소로 돌아간 게 아니었다. 괜히 남아 있다가 무서운 네린이 마음을 돌리기라도 하는 날엔 자신들의 팔이 남아날 것 같지 않았으니 부리나케 숙소로 도망치는 게 상책이었다.

그제야 훈련장은 조용해졌다. 하지만 그 조용함은 네린이 바라던 것이 아니었다.

아이들은 네린을 힐끔힐끔 보다가도 그녀가 쳐다보면 찔

끔하고는 금세 고개를 돌려 버렸다. 그리고는 그녀가 기분 나쁘지 않게끔 작은 소리로 검술을 수련했다.

어딜 보나 그녀를 두려워하고 있다는 것이 바로 티가 났다.

네린은 한숨을 쉬었다.

'괜히 나섰나?'

처음엔 나설 생각이 없었다. 네린은 자신의 일과 남의 일에 대한 구분이 확실했다.

잼이 자세 훈련을 하는 아이에게 다가갈 때만 해도 마음을 굳게 먹은 네린이었지만 잼이 아이를 목검으로 내려치려 하자 자신도 모르게 나서게 되었다.

하지만 이미 엎질러진 물은 다시 담을 수 없는 법. 그녀는 다른 아이들의 따가운 시선이 느껴졌지만 애써 무시한 채 검술 수련을 하려 했다. 그러다가 문득 자세 훈련을 하는 아이를 바라보았다.

'역시 괜히 나선 거였어.'

아이는 아무런 일도 없었다는 듯 여전히 자세 훈련만 계속하고 있었다.

날은 날인가 보다. 뒤숭숭한 마음에 검술 수련은 제대로 되지 않았고, 그것은 다른 아이들도 마찬가지인지 어느새 디프론 교관이 사라졌다는 사실을 눈치 챈 아이들은 아직 해가 지기 전인 데도 하나둘씩 식당이나 숙소로 돌아갔다.

그렇게 되니 남은 건 네린과 계속해서 자세 훈련을 하는 지독한 아이뿐이었다.

'쟨 멈출 생각을 안 하는구나.'

그녀는 숙소로 돌아갈까 하다가 그래 봐야 다른 아이들이 겁먹을 거란 생각에 한숨을 내쉬었다. 열두 살의 여자 아이치고는 제법 한숨이 많은 네린이었다.

결국 네린은 숙소로 돌아가는 걸 포기하고 자세 훈련을 하는 아이에게 다가갔다. 이 기회에 이름도 알아두고, 대화라도 해볼 생각이었다. 계속해서 자세 훈련을 하는 아이라고 칭할 수는 없을 테니까.

"애."

네린은 조용히 아이를 불렀다. 하지만 아이는 요지부동이었다. 네린이 몇 번을 더 불러봤으나 여전히 아무 말 없이 자세 훈련만 계속할 뿐이었다.

결국 약간 심통이 난 네린은 아이를 흔들어서 자신을 보게 할 생각에 아이를 향해 손을 뻗었다. 그 순간 아이의 이마에 송골송골 맺힌 땀을 보았다.

때는 겨울이 다가오는 늦가을의 저녁이었다. 결코 더운 날씨가 아니다. 그런데도 땀을 흘리다니?

물론 체력 훈련까지 버텨내고 기초 과정을 통과한 아이가 이 정도의 훈련에 땀을 흘릴 리는 없었다.

아무리 자세 훈련이 쉬운 훈련이 아니라 하지만 그건 육체적인 피로와 정신적인 피로가 같이 쌓여 쉽게 지치는 것이지 육체적으로 이렇게 땀이 나게 할 정도는 아니었다.

더군다나 아이는 목검을 계속 휘두르는 자세를 연습하는 것이 아니라 디프론이 가르쳐 주었던 자세들을 번갈아가며 연습하고 있었다. 목검을 휘두르는 것은 잠시, 오히려 검을 멈춰놓고 자세를 가다듬는 데 더욱 많은 시간이 소비되었다.

그런데 땀을 흘리다니?

'어디 아픈가?'

그러다가 그녀는 다시 아이의 눈동자를 보게 되었다. 그리고 다시 이상한 기분에 휩싸였다. 확실히 그랬다. 아이의 눈동자에선 이상한 열기가 느껴졌다.

실제로 뜨겁다거나 하는 것이 아닌 그 열기가 왠지 그녀를 잡아끌고 있었다. 그녀는 알 수 없는 이 기분이 왠지 싫지 않았다.

"에잇! 모르겠다. 깨어날 때까지 여기 있지, 뭐."

그녀는 그대로 아이의 옆에 앉아버렸다. 그리곤 왠지 즐거운 모습으로 아이의 모습을 바라보았다.

"후우……."

아렌은 긴 숨을 내뱉었다.

이제야 기나긴 집중에서 깨어난 것이다.

그는 소매로 이마의 땀을 훔치다가 주변이 어둡다는 사실을 눈치 챘다.

"앗! 오늘부터 체력 훈련을 하기로 했는데……."

아렌은 또 너무 집중해 버렸다는 것을 깨달았다. 사실 오늘부터 그는 어느 정도까지만 자세 훈련을 하고 나머지는 스스로가 부족하다고 생각하는 체력 훈련을 할 생각이었다.

검을 쥘 수 있는 자세 훈련이 너무나 좋았지만 아직도 이렇게 길게 집중을 하고 나면 이마에 땀이 송골송골 맺혀 있고 전신에서 기력이 빠지는 듯한 느낌에 아렌은 체력 훈련을 병행하기로 계획한 것이다.

땀을 흘린다든가, 전신의 기력이 빠지는 듯한 느낌은 자세 훈련의 자세 하나하나에 모든 정신을 쏟아 부으며 심혈을 기울이고 있어 그런 것임을 알 리 없는 아렌으로서는 그런 결단을 내리게 되었다.

그런데 오늘도 또 이렇게 밤이 될 때까지 자세 훈련에 빠져 버렸으니 계획을 처음부터 어기게 되고 말았다.

"이 바보, 이 바보! 이… 어라?"

아렌은 그것도 하나 조절하지 못하는 자신을 바보라며 자책하다가 문득 누군가를 보게 되었다.

땅바닥에 두 무릎을 가슴팍에 모으고 앉아 무릎에 고개를 묻고 잠들어 있는 여자 아이였다. 아렌은 의아한 마음에 그 아이를 살펴보았지만 아무리 살펴보고 생각해 보아도 이 여자 아이가 자신의 옆에서 이러고 자고 있는 이유를 알 수가 없었다.

　아렌은 여자 아이를 흔들어 깨우기로 했다. 곤히 자는 아이를 깨우는 게 미안하긴 했지만 때는 겨울이 다가오는 늦가을. 밤 날씨는 쌀쌀했기에 여기서 잠이 들면 감기에 걸릴 수도 있다는 생각에서였다.

　결국 아렌은 여자 아이를 흔들었고, 얼마 지나지 않아 여자 아이는 고개를 들었다. 그제야 여자 아이를 본 아렌의 얼굴이 홍당무처럼 빨개졌다.

　여자 아이는 D급의 공주라 할 수 있는 아이였다. 아렌 역시의 여자 아이를 힐끔힐끔 바라본 적이 있을 만큼 예쁜 아이였다. 그런 아이가 도대체 왜 여기서 자고 있단 말인가?

　이해할 수 없는 상황에 아렌은 패닉으로 빠져들 준비를 모두 마치고 있었다. 그때 여자 아이가 커다란 두 눈을 깜빡이더니 갑자기 아렌을 가리켰다.

　"아… 너!"

　"으, 으응?"

　아렌은 갑작스런 그녀의 행동에 깜짝 놀라고 말았다.

　하지만 아렌이 놀라건 말건 상관없는지 여자 아이는 계속해서 말을 이어갔다.

　"너, 어떻게 그럴 수가 있어!? 말을 걸어도 대답도 없고! 내가 얼마나 기다린 줄 알아!?"

　그제야 아렌은 이 여자 아이가 자신을 기다리다가 잠이 들었다는 사실을 알 수 있었다. 하지만 다른 궁금증이 금방 다시 생겨났다.

'왜 날 기다렸지?'

아무것도 모르는 아렌의 입장에선 아주 당연한 의문이었다.

하지만 그 의문을 채 입 밖으로 내뱉기도 전에 여자 아이는 속사포처럼 아렌을 쪼아대고 있었다. 이 상황에 물음이라도 던졌다가는 정말 여자 아이가 자신의 머리를 쥐어뜯을지도 모를 것 같았다.

결국 아렌은 영문도 모른 채 약 5분가량 여자 아이의 말을 듣고 있을 수밖에 없었다.

"헥! 헥!"

5분가량 동안 말을 쏟아내더니 지친 듯 숨을 몰아쉬는 여자 아이에게 아렌은 조심스레 입을 열었다.

"저… 괜찮아?"

"안 괜찮아!"

자신의 질문에 즉각 큰 목소리로 대답해 오는 여자 아이의 모습에 아렌은 다시 찔끔할 수밖에 없었다. 그런데 여자 아이가 잠시 숨을 가다듬더니 곧 입을 열었다.

"이름이 뭐니?"

"으, 으응?"

"이름 말야. 이름 없어?"

"아, 아렌."

"아, 아렌이 네 이름이니?"

"아, 아니. 그냥 아렌이 내 이름이야."

"으음, 네 이름은 그냥 아렌이었구나."

아렌은 그녀의 말에 고개를 끄덕이다가 뭔가 이상한 느낌이 들었다. 아무래도 여자 아이가 자신의 이름을 아렌이 아닌 '그냥 아렌'으로 생각하는 것 같았던 것이다.

아렌은 당황하여 곧바로 정정하려 했지만 그보다 여자 아이의 웃음소리가 먼저였다.

"푸훗! 그래, 알아. 네 이름은 아렌이지? 난 네린이라고 해. 반가워."

"으, 으응. 반가워."

아렌은 얼떨결에 네린이 내민 손을 잡고 악수를 하며 인사했다. 하지만 그는 아직도 상황을 이해할 수 없었다. 그리고 언제나 그가 질문을 할라 치면 네린이 먼저 선수를 쳤다.

"저……."

"그런데 말야, 아까는 왜 말을 걸어도 대답을 안 했어?"

"아까?"

"응, 네가 자세 훈련을 할 때 말이야."

아렌은 고개를 갸웃거리다가 자세 훈련이란 말에 얼굴을 붉혔다. 바보같이 검에 너무 빠져 버린 자신이 부끄러웠던 것이다.

"그게… 내가 검을 쥐고 수련을 하면 다른 것은 아무것도 안 보이고 안 들려서…….”

부끄러움에 잔뜩 고개를 숙이고 얼굴을 붉힌 채 간신히 내뱉은 말이었지만 그것을 받아들이는 입장에선 얘기가 달랐다.

검을 쥐고 수련을 하면 보이지도 않고 들리지도 않는다니.

그것도 하루 종일 내내!

그렇다면 아렌은 얼마나 검에 집중을 하고 있다는 말인가. 쉽사리 믿을 수 없는 말이었지만 네린이 보기에 아렌이 거짓말을 하는 것 같지는 않았다.

결국 네린은 고운 입을 쩍 벌린 채 놀랍다는 표정을 감추지 못했다.

“그게 정말이야? 정말 주변의 아무것도 모를 정도로 검에 집중을 한단 말이야?”

“으응. 오늘도 이렇게 밤이 돼서야 깨어나고 말았어. 원래 오늘부터 체력 훈련도 같이하려 했는데… 아, 아니… 내 말은… 그러니까 내가 일부러 널 무시한 게 아니었…….”

“정말 대단해!”

“응?”

“어떻게 그렇게 집중할 수 있는 거야? 난 아무리 해도 두 시간만 수련하면 도저히 검을 휘두를 맛이 안 나던데? 도대체 어떻게 하는 거야?”

아렌은 실컷 비웃을 줄 알았던 그녀가 의외의 반응을 보이자 당황해 버렸다. 그래서 그냥 입에서 나오는 대로 내뱉고 말았다.

"어찌하다기보다는 그냥……."

"그냥? 그냥 집중이 된단 말이야? 와! 정말 대단하다. 이게 천재와 보통 사람의 차인가?"

"처, 천재라니? 난 그런 대단한 게 아니……."

"아니야. 그렇게 집중할 수 있다는 건 아무나 할 수 있는 게 아니야. 넌 타고난 거야. 그런데 그 타고난 실력으로 어째서 죽어라 자세 훈련만 하는 거야? 그런 집중력으로 검술을 수련한다면 얼마든지 강해질 수 있을 텐데."

네린은 그것이 궁금했다.

만약 아렌의 말이 사실이라면 그의 재능은 대단한 것이라 봐야 했다. 아니, 하루 종일 집중을 한다는 것은 대단하다는 미사여구로도 부족한 점이 없지 않았다.

그런데 그 재능을 자세 훈련이라는 엉뚱한 데 쏟아 붓고 있으니 그녀로선 이해하기 힘들었다. 그러다가 아렌이 알고 있는 검술이 없지 않을까란 것에까지 생각이 미쳤다.

"알고 있는 검술이 없어? 없다면 내가……."

"…니까."

"응?"

"재미있으니까."

처음엔 아렌의 말을 잘 듣지 못했던 네린은 이번에는 제대로 들을 수 있었다.

재미있다고 했다. 분명.

아렌은 어느새 붉어진 얼굴을 지우고 원 상태로 돌아가 있었다. 그는 자신의 손에 잡힌 목검을 바라보았다.

"난 그냥 검이 좋아. 검과 함께 있는 게 좋고, 검을 휘두를 수 있는 게 좋아. 그것만으로도 너무 좋은걸. 재미있고 즐거워서 난 지금이 너무 행복해. 난 강해지려고 검을 익히는 게 아니야. 그냥 검이 좋아서 익히는 거지. 이렇게 자세 훈련을 계속하면 언젠가는 검을 내 마음대로 마음껏 휘두를 수 있을 테니까. 그러니까 힘들어도 훈련을 계속하는 거야."

아렌의 말에 네린은 순간 할 말을 잃었다. 아렌의 대답이 그녀가 예상했던 바완 너무나 달랐던 것이다.

네린은 아렌의 눈동자에서 또 아까와 같은 열기가 느껴진다고 생각했다. 하지만 이번에는 이전과는 달리 그 열기가 무엇인지 궁금하지 않았다.

그것은 검을 향한 순수한 열정이었다. 네린은 아렌의 눈동자에서 그것을 보고 있었던 것이다.

한편 아렌은 네린이 자신을 빤히 쳐다보자 다시 얼굴이 붉어졌다.

"헤헤, 바보 같지?"

"응."

"헉!"

너무나 쉽게 긍정을 한 탓인지 아렌은 헛바람을 내뱉었다.

정신적으로 심한 충격을 입은 듯했다. 하지만 그런 아렌을 전혀 배려하지 않은 채 네린은 자리에서 일어났다.

"늦었어. 어서 식당으로 가자. 식당 문 닫겠어."

꼬르륵!

한참 급작스럽게 찾아온 정신적인 충격에 허우적거리던 아렌은 그제야 자신의 뱃속에서 울리는 소리를 느끼고는 얼른 앞서가는 네린을 따라나섰다.

그런데 언제나 혼자 걸었던 길을 왠지 옆에 누가 있다고 생각되니 약간 어색하면서도 기분이 좋았다. 아렌으로서는 할아버지와 헤어진 이후 처음 느껴보는 감정이었다.

그것은 네린 역시 마찬가지였다. 그녀의 목적은 빨리 이곳을 벗어나는 것으로, 이곳의 아이들과 그다지 친하게 지내고픈 생각이 없었는데 지금 생각이 달라졌다. 왠지 내일부터 이 수련단에 들어온 것이 후회가 되지 않을 것만 같았다.

그러다가 문득 궁금증이 나는지 옆에서 걷는 아렌에게 물었다.

"그런데 자세 훈련을 하면 검을 네 마음대로 마음껏 움직일 수 있을 거라고 어떻게 확신하는 거야?"

"응? 그거야… 교관님이 그러셨잖아. 자세 훈련을 열심히 하면 검을 더 잘, 더 쉽게 휘두를 수 있다고."

아렌의 대답에 네린의 표정에 황당함이 묻어났다.

"설마 그 말만 믿고?"

"응. 당연하잖아. 교관님의 말씀인데."

너무나 당연하게 대답하는 아렌의 모습에 네린은 할 말을 잃어버렸다.

'이 녀석은… 바보야! 검에 미친 바보!'

그저 입 밖으로 내뱉지 못한 말만 머릿속에 맴돌았다.

다음날부터 묘한 일이 벌어졌다.

아니, 정확히 말하자면 전날 저녁부터였다.

네린은 또 느껴질 것 같은 따가운 시선을 참기로 다짐하며 숙소로 돌아갔는데 아이들의 눈빛이 달라져 있었다. 아까처럼 두려움이 가득 담긴 눈빛이 아닌 뭐랄까, 선망과 동경이 담긴 눈빛이 느껴졌다.

여섯 명의 여자 아이들에게서 모두 그런 눈빛을 느끼게 되자 네린은 왠지 기분이 찜찜했다. 자신을 두려워하는 것보단 나은 것 같았지만 이상한 건 이상한 것이었다.

그런데 오늘 훈련장에 오자 그 눈빛이 단순한 느낌이 아닌 확신이라는 걸 알 수 있었다. 잼 패거리 넷과 아무 생각 없이 검만 휘두르는 아렌 하나, 그리고 자신을 제외한 25명의 시선이 모두 자신에게 꽂혀 있던 것이다.

그것도 남자나 여자나 마찬가지의 눈빛을 말이다.

어쩐지 뭔가 상당히 이상하게 돌아간다고 생각한 네린은 또 한숨을 내쉬며 아렌에게 다가갔다. 그리고 그의 이름을 부르려다 멈추었다.

어차피 불러봐야 듣지 못할 것이라는 걸 알고 있었기 때문이다.

그녀는 대신 자신의 목검을 들고 그의 옆에 서서 검을 휘두르기 시작했다. 검술 수련이 아니었다. 그녀의 목검이 만들어 내고 있는 궤도는 자세 훈련의 그것이었다.

'아무리 생각해도 바보 같지만… 뭐, 나쁘진 않겠지.'

그녀는 그런 생각을 하며 싱긋 미소를 지었다.

그러니 당황한 것은 아렌도 네린도 아니었다.

나머지 아이들은 네린이 아렌의 옆에 서서 자세 훈련을 하기 시작하자 처음엔 알 수 없는 표정을 지었다.

어째서 저런 효과 없는 훈련을 하는 걸까?

아이들의 머릿속에 떠오른 생각이었다.

그들이 보기엔 어제까지만 해도 네린 역시 자세 훈련을 인정하지 않고 있었고, 그것이 하루 만에 바뀌기란 요원한 일이었다. 그런데 그런 점을 싹 무시한 채 하루 만에 갑자기 행동을 바꿔 자세 훈련을 하니 아이들로선 궁금증이 일어날 수밖에 없었다.

그렇게 궁금증을 내포한 채 하루는 무사히 지나가는 듯했다.

물론 네린의 눈치를 보다가 그녀가 고개라도 돌릴라 치면 즉시 고개를 떨구고 벌벌 떠는 잼 패거리들에겐 그렇지 않은 하루였지만.

다음날이 되었다.

아렌이야 당연히 자세 훈련에 임하고 있었고, 어제부터는 네린 역시 그와 함께하기로 했다. 그런데 그들의 뒤로 이상한 무리들이 줄을 지었다.

한 서너 명 정도의 아이들이 그들의 뒤에서 자세 훈련을 하기 시작한 것이다. 그러면서도 네린을 향한 그들의 눈빛은 떨어질 줄 몰랐다.

날이 지날수록 아렌과 네린의 뒤로, 옆으로 붙는 사람들은 늘어만 갔다. 일주일이 조금 지나자 이제는 처음 자세 훈련을 시작했을 무렵으로 돌아간 듯 대부분의 아이들이 자세 훈련에 참가하고 있었다.

아이들은 자세 훈련이 그리 효과가 있을 것이란 생각은 하지 않았다.

하지만 네린이 하는 일이다.

은연중에 D급 대장 취급을 당하게 된 네린이 하는 훈련인데 뭐가 있어도 있지 않겠는가. 그런 생각으로 아이들은 자세 훈련에 참가한 것이다. 그것이 아니더라도 네린의 관심을 끌어보고 싶은 아이들도 더러 훈련에 참가했다.

네린은 예쁘고 강했다.

그런 안일한 마음으로는 제대로 된 수련 효과를 거두지 못할 것이란 생각은 그들의 머릿속에서 싹 지워진 터였다.

어느 틈엔가 잼 패거리들 역시 훈련에 참가했다.

아렌은 자세 훈련을 마치고 나면 갑자기 엄청나게 불어 있는 아이들에 깜짝 놀라 잠시 의아한 생각이 들었지만, 그저 고개를 갸웃거릴 뿐이었다.

반면 네뤼은 그런 아이들을 보며 속으로 코웃음을 쳤다.

처음부터 할 맘이 없던 녀석들이다. 그런 녀석들이 과연 이 지겹고 힘든 훈련을 얼마나 버틸까 하는 생각이 들었다.

과연 거의 모든 아이들이 훈련에 참가한 지 일주일이 채 되지 않아 하나둘씩 원래대로의 모습으로 돌아가기 시작했다.

드디어 깨달은 것이다. 이런 훈련으로는 아무런 성과도 없을뿐더러 네린의 관심 역시 끌지 못할 것이란 사실을.

그 여파는 빠르게 퍼져 나갔다.

아무 생각 없이 빠르게 훈련에 참가했던 만큼 나가떨어지는 속도도 빨랐다. 하나둘 빠지기 시작하던 훈련 인원은 닷새쯤 되자 절반 이상으로 줄어버렸고, 그마저 시간이 지나면서 얼마 남지 않게 될 터이다.

이제는 놀리는 사람도 없지만 자발적으로 자세 훈련에 동참하는 아이들도 없었다. 그간의 자세 훈련보다 며칠간의 검술 수련이 더욱 큰 효과를 보았기 때문이다.

시간이 지날수록 자세 훈련의 무용성을 다시금 깨닫기 시

작했고, 아무리 네린이 하는 훈련이라지만 도저히 함께할 수
가 없었다.

그렇게 오랜 시간이 지나지 않아 자세 훈련을 하는 아렌의
곁엔 네린밖에 남지 않게 되었다. 아이들이 네린을 따라 훈련
을 시작한 지 약 삼 주일쯤 되었을 때의 일이다.

보라색의 괴신사

"흥! 그럼 그렇지. 끈기없는 녀석들."

"너무 화내지 마."

아렌은 뿌루퉁 화를 내는 네린을 말렸다.

"너는 화나지도 않니? 제멋대로 훈련에 끼어들어서 방해를 하다가 제멋대로 빠지다니……."

네린의 말에 아렌이 어색한 미소를 지었다.

아이들이 훈련에 끼어들었다가 빠졌다고 해서 그리 방해 될 것은 없었지만 그런 말을 함부로 내뱉었다가는 돌아올 네린의 후환이 두려웠다.

사실 네린은 열두 살, 아렌은 열 살로 네린이 아렌보다 두 살 더 많았지만 매일 함께 훈련을 시작하여 끝마치는 그들은 어느새 친한 친구가 되어 있었다. 특히 아렌에게 있어서 네린은 처음으로 사귄 친구나 다름없었다.

네린은 아렌이 어색한 미소를 짓고만 있자 도끼눈을 치켜떴다.

"안 되겠어. 내가 몇 명 잡아와서 훈련을 시켜야겠어."

"네가 좀 참아."

"휴우, 정말 너란 아이는……."

네린은 웃으며 자신을 말리는 아렌을 보고는 정말 물러터진 녀석이라 생각했다.

결국 그날부터 자세 훈련은 아렌과 네린 단둘만의 훈련이 되었다.

자세 훈련뿐만이 아니었다. 시간이 흐를수록 31명의 아이들 중 자율 훈련 시간에 제대로 훈련을 하는 아이는 몇 명 남지 않게 되었다.

어느 순간 훈련 시간에 제멋대로 돌아다녀도 디프론 교관이 아무런 행동도 하지 않는다는 것을 깨달은 아이들은 아예 나오지 않는 경우도 허다했다. 그럼에도 불구하고 디프론 교관은 여전했다.

그래서 배우기 위해 수련단에 입단한 많은 아이들은 디프론 교관을 못마땅하게 생각했다.

네린도 그중 하나였다.

네린이 생각하기에 디프론 교관은 직무 유기였다. 자율 훈련은 그저 핑계일 뿐, 그저 놀고 먹겠다는 심보일 게 분명하다고 생각했다. 도대체 어째서 이런 사람을 교관으로 남겨두고 있는지에 대해 궁금증이 들었다.

물론 디프론 교관의 의도가 순수하게 아이들을 위한 자율 훈련이라고 철석같이 믿고 있는 아이도 없지 않았지만 그 아이가 아렌뿐이라는 게 문제였다.

그런 아렌을 볼 때마다 네린은 한숨만 늘어가는 자신을 발견했다.

지금은 점심 시간으로, 아이들이 가장 좋아하는 시간이기도 했다.

수련단의 식당에서 나오는 식단은 아주 뛰어난 편이었다. 고급의 재료가 사용되고 또 고급의 요리가 나오는 건 아니었지만 아이들에게 힘을 북돋워 줄 수 있도록 영양가 높은 음식이 나왔으며, 맛 또한 웬만한 식당 못잖게 매우 좋았다.

그래서 아이들은 이 식사 시간을 가장 좋아했다.

이미 많은 아이들이 식당으로 향하고 있었고, 그것은 아렌 또한 마찬가지였다.

아렌은 훈련 초기엔 검에 빠져 헤어 나오지 못했기에 미처 점심을 챙겨 먹지 못했다. 하지만 네린과 함께 훈련을 시작한 뒤로는 조금씩 스스로 조절이 가능해졌고, 그러다가 안 될 땐 네린이 깨워줬기에 무사히 점심을 먹을 수 있었다.

그런데 오늘 그는 혼자였다.

'왜 그러지?'

아렌은 네린에게 맞은 부위를 쓰다듬으며 조금 전의 일을 떠올렸다.

훈련에서 빠져나간 아이들 때문에 심통이 나 있는 네린을 밥으로 달래보려 한 아렌이었지만 네린은 다이어트 중이라며 아렌더러 혼자 가라고 했다.

다이어트가 뭔지 몰랐던 아렌은 네린에게 뜻을 물었고, 살을 빼는 거라 말하는 그녀의 설명을 들을 수 있었다. 하지만 이해할 수 없었다.

검을 잘 휘두르려면 근육이 붙고 힘이 강해져야 한다. 그러려면 훈련도 훈련이지만 우선 잘 먹어야 할 텐데 오히려 밥을 먹지 않고 살을 뺀다는 것을 이해할 수가 없었던 것이다.

그래서 그것을 물었다가 아렌은 한 대 된통 얼어맞고 쫓겨나다시피 식당으로 향하고 있었던 것이다. 복잡한 여심을 알기엔 아렌은 무척이나 단순했다.

그렇게 걸어가며 고개를 갸웃거리던 아렌의 앞을 누군가가 막아섰다.

"응?"

그의 앞을 막아선 건 어디선가 낯이 익은 세 명의 아이들이었다. 아렌이 걸음을 멈추자 아이들 중 하나가 입을 열었다.

"너!"

"나?"

"그래, 너."

"왜?"

"따라와."

아이는 그렇게 말하고선 뒤돌아 걷기 시작하는 게 아닌가. 아렌은 도대체 이 아이가 뭘 하나 싶었다. 그런데 다른 아이 중 하나가 다시 입을 열었다.

"도망갈 생각 따윈 하지 않는 게 좋아. 얌전히 따라와."

딱히 도망갈 생각도, 도망갈 이유도 없었던 아렌은 영문도 모른 채 아이들을 따라 걷기 시작했다.

그렇게 잠시 걸어 아이들이 아렌을 데려간 곳은 숙소의 뒤편에 위치한 공터였다. 그리고 그곳엔 이미 누군가가 도착해 있는 것 같았다.

퍽!

"악!"

가장 먼저 들려온 소리는 둔탁한 소음과 함께 누군가의 비명 소리였다.

웬 덩치가 제법 커다란 아이가 험악한 표정을 짓고는 누군가를 걷어차고 있었다. 걷어차이는 아이는 그동안 제법 많이 맞았는지 반항할 힘조차 남아 있지 않은 듯했다.

아렌이 눈을 동그랗게 뜨고 그 모습을 보고 있자 그를 데리고 온 아이들 중 두 명은 아렌의 뒤로 자리를 옮겨 혹여나 아렌이 달아나지 못하게 하고, 다른 한 명은 덩치 큰 아이에게로 다가갔다.

"잼, 데려왔어."

"씩! 씩! 응?"

덩치 큰 아이는 한때 자신의 안 좋은 기분을 아렌에게 분풀이하려 했다가 네린에게 된통당한 잼이었다. 그리고 다른 세 명은 그런 잼을 따라다니는, 일명 잼 패거리라 불리는 아이들이었다.

한참 동안 아이를 걷어차느라 숨이 차는지 씩씩거리던 잼은 아이의 말에 고개를 돌려 아렌을 바라보았다. 그리고 입가에 비열한 미소를 지었다.

"흐흐, 드디어 걸려들었군."

잼은 이런 기회를 노리고 있었다.

네린에게 당한 후 잼은 한동안 잠조차 제대로 자지 못할 정도였다. 그녀에 대한 공포와 분노, 그리고 억울함 때문이었다.

처음 네린에게 당했을 땐 그녀가 너무도 무서웠지만 시간이 지나면서 공포감은 지워지고 분노와 억울함만 늘어갔다.

그리고 결국엔 자신이 방심했기 때문에 네린에게 당한 것이
라 생각하기 시작했다.

어처구니없는 착각이었지만 시간이 지나도 자신을 딱히
건들이지 않는 네린의 모습에서 착각은 점점 진실로 변모되
어 갔다. 하지만 아직 확신이라고 하기엔 부족했기에 그녀를
피하고 있었다.

대신 아렌을 노렸다. 그날 사건의 모든 원인이 바로 아렌이
라 생각하고 있었기 때문이다. 하지만 뭣 때문인지 네린과 급
속도로 친해진 아렌이었기에 섣불리 건들이지 못했다. 그러
다가 결국 오늘에 와서 아렌이 네린과 떨어지게 된 틈을 타
그를 이곳으로 유인한 것이었다.

잼은 들끓어 오르는 복수심을 참지 못하고 아렌을 기다리
는 동안 다른 한 아이를 잡아와 분풀이를 하고 있었다. 그런
데 때마침 자신의 패거리들이 아렌을 데리고 도착한 것이
다.

잼은 한쪽에 세워두었던 목검을 주워 들었다. 아렌 역시 한
손에 목검을 들고 있었지만 그는 전혀 신경 쓰지 않았다. 네
린만 아니라면 아렌 따위야 자신의 일검조차 막지 못할 것이
당연했다.

"흐흐흐, 너 이 자식……."

잼은 어린아이답지 않은 음산한 미소를 지으며 아렌에게
다가갔다. 하지만 아렌은 그를 주시하지 않은 채 뒤에 쓰러져

있는 아이를 보았다. 그리고 곧 입을 열었다.

"네가 저 아이를 저렇게 만든 거야?"

"흐흐, 왜, 걱정돼? 걱정 마. 너도 곧 편안히 눕혀줄 테니까."

아렌의 표정은 약간 굳어 있었다. 하지만 잼은 그저 지금 상황에 겁먹어서 그런 것이라 생각했다. 하지만 그래 봤자 이미 아렌은 자신한테 찍힌 상태라 봐줄 의향 따윈 전혀 없었다.

"어때? 아직도 내가 우습게보여?"

잼은 아직도 아렌이 자신을 무시했던 그 기억을 잊지 않고 있었다.

감히 제 놈 주제에 나를 무시하다니!

이런 생각에 잼은 화가 점점 더 치솟고 있었다. 하지만 아렌은 아직도 쓰러진 아이에게서 눈을 떼지 못하고 있었다. 교관의 발길질에 의해 쓰러진 아이들은 많이 봤지만 이것과는 달랐다.

아렌 자신은 미처 깨닫지 못했지만 그의 가슴 깊은 곳에서 알 수 없는 기분이 생겨나고 있었다. 그것은 분노였다.

"저 아이가 무슨 잘못을 했지?"

잼은 아렌이 계속 쓸데없는 질문을 하자 짜증이 났다. 그래서 좀 더 공포심을 자극해 줘야겠다고 생각했다. 자신을 더 무섭게 쳐다봐야 했다.

"널 기다리느라 지루했거든. 마침 딱 지나가는 저 녀석이 걸린 거지. 뭐, 저 녀석의 잘못을 굳이 따지자면… 오늘 같은 날 걸렸다는 걸까? 호호호."

그 순간 아렌의 표정이 완전히 굳어버렸다. 그가 마침내 시선을 돌려 잼을 똑바로 보았고, 잼은 아렌의 눈동자에 잠시 흠칫했다

아렌이 입을 열었다.

"너희들… 아주 고약한 취미를 가졌구나."

"키키킥! 꽤나 재미있는걸?"

그는 밑에서 벌어지고 있는 일을 보며 웃음을 지었다.

인간은 참 재미있는 존재였다.

때로는 스스로를 그 무엇보다 성스럽다고 생각하면서 때로는 마족보다도 더욱 살육을 즐겼다. 이런 극단화된 이중성을 가진 것이 바로 인간이었다.

하지만 그가 가던 길을 멈추고 아래의 일을 지켜보는 건 그 때문만은 아니었다. 원한다면 수백, 수천의 살육 현장을 볼 수도 있는 그였기에 고작 인간의 꼬마 아이 몇 명이 다투는 게 그의 눈에 찰 리가 없었다.

그런 그의 발걸음을 멈추게 한 것은 한 명의 꼬마 아이였다.

마치 새하얀 도화지를 보는 듯한 아이였다. 아직 무엇에도 때 묻지 않은 그런 순수한 아이였다. 요즘 세상에선 보기 드

문 아이라 할 수 있었다. 그 아이에게 흥미가 갔다.

그냥 단순한 흥미였다.

아이는 그를 원하지 않을 터이다. 오히려 그 아이와 다투고 있는 네 명의 아이들이나 쓰러져 있는 한 명의 아이가 그를 원할 터이다.

하지만 그는 알고 있었다. 자신을 원하는 천 명의 아이들을 물들이는 것보다도 저와 같은 순백의 아이 단 하나를 검고 탁하게 물들이는 것이 그 무엇보다 즐겁고 재미있다는 사실을.

"흐응, 어떻게 해볼까? 키키킥!"

그의 머릿속엔 검게 물들어 더 이상 흰색을 찾아볼 수 없는 그런 아이의 모습만이 떠올랐다.

뭔가 달랐다.

그 뭔가가 무엇인지 알 수는 없었지만 잼을 비롯한 그곳의 아이들은 이 허약해 빠진 녀석이 조금 전과 뭔가 다르다는 것을 직감적으로 느낄 수 있었다.

그런 알 수 없는 현상은 그들에게 일말의 두려움을 안겨주었다. 자신들이 납득할 수 없는 무엇인가를 체험한다는 건 두려운 일이었다. 특히 아이들이었기에 그것은 더 심했다.

"치, 칫!"

아렌의 검은 눈동자와 직면한 잼은 무의식 중에 그만 고개를 돌려 눈길을 피하려 했다. 그러다가 멈칫했다.

‘피해? 내가? 이 허약한 녀석을?

어째서 그랬는지는 모르겠다. 하지만 자신이 아렌의 눈길을 피하려 했다는 것만은 사실이다. 하지만 잼은 그 사실을 인정할 수 없었다. 그래서 더 화가 났다.

"이 자식이!"

잼은 아렌을 향해 소리를 질렀다. 하지만 그의 마음속 깊숙한 곳엔 아직도 두려움이 사라지지 않았는지 은근히 그의 목소리가 떨리고 있었다.

잼은 목검을 쥔 손에 힘을 불끈 주어 쳐들었다. 이대로 아렌을 향해 내려쳐 감히 자신을 똑바로 쳐다보지 못하게 할 생각이었다. 그때 아렌의 목소리가 들려왔다.

"검을 함부로 꺼내 들지 마."

"웃기지 마!"

더 이상 두고 볼 것도 없었다. 머리끝까지 화가 치솟은 잼은 그대로 아렌을 향해 목검을 힘차게 내려쳤다.

부웅!

공기를 가르는 소리가 들렸다. 여전히 힘을 가득 실은 일격이었다. 얼마 전에 힘만 잔뜩 담아 공격했다가 네린에게 처참히 패한 적도 있는 주제에 전혀 발전이 없는 모습이었다.

하지만 잼은 자신의 일격이 실패하리라고는 생각지 않았다. 겨우 아렌 따위다. 잼은 곧 자신의 목검을 얻어맞고 쓰러질 아렌을 떠올리며 입가에 작은 미소를 지었다.

탁!

그런데 이건 무슨 소린가?

목검이 사람에게 부딪쳤을 땐 적어도 뻑! 정도의 소리는 나야 한다. 게다가 자신의 강력하기 이를 데 없는 공격이라면 그보다 더하면 더했지 덜하지는 않으리라.

그런데 이건 무슨 소리란 말인가? 아니, 소리보다는 손끝의 감각이 이상했다. 전혀 상대를 때릴 때 느껴지는 그런 감각이 아니었다.

잼은 눈을 크게 떴다.

목검을 쥔 두 손을 머리까지 올리고 목검의 끝을 대각선 아래로 향하게 한 자세 그대로 아렌은 자신을 보고 있었다. 자신의 목검은 그런 아렌의 목검에 막혀 더 이상 앞으로 나아가지도 못하고 있었다.

잼은 믿을 수 없었다. 자신의 목검이 막히다니?

그때 아렌이 입을 열었다.

"검은 네 장난감이 아니야."

"시, 시끄러!"

잼은 목검에 힘을 주어 아렌을 밀어냈다.

자신의 목검이 막힌 이유 따윈 생각할 필요가 없었다. 어차피 이유라고 해봐야 우연일 것이 분명했다. 우연이 아니고서야 아렌 따위가 자신의 목검을 막을 수 있을 리 없었다.

'우연이야!'

잼은 그렇게 생각했고, 다시 크게 목검을 휘둘렀다. 이번에는 조금 전보다 힘을 더 담았다. 우연은 연속해서 두 번이나 일어날 리 없었다.

탁!

하지만 어떻게 된 것일까.

그의 목검이 공중을 가르며 떨어져 내리다 아렌의 목검에 이르면 아렌은 슬쩍 한 발 뒤로 물러서며 그의 목검을 스윽 흘렸다.

그 단순한 동작에 잼의 목검은 아렌의 목검 앞에서 힘을 잃었다.

다시 공격하고 또 공격하더라도 그것은 변하지 않았다. 마치 고무로라도 만들어진 듯한 아렌의 목검 앞에서 잼의 목검은 무용지물일 뿐이었다.

그러나 잼은 포기하지 않고 미친 듯이 목검을 휘둘렀다.

'이럴 리 없어. 이럴 리 없어……'

잼은 목검을 휘두르면서도 지금 악몽을 꾸고 있는 건 아닌지 의심스러웠다. 악몽이 아니라면 어떻게 자신의 목검을 아렌이 막아낼 수 있단 말인가. 고작 이런 놈이!

그는 눈치 채지 못했지만 지금 아렌은 디프론 교관이 가르쳐 준 방어 자세 중 하나에 따르고 있었다. 적의 공격을 정면으로 막아내는 것이 아니라 살짝 흘리며 공격을 분산시키는 방어 자세였다.

동작은 단순하지만 실행하기는 어려운, 하지만 잼같이 힘
만 믿고 덤벼드는 적을 상대하기엔 더없이 좋은 방어 자세였
다. 아렌은 그 방어 자세를 완벽히 펼쳐 내고 있었다.

"이럴 리 없어!"

결국 현재의 상황을 견디지 못한 잼은 목검을 크게 쳐들려
했다. 목검을 잡은 손엔 그 어느 때보다 힘이 가득했다. 동작
은 절로 커졌고, 속도는 느렸다. 그의 전신이 허점이나 다름
없었다.

아렌은 그 허점을 놓치지 않았다.

"차앗!"

아렌의 목검이 호선을 그었다. 깔끔하고 빠른 공격.

이 역시 그간 훈련한 검을 내려치는 자세 중 하나였다.

따악!

"아악!"

잼은 목검을 놓치곤 비명을 지르며 뒤로 물러났다. 그의 오
른 손등은 빨갛게 부어오르고 있었다. 아렌의 목검이 그의 틈
을 놓치지 않고 검을 쥔 오른손을 노렸던 것이다.

"헉!"

"잼!"

"괜찮아?"

아렌을 포위한 채 그가 도망가지 못하도록 막고 있다가 잼
과 아렌의 대결을 멍하니 지켜보던 나머지 패거리들은 깜짝

놀라 잼에게로 다가왔다. 하지만 잼은 잔뜩 화가 난 채 그들을 향해 손짓했다.

"이 바보들아! 가서 잡아!"

도저히 혼자의 힘으론 상대가 되지 않음을 깨달은 것일까.

잼은 아렌을 잡으라고 고래고래 고함을 질렀고, 그의 패거리들은 허겁지겁 아렌을 향해 달려들 수밖에 없었다.

한편, 아렌은 숨을 가라앉히고 있었다.

손목이 약간 시큰해져 왔다.

아렌이 사용한 자세는 최소한의 힘으로 상대의 공격을 막아내고 방심을 유도하는 자세였지만, 남과 검을 겨뤄보는 것은 오늘이 처음이라 긴장한 탓인지 몸이 선뜻 따라주지 않았다. 그래서 잼에게서 계속 허점이 보였음에도 쉽사리 공격하지 못하고 있었는데, 결국 참지 못한 잼 덕분에 대치 상태를 잠시 물릴 수 있었다.

그런데 이번엔 세 명이 한꺼번에 덤벼들려 했다. 그들의 덩치로 봐 잼처럼 강한 힘으로 공격해 오지는 못하겠지만 오히려 더 빠른 공격을 해올 것이다.

'내가 할 수 있을까?'

아렌은 약간 걱정이 되었다. 잼도 사실 힘겹게 물리치다시피 했는데, 세 명의 아이가 한꺼번에 덤벼드는 것에 조금 긴장한 것이었다. 그러다가 아렌은 자신이 쥔 목검을 보았다. 그리고 손에 힘을 주었다.

'할 수 있어!'

아렌은 검과 자신을 믿었다.

아렌을 향해 다가가던 아이들은 갑자기 흠칫하며 물러서고 말았다. 잼이 아렌과 맞붙기 전 아렌에게서 느꼈던 그 이상한 느낌을 다시 느낀 것이다.

조금 전의 아렌과 지금의 아렌은 뭔가가 달랐다.

그래서 아이들은 섣불리 아렌을 향해 다가가지 못하고 있었다. 아이들치고는 제법 신중히 때를 기다리는 것이었지만 지켜보는 잼은 울화통이 치밀 뿐이었다.

"이 자식들! 빨리 잡으라니까!"

대장이라는 작자가 이런 녀석이다 보니 아이들은 더 이상 고민하고 있을 수만은 없었다. 결국 가장 먼저 나선 것은 세 명의 아이들 중 그나마 가장 검술 실력이 나은 아이였다.

"하앗!"

샤악!

아이의 목검은 제법 빨랐다. 잼의 그것에 비한다면 번개가 스쳐 지나간다고 해도 좋을 정도였다. 하지만 힘이 그리 담겨 있지 않았다. 잼 정도쯤 되는 아이라면 맞아도 그리 심한 고통을 느끼지 않을 것이고, 그래서 아이는 잼의 곁에 붙어 있었다.

아렌은 빠르게 짓쳐들어오는 검을 막기보다는 피하는 것

을 택했다. 조금 전과 같은 1대 1의 상황이 아니었기에 자신이 아이의 검을 막은 틈을 타 다른 아이들이 공격해 오면 곤란했다.

하지만 피한다고 해서 협공이 사라지는 건 아니었다.

처음 아이의 목검을 피해내자 다른 두 아이의 목검이 동시에 아렌을 노리고 짓쳐들었다. 아렌은 천천히 마음을 가다듬고는 정확히 아이들의 공격을 하나씩 피해냈다.

'왼쪽!'

아렌은 왼쪽 상위부터 대각선으로 자신의 상체를 그으며 지나가는 작은 실선을 볼 수 있었다. 그 순간 재빨리 상체를 뒤로 눕혔다.

샤악!

상체를 뒤로 숙인 아렌의 위로 풀을 베는 듯한 소리가 들렸다. 첫 번째 아이가 벌써 목검을 돌려 아렌을 공격한 것이었다. 아렌은 그 상태로 주저앉으려 몸을 누이다가 급히 왼발을 돌려 중심을 잡으며 목검을 뻗어냈다.

타악!

나무끼리 부딪치는 경쾌한 소리가 울렸다. 아렌은 자신을 공격해 오는 목검을 막아내고는 재빨리 일어나 자세를 가다듬었다. 그는 검의 시작을 안정적인 자세부터라 생각하고 있었다.

탁! 탁! 탁!

처음엔 약간 불안하게 아이들의 공격을 피해낸 아렌이었

지만 시간이 지날수록 그들의 협공에 익숙해지기 시작했다. 어차피 처음부터 아이들의 공격은 이미 그의 눈에 다 들어오고 있었던 터라 그들의 공격에 익숙해지는 건 어렵지 않았다.

그렇게 되자 아렌은 어렵지 않게 아이들의 목검을 피해낼 수 있었다. 때로는 피하기보다 막고 흘려서 틈을 만들어 아이들을 공격할 수 있게 되기까지 했다.

'된다! 돼!'

아렌은 지금까지 그가 상상만 해오던 검들이 펼쳐지고 있다는 것을 깨달았다.

상대의 검을 가장 쉽게 피해낼 수 있는 방향을 찾고, 가장 상대가 공격을 막기 어려운 곳을 찾던 아렌의 가장 재미난 놀이가 드디어 지금에서야 빛을 발하고 있었다.

아렌의 모든 동작은 그가 밤낮을 잊고 연습한 자세 훈련을 바탕으로 펼쳐지고 있었으며, 점점 더 자신감을 찾고 신이 나자 그의 검은 더욱 빨라지고 더욱 정교해졌다.

이렇게 되자 처음엔 아렌을 밀어붙였던 아이들이 오히려 조금씩 밀리기 시작하더니 결국에 가서는 검이 어지럽게 엉켜갔다.

"어? 어?"

아이들은 당황하고 있었다. 잼과 맞붙을 때도 아렌이 자신들이 생각한 것 이상의 실력은 가지고 있다는 것을 느꼈지만, 설마 자신들 세 명이 달려들었는 데도 이렇게까지 밀릴 줄은 상상조차 하지 못했다.

어느새 아이들은 공격은커녕 아렌의 목검을 막아내기 위해 이리저리 검을 움직이기에 바빴다. 아렌의 검은 그들이 상대하기엔 너무 빨랐으며 정교했고, 정확한 자세에서 나오는 힘까지 담겨 있었다.

이대로 간다면 얼마 지나지 않아 아렌의 검에 당할 것이 분명했다.

"에잇! 세 명이서 그 녀석 하나를 못 잡아?! 이 바보들!"

결국 보다못한 잼이 다시 목검을 집어 들고 나섰다.

생각지도 못한 아렌의 뛰어난 실력에 처음엔 잔뜩 놀란 잼이었고, 그래서 세 명을 내보내 아렌을 상대하게 했다. 그런데 처음엔 좀 밀린다 싶던 아렌이 종국에 가서는 오히려 세 명을 휘어잡고 있질 않은가. 그것을 전부 아이들의 실력 부족으로 탓하는 잼이었다.

잼은 설마 아렌이 자신마저 가담한 네 명을 상대로 버틸 수 있을 거라 생각하지 않았기에 선뜻 목검을 집어 들고 아렌을 공격하기 시작했다.

부웅!

잼은 아이들이 틈을 벌리자 그곳을 향해 뛰어들며 검을 휘둘렀다. 그의 검은 여전히 바람 소리가 울릴 정도로 강맹했다.

하지만 아렌은 그런 그의 공격을 옆으로 두 발자국 움직이는 것으로 완전히 피해 버리고는 오히려 깊게 파고들며 목검을 내질렀다.

쉐엑!

목검이 공기를 가르며 자신을 향해 쏘아지듯 다가오자 잼은 기겁했다. 하지만 갑자기 뛰어든 터라 이미 피하기는 너무 늦고 말았다.

탁!

그때 아이들 중 하나의 목검이 아렌의 목검을 쳐서 방향을 바꾸어 잼은 무사할 수 있었다.

"이 녀석이!"

화가 잔뜩 난 잼은 다시 목검을 무작정 휘두르기 시작했다. 주변의 그 무엇도 신경 쓰지 않는 듯한 행동이었다. 그런 그의 목검 때문에 불편하고 위험한 것은 아렌이 아닌 오히려 그의 패거리인 세 명의 아이였다.

아렌은 잼의 무식한 공격을 오히려 즐기는 듯했다.

그는 잼의 정신없이 움직이는 목검 속으로 기꺼이 뛰어들었다. 얼핏 보기엔 너무나 위험한 움직임이었지만 아렌이 뛰어든 그곳이 오히려 가장 안전한 곳이며, 가장 반격하기 쉬운 곳이기도 했다.

아렌은 자신이 어떻게 목검을 내지르고 있는지, 어떻게 움직이고 있는지조차 생각하지 않고 있었다. 그저 몸이 움직이는 대로, 목검이 몸을 끌어주는 대로 움직이고 있었다.

잼 패거리들과 검을 겨누고 있다는 것조차 잊어버렸다.

　그저 아렌은 자신의 마음대로 목검이 움직이는 것에 취해 있었다. 그것이 너무 즐거웠고, 재미있었다. 자세 훈련을 할 때와 마찬가지로 주변의 모든 것을 잊고 검을 휘둘렀다.

　하지만 그럼에도 잼과 그 패거리들은 아렌의 옷자락 하나 건드릴 수 없었다. 4대 1의 대결이 되었지만 상황은 조금도 나아지지 않고 있었다. 짧다면 짧은 대결이었지만 아렌은 그 순간순간에 조금씩 성장하고 있었다.

　잼과 그 패거리들은 도무지 정신을 차릴 수가 없었다.

　"차앗!"

　타아악!

　아렌의 입에서 마지막 기합 소리가 터져 나옴과 동시에 잼을 비롯한 네 명의 아이들은 손목에서 큰 고통을 느끼고는 검을 놓치고 말았다. 그리고 아렌의 검은 정확히 잼을 겨냥한 채 멈춰 서 있었다.

　"하악… 하아… 하아……."

　아렌의 거친 숨소리가 들렸다.

　아렌은 경악한 눈빛으로 자신을 바라보는 아이들을 볼 수 있었다. 그제야 시야가 넓어지며 조금 전의 일을 떠올릴 수 있었다.

　생각했던 모든 것이 펼쳐지는 것에 너무나 신나 목검을 휘두르며 네 명의 아이들을 상대해 나간 그 움직임 하나하나가 기억났다.

왠지 멍한 기분이었다. 마치 조금 전의 일이 꿈속에서 있었던 일인 것처럼 뿌옇게 머릿속에서 맴돌았다.

아렌은 잼을 겨누고 있던 검을 내렸다.

잼은 아렌의 목검이 모두의 목검을 순식간에 쳐내 버리고 자신을 겨누자 잔뜩 겁에 질려 있다 아렌이 목검을 내리자 다리가 풀려 주저앉고 말았다.

아렌은 주저앉은 잼을 잠시 바라보다가 아직도 경악의 표정을 지우지 못한 채 멍하니 서 있는 나머지 세 아이들을 차례대로 보았다. 그리고는 몸을 돌려 잼에게 맞아 쓰러져 있는 아이에게로 다가갔다.

"괜찮아?"

"으, 으응."

아이 역시 약간 멍한 눈으로 아렌을 바라보고 있었다. 다행히 잼에게 맞긴 했지만 크게 다친 것 같지는 않았다.

아렌은 아이의 팔을 자신의 어깨에 걸쳐 부축해 아이를 병실로 데려다 줄 생각이었다.

그때였다.

[왜 그만두지?]

귓가에서 누군가의 목소리가 들려왔다.

아렌은 걸음을 멈추고 놀란 눈으로 옆의 아이를 바라보았다.

"네가 나한테 말한 거니?"

"응? 무, 무슨 말?"

아이는 아닌 것 같았다. 그렇다면 누구란 말인가?

[여기야, 여기.]

"어디?"

[여기라니까.]

휘우웅!

갑자기 거센 바람이 몰아닥쳤다.

"악!"

눈조차 뜨지 못할 정도로 거센 바람이었다. 그런 바람이 몰아치자 아이를 부축하고 있던 아렌과 이미 힘이 풀려 버린 아이는 바람에 밀려 쓰러지고 말았다.

그것은 잼 패거리들 역시 마찬가지였다. 아니, 오히려 잼 패거리들 쪽에서 바람이 더욱 거세게 몰아닥쳐 다른 아이들은 물론이고 잼마저 뒤로 날아가 처박혔다.

거센 바람이 몰아닥치자 바닥의 모래가 휘날리며 뿌옇게 모래먼지를 만들기 시작했다. 그리고 아렌은 그 흐릿한 시야 속에서 볼 수 있었다.

우뚝 서 있는 한 괴인을.

괴인의 모습은 이상했다. 깔끔한 보라색 정장을 걸치고 보라색 나비넥타이에 보라색 셔츠를 입고 있었다. 온통 보라색으로 색칠을 한 듯한 모습이었다. 가장 놀라운 건 눈동자와 입술마저 보라색이었다는 것이다. 괴인이라는 말보단 괴신

사라고 표현하는 게 더 어울릴 듯했다.

"안녕?"

괴신사는 역시 보라색 중절모를 벗으며 정중하게 인사를 했다. 입으로 나오는 인사와 그의 행동에는 많은 이질감이 느껴졌다. 그의 보라색 입술은 웃음 짓고 있었다.

아렌은 그의 인사에도 그냥 멍하니 그를 바라보고 있을 뿐이었다. 그러자 보라색의 괴신사가 다시 입을 열었다.

"방금 들었던 목소리, 그게 나야."

아렌은 그제야 그가 조금 전 자신에게 말을 걸었던 그 목소리의 주인공이라는 것을 깨달을 수 있었다. 하지만 그거야 어쨌든 도대체 이 괴신사는 누구란 말인가.

"내가 누구라는 건 그렇게 중요한 게 아니야."

아렌은 깜짝 놀라고 말았다. 괴신사가 자신의 생각을 읽고 있는 듯했다. 이번에도 읽었을까 하는 생각에 괴신사를 쳐다보았더니 그는 그저 입가에 진한 미소를 지었다.

"내가 생각을 읽는다는 게 그렇게 신기해? 아니, 그럴 필요 없어. 내가 누구든, 내가 뭘 했든 지금 네겐 중요하지 않아. 자, 보여?"

괴신사는 그렇게 말하고선 뒤로 팔을 저었다. 그러자 신기하게도 그 부분만 모래먼지가 사라지고 그 반대편으로 날아가서 함께 처박혀 있는 잼과 그 패거리들이 보였다.

"지금 네게 중요한 건 저 아이들이지. 그렇지?"

"으……."

아렌은 자신도 모르게 대답해 버릴 뻔했다. 만약 넘어지면서 까진 무릎의 고통이 아니었다면 그렇다고 대답했으리라.

괴신사는 빙긋 웃음 지었다.

"저 아이들은 너를 공격했어. 그것으로도 만족 못해 전혀 상관 없는 저 가여운 아이까지 끌어들였지. 어때? 괘씸하지 않아?"

"괘… 씸해요."

이번엔 무릎에서 느껴지는 고통도 아무런 효과를 발휘하지 못했다. 아렌은 무의식적으로 괴신사의 질문에 대답하고 있었다.

"자, 그럼 저 괘씸한 아이들을 어떻게 해야 할까?"

괴신사는 그리 말하며 살짝 빙그르르 돌더니 어느새 아렌의 지척에 도착해 있었다.

"그냥 내버려 둬야 할까, 아니면……."

그는 말을 조금 늘어뜨리더니 상체를 숙여 아렌의 귓가에 속삭였다.

"벌해야 할까?"

그의 목소리는 무척이나 감미로웠다. 그에게서 느껴지는 향기는 그 어떤 향수보다 향긋했고, 그의 웃음은 세상의 어떤 간식보다 달콤했다.

아렌은 눈앞이 멍해지며 머릿속에 그의 목소리가 스쳐 가는 것을 느낄 수 있었다.

'꼭 벌해야 할까? 벌해야 해? 벌… 해야… 해.'

아렌은 천천히 입을 열었다.

"벌해야… 해요."

괴신사는 아렌의 입에서 그 말이 나오길 기다렸다는 듯 빙긋이 미소를 지으며 다시 똑바로 섰다.

"그래, 그거야. 저런 나쁜 녀석들은 벌해야 해. 그럼 어떤 벌을 해야 할까? 음, 이런 벌은 어때?"

괴신사는 잼 패거리들을 향해 손짓했다. 그러자 잼 패거리들 앞에서 공기가 요동을 치더니 갑자기 진공파를 터뜨렸다.

"컥!"

"으억!"

잼 패거리들은 각종 비명을 터뜨리며 뒤로 나가떨어졌다. 그들을 보는 괴신사는 뭔가 마음에 들지 않는 듯한 표정이었다.

"아무래도 너무 폭력적인가? 그럼 이건 어때?"

이번엔 잼 패거리들을 향해 손을 뻗더니 손을 까딱거렸다. 그러자 잼 패거리들의 밑에서 보라색의 이상한 문양이 생기더니 문양에서 알 수 없는 보라색 기운이 흘러나와 잼 패거리들을 감싸기 시작했다. 그리고 잠시 시간이 지나자,

"크르르……."

"캬오!"

잼 패거리들의 몸에서 털이 돋아났고, 몸이 이상하게 뒤틀리기 시작했다. 입에선 짐승의 울음소리가 흘러나왔으며, 눈빛은 야수의 살기를 띠고 있었다. 그렇게 그들은 갖가지 흉측하고 사나운 몬스터들로 변해 버렸다. 그러더니 서로를 향해 발톱을 꺼내 들고 날카로운 이빨을 들이대며 싸우기 시작했다.

"이건 꽤 괜찮지? 애완동물로 키우는 것도 재미있지 않겠어?"

몬스터들을 애완동물로 키운다니……. 누군가 들었으면 기겁을 할 소리였다. 하지만 아렌은 그저 멍하니 그 모습을 바라보고 있을 뿐이었다.

"아아! 애완동물은 좀 귀찮겠지? 흐음, 이걸 어떻게 한다? 폭력적도 싫고 애완동물도 싫으면… 조금 재미는 없지만 그냥 깔끔하게 죽여 버리지, 뭐. 어때, 넌 뭐가 가장 좋은 거 같아?"

괴신사는 아렌에게 질문을 던지며 박수를 쳤다. 그러자 서로 싸우기에 정신이 없던 아이들이 원래대로의 모습으로 돌아오기 시작했다. 그들은 마치 죽은 듯 쓰러져 기절해 있었다.

아렌은 머릿속에서 무슨 단어가 계속해서 떠도는 것 같은 느낌을 받았다. 그리고 그 단어가 '죽여라' 라는 것을 알게 되기까지엔 오랜 시간이 걸리지 않았다.

아렌이 그 단어를 떠올릴수록 괴신사의 웃음은 점점 더 짙어져만 갔다. 하지만 끝내 아렌의 입에선 그가 바라는 단어는 흘러나오지 않았다.

아렌은 대신 고개를 저었다.

괴신사는 아렌을 똑바로 쳐다보았다.

"저 아이들을 죽이고 싶진 않단 뜻이야? 어째서?"

그는 이유를 물었지만 아렌은 그저 고개만 저을 뿐이었다. 그게 아렌이 할 수 있는 유일한 것이었다.

괴신사는 잠시 고민에 빠진 것 같았다.

"흐응. 뭐, 네가 싫다면… 내가 죽이는 수밖에. 키킥!"

그는 원래의 모습으로 돌아와 죽은 듯이 쓰러져 기절해 있는 잼 패거리들을 향해 손을 뻗었다. 그러자 그의 손끝에서 공기가 요동을 치기 시작했고, 곧 진동파가 생겨났다.

그런데 조금 전과는 달리 진동파는 터질 생각을 하지 않고 점점 더 크기를 키워갔다. 아마 그 힘을 축척하고 있는 듯했다.

"재미있는 놀이~ 재미있는 놀이~"

아렌은 그저 그 모습을 멍하니 지켜볼 수밖에 없었다.

"이 정도면 됐겠지?"

진동파의 크기는 금세 거대해졌고, 이번 것이 잼 패거리들의 지척에서 터진다면 그들은 그대로 목숨을 잃을 터이다. 아렌은 힘이 풀려 멍해진 눈동자로 그 모습을 지켜볼 수밖에 없었다.

진동파는 금세라도 그의 손끝을 떠날 것 같았다.

그 순간, 그는 갑자기 진동파를 거두곤 아렌을 돌아보았다. 그리고 입을 열었다.

"이런, 너무 시간을 끈 것 같군."

그때였다.

푸슈웃!

긴 섬광이 이어졌다. 은빛으로 빛나는 긴 섬광은 그대로 괴신사의 상체를 갈라 버렸다.

워낙 순식간에 일어난 일이라 아렌은 지금 무슨 일이 벌어졌는지조차 제대로 깨닫지 못하고 있었다. 그런데 더 놀라운 사실은 섬광에 갈라진 괴신사가 죽지 않았다는 것이다. 그저 갈라진 부분부터 점점 더 흐릿해져 가기 시작했다.

"오늘의 만남은 여기까지구나. 흐응, 아쉽지만 다음번에는 더 재미나게 놀도록 해야지. 키키킥!"

거기까지 말했을 때 이미 그의 몸은 사라지고 얼굴마저 흐릿해져 갔다.

"그럼 안녕."

사라져 가고 있었지만 끝까지 그의 입가에선 웃음이 사라지지 않았다. 그리고 그는 처음과 같이 마지막 인사를 남기며 사라졌다.

그가 사라지자 아렌은 갑자기 온몸의 힘이 빠짐을 느꼈다.

이내 그를 구속하던 힘이 사라져 버렸다. 그의 정신은 조금씩 제자리를 찾기 시작했으나 그완 반대로 눈앞이 흐려지기 시작했다.

아렌의 눈동자에 누군가가 다가오는 것이 보였다. 어디선가 낯이 익은 모습이었는데, 아렌은 눈꺼풀이 천천히 감기는 것을 느꼈다.

그렇게 정신을 잃으며 아렌이 마지막으로 본 것은 자신에게로 다가온 누군가의 눈 위에 있는 짙은 상처였다.

그를 향해 사내가 말했다.

"늦었군."

"아아, 오다가 재미있는 아이를 발견해서 말이야. 킥킥!"

그가 대답하자 사내의 짙은 눈썹이 꿈틀거렸다.

"그럼 그 소동을 피운 게 너란 말이군."

"다 알면서 뭘 그래."

"하긴, 그렇게 마기를 풀풀 뿜어대는데 모르는 게 이상하군."

사내의 말에 그가 웃음을 지었다.

그는 걸음을 옮겼다. 해를 등진 채 창에 기대어 서 있던 그가 겉으로 나오자 그의 모습이 보였다.

보라색 정장에 보라색 나비넥타이, 온통 보라색으로 색칠을 한 듯한 모습에 눈동자와 입술까지 보라색인 특이한 모습이었다.

사내는 그런 그의 모습이 마음에 들지 않는 듯했다.

"소동을 피우고 다니는 것도 그렇고, 그 눈에 띄는 모습도 그렇고… 문제로군."

"내 스타일이 뭐가 어때서 그래?"

그는 자신의 몸을 한 번 쓸어내리며 말했다. 하지만 사내는 그 말에 동조해 줄 생각 따윈 없는 것 같았다.

"일은 어떻게 됐지?"

"걱정 마. 잘 진행 중이니까. 이미 반은 넘어왔어."

"5년을 투자하여 겨우 반이란 말인가."

"이봐, 이제 시작일 뿐이야. 앞으론 더욱 빨라질 거라구. 키키킥!"

사내는 그를 바라보았다. 그리고 고개를 끄덕였다.

믿을 수 없는 자였지만 일 처리는 확실했다. 그리고 '그분'이 계시는 한 딴생각은 하지 못할 것이다. 사내는 그렇게 믿었다.

그때 그가 마침 생각났다는 듯이 사내에게 말했다.

"아! 그런데 레전드 나이츠의 후예가 여기 있을 줄은 생각도 못했군."

"레전드 나이츠?"

사내가 되묻자 그는 뭔가 굉장히 재미있다는 듯 기묘한 표정을 지었다.

“그곳의 후예가 아직 살아 있단 말인가?”

“호오, 몰랐나 보군. 하긴, 나도 그가 광검(光劍—Ray Sword)를 보여주지 않았다면 눈치 채지 못했을 테니까.”

사내가 고민에 빠지자 그는 슬쩍 방 안의 햇빛이 비치지 않는 곳으로 걸어가기 시작했다. 그의 입가엔 웃음이 여전했다.

“키키킥! 어디 열심히 고민해 보라구. 그럼 난 이만.”

거기까지 말한 그의 모습은 어디에서도 찾아볼 수 없었다. 마치 어둠 속에 동화되어 버린 듯했다. 하지만 그가 사라지든 말든 사내는 신경 쓰지 않았다. 그가 원체 제멋대로라는 건 익히 알고 있는 사실이었으니까.

대신 그가 남기고 간 말이 계속해서 머릿속에 남았다.

“레전드 나이츠라…….”

바카스

아렌은 그 일이 있은 후 이틀이 지나서야 깨어났다. 아렌이 깨어나서 가장 먼저 본 것은 자신의 복부에 주먹을 쑤셔 넣는 네린이었다.

아렌은 고통에 몸을 부들부들 떨었지만 그녀가 자신을 걱정해서 한 일이라는 생각에 그리 기분 나쁘지는 않았다. 하지만 실실 웃는다고 다시 네린의 주먹이 복부에 박히자 눈동자를 하얗게 뒤집으며 기절할 뻔한 아픈 기억이 남게 되었다. 네린의 주먹은 그가 감당하기엔 너무 강했다.

아렌이 깨어난 곳은 수련단 내부에 위치한 병실이었다. 아렌은 그제야 자신의 옆으로 쪼르르 누워 있는 아이들을 볼 수 있었다. 잼 패거리들이었다.

네린은 원래 한 명이 더 있었지만 그 애는 하루 만에 깨어나서 병실을 나갔다고 한다. 아마 자신이 도착하기 전 잼에게 당하고 있던 아이였던 것 같았다.

아렌은 네린에게 자신이 기절한 이틀간의 이야기를 들을 수 있었다.

누가 그들을 가장 먼저 발견한 것인지는 아무도 모른다고 했다. 그저 어느 누군가에 의해 그들이 병실로 실려 왔다고만 알려졌을 뿐이다. 어쨌든 중요한 건 다행히 아무도 목숨에는 지장이 없다는 사실이었다.

아렌과 또 다른 아이 하나는 타박상에 불과했으며, 잼과 그 패거리들은 제법 중한 상처와 함께 알 수 없는 무엇인가에 큰 충격을 받아 잠시 쇼크 상태에 빠진 것이라 했다. 아마 얼마 안 가 깨어날 것이다.

그곳에서 있었던 일은 아이들끼리의 다툼이라는 것으로 조용히 덮어졌다.

하지만 상위의 몇몇은 그것이 진실이 아니라는 것을 알고 있었다. 그 장소에 남아 있는 흔적들로 미루어 수련단의 아이들이 흉내 낼 수 있는 것이 아니라는 사실을 눈치 챘기 때문이다.

그렇다면 내부로 누군가가 침입을 했다는 것인데, 대륙의 모든 용병 길드들의 최정점인 용병 길드 연합총단에서 알 수 없는 누군가의 침입으로 수련단의 아이들이 부상을 입었다는 소문이 퍼지기라도 한다면 그 타격이 이만저만이 아닐 터이다. 그래서 조용히 묻어버리기로 한 것이다.

아렌을 비롯한 그 장소에 있었던 아이들은 분란을 일으켰다는 죄목하에 벌로 열흘 동안 숙소에서 근신해야 했다. 생각 외로 대단하지 않은 처벌이었지만 아렌은 검을 쥐고 훈련을 할 수 없기에 안타까울 뿐이었다.

'그런데 그건 무엇이었을까?

아렌은 병실에 누워 있게 되자 이런저런 생각이 다 떠올랐다. 어렸을 적 일부터 할아버지의 검과 다른 여러 사람들의 검, 그리고 잼 패거리들과의 다툼까지도.

그러다가 그가 떠올랐다.

보라색의 그.

'꿈이었을까?

네린은 물론이고 그 누구도 그를 보지 못한 것 같았다. 병실 간호사의 말로는 수련단이 포함된 용병 길드 연합총단엔 수많은 용병들이 있으나 그런 사람은 한 번도 보지 못했다고 한다.

아렌이 얘기해 준 그의 특징은 매우 특이한 것이었으니 만약 그를 본 사람이 있다면 이미 소문이 퍼지지 않았을 리 없었다.

그렇다면 그는 도대체 왜 나타난 것일까? 용병 길드 연합총단에 갑작스레 모습을 나타낸 그는 사람이었을까, 아니면 그저 네린의 말대로 꿈속의 환영이었을까?

'하지만 그건 꿈이 아니었어.'

네린의 말을 믿어볼까도 생각했지만 그것은 분명 꿈이 아니었다. 그렇지 않다면 어째서 잼 패거리들이 자신의 옆으로 쪼르륵 누워 있단 말인가.

그러다가 아렌은 문득 그 섬광이 생각났다. 갑자기 나타나 단숨에 그를 갈라 버린 그 은빛 섬광, 그리고 흐릿해져 가는 의식에서 마지막으로 본 인물, 그 눈 위의 상처.

'디프론 교관님?'

눈 위의 상처라면 디프론 교관밖에 생각나지 않았다. 그렇다면 그 섬광 역시 디프론 교관이 만들어낸 것이란 말인가. 만약 그게 사실이라면 디프론 교관은 보라색 괴신사의 정체에 대해 알지도 모른다는 생각이 들었다.

하지만 지금 당장은 디프론 교관을 만나러 갈 수 없었다. 근신 기간이었기 때문이다. 그래서 아렌은 애꿎은 베개만 두드리며 시간을 보내야 했다.

아렌의 병실 생활은 그리 길지 못했다. 그의 상처도 그리 깊지 않았을뿐더러 잼 패거리들 때문이었다.

아렌이 잼 패거리들을 무서워해서가 아니라 그들이 아렌을 너무 무서워했다.

아렌이 깨어난 그 다음날 잼 패거리들은 깨어났다. 하지만 그저 멍하니 허공만 바라보고 있었다. 의사는 의식은 차렸지만 아직도 쇼크 증상이 남아 있어서 그렇다고 말했다.

그런데 그렇게 멍한 녀석들이 아렌만 보면 비명을 지르며 벌벌 떠는 것이다. 아이들 중 하나는 눈물까지 흘리며 어떻게든 아렌에게서 피하려 했다. 의사와 간호사들은 의아한 생각이 들었으나 그 이유를 알 수 없었기에, 결국 어쩔 수 없이 아렌을 퇴실시킬 수밖에 없었다. 수련단 내엔 작은 병실 하나뿐이었으니 별수없는 처사였다.

병실을 나오며 아렌은 쓴 미소를 지었다. 나름대로 잼 패거리들이 자신을 왜 무서워하는지 그 이유를 알 수 있을 것 같았다.

아마 보라색의 그가 한 일을 아렌이 했을 거라고 생각하는 것이리라. 아렌 자신은 보라색의 그가 어떤 모종의 수법을 걸어 움직일 수도, 제정신을 찾지도 못했을 때라 억울했지만 그래도 그들이 조금이나마 휴식을 취할 수 있게 얌전히 병실을 나왔다.

병실을 나왔다고 해서 그는 딱히 어딜 갈 수 있는 처지는 아니었다. 아직 근신 기간이 여드레나 남아 있었고, 그동안은 꼼짝없이 숙소에 갇혀 있어야 했다.

결국 아렌은 병실에서 숙소로 이동만 했을 뿐이지 애꿎은 베개를 치면서 시간 죽이는 이전과 똑같은 날을 보내고 있었다.

"그렇게 좋아?"

"응!"

네린은 활짝 웃으면 답하는 아렌의 모습에 절로 미소가 지어졌다.

그간 아렌은 근신 때문에 훈련은커녕 검을 쥐는 것조차 하지 못했는데, 오늘로서 그 근신이 풀려 지금 아렌은 잔뜩 들떠 있었다.

"그러니까 그런 사고는 왜 쳤니?"

"아니, 그게 그러니까……."

"됐어. 어차피 네가 먼저 싸우자고 했을 리도 없으니. 그나저나 이 녀석들, 혼내주려 했더니 제멋대로 돌아가 버려? 홍!"

아렌은 주먹을 불끈 쥐며 잼 패거리들을 떠올리는 네린의 모습에 새삼 그녀가 두렵게 느껴졌다. 그리고 다시 잼 패거리들을 떠올렸다.

잼 패거리들은 결국 자신들의 집으로 돌아가야 했다. 쇼크는 완전히 풀린 것 같았지만 여전히 아렌을 보면 덜덜 떨었다. 그 증세가 심각했기에 더 이상 그들을 수련단에 놔둘 수 없었던 것이다.

아렌은 괜히 그들에게 미안해졌다. 그들이 수련단을 떠나게 된 것이 자신의 잘못은 아니었지만 괜히 미안해졌다.

이런저런 얘기를 하다 보니 어느새 훈련장에 도착하였다. 그리고 그들을 발견한 몇몇 아이들이 웅성웅성거렸다. 그새 아렌도 제법 유명해진 것 같았다.

"쟤가 그 네 명을 아주 피떡으로 만들어놨다나 봐."

"정말? 생긴 건 허약하게 생겼는데……."

"아냐. 잼 패거리들이 저 아이를 보고 벌벌 떨었다니까. 결국 저 아이 때문에 집으로 돌아간 거구."

"세상에! 아무리 잼들이 그럴 정도란 말이야?"

"그렇다니까. 소문엔 화가 나면 괴물로 변신을 하고 눈에선 광선을 내뿜는데."

좋은 쪽으론 아닌 것 같아도 유명해지긴 했다.

빠직!

네린의 이마에 힘줄이 돋았다. 아이들이 속닥거리는 소리를 들을 수 있었기 때문이다. 아이들이 아렌을 괴물 취급 하는 것 같아 그녀는 기분이 잔뜩 나빠졌다.

네린은 도끼눈을 뜬 채 아이들을 향해 다가가려 했다. 한번 패줘야 저딴 헛소문을 흘리고 다니지 않을 것이란 생각에서였다. 하지만 그때 마침 아렌의 목소리가 들렸다.

"와아!"

아렌은 오랜만에 쥐어본 목검의 감촉에 탄성을 터뜨리고 있었다. 열흘 전까지만 해도 지겹도록 만진 게 목검이었을 텐데 뭐가 그리 좋은지 아렌은 싱글벙글 미소를 짓고 있었다. 그러다가 네린을 향해 손짓했다.

"네린, 이것 좀 봐봐. 오랜만에 목검을 쥐니까 느낌이 새로워!"

도대체 열흘 만에 목검의 감촉이 달라져 봤자 얼마나 달라지겠냐마는 아렌은 감격에 젖어 있었다. 네린은 성큼성큼 아렌에게로 다가갔다.

"이 바보야, 넌 방금 재들이 하는 말을 듣고도 화가 안 나?"

"응? 무슨 말? 누가 내 얘기 했어?"

아렌은 눈을 동그랗게 뜨고는 네린에게 되물었다.

아렌의 모습을 보고 있자니 아이들이 그에게 한 말은 물론이고 지금 떠도는 소문조차 전혀 모르는 것 같았다. 네린은 그런 아렌의 모습에 오랜만에 한숨이 터져 나오는 것을 느꼈다.

'이렇게 순진해 터진 녀석이 어떻게 괴물이 된다는 거야? 눈에서 광선이 나와? 그게 말이 돼?

네린은 그런 100퍼센트 근거없는 소문에 이제 화가 나다 못해 어이가 없었다. 하지만 덕분에 아이들을 패주려는 생각은 접었다. 하긴 본인은 전혀 신경조차 쓰지 않는데 그녀가 나서기엔 모양이 좀 우스웠다.

'내가 뭐, 이 녀석 마누라라도 되나?

삼촌과 함께 세상을 누비고 다니던 네린은 상당히 조숙한 정신 세계를 가지고 있었다.

하지만 신경 쓰이는 건 어쩔 수 없었다. 특히 어디 한 방향에서 무시무시할 정도의 시선이 느껴졌기에 그녀는 고개를 절레절레 저을 수밖에 없었다.

그녀는 결국 어느 한 방향으로 걸어가기 시작했다.

"어라? 네린, 어디 가?"

"잠깐 있어봐."

네린은 그렇게 말하고는 훈련장 한쪽을 향해 걸어가기 시작했다. 아렌은 고개를 갸웃했지만 곧 네린에게서 시선을 돌려 그녀가 향하고 있는 곳을 바라보았다.

나무가 서 있는 곳.

그곳에는 여전히 디프론 교관이 기대어 앉아 숙면을 취하고 있었다.

'그 눈 위의 상처 자국을 가진 사람, 디프론 교관님이 아니신가?

디프론 교관은 여느 때와 다름이 없었다. 눈 위의 상처 자국이 아니라면 자신을 도와준 사람이 디프론 교관이라고 상상조차 못할 정도였다.

'그렇다면 그분은 누구지?

아렌은 직접 디프론 교관에게 다가가 그 사실을 물어볼까 생각했다. 그리고 마침 발걸음을 떼려는데 네린이 왔다.

“응?”

그런데 그녀의 옆으로 누군가 따라오고 있었다. 아니, 따라
온다기보다는 그녀의 우악스런 손에 끌려오고 있다는 게 정
확하리라.

근데 우스운 사실은 그 아이의 체구가 제법 크다는 것이
다. 아렌보다 적어도 머리 하나는 더 큰 키에 체력 훈련을 열
심히 한 탓인지 근육도 잘 발달되어 있었다. 그런데 보고 있
자니 표정이 조금 어눌한 게 한눈에 보기에도 소심해 보였
다.

세상에 저 덩치를 가지고 소심해 보이다니!

“야, 똑바로 서!”

네린은 덩치 큰 소년의 엉덩이를 걷어차며 소리쳤다. 누가
선머슴 같은 여자 아이라고 안 할까 봐 하는 짓까지 딱 그 꼴
이었다. 그에 비해 네린보다 덩치가 더 큰 녀석은 그 말에 움
찔하며 차렷 자세를 취하는 게 아닌가.

마치 한 편의 꽁트를 보는 기분이었다.

“네린?”

“도대체 할 말이 뭐야? 이 녀석 앞에서 똑바로 말해봐.”

네린은 자신을 부르는 아렌에게 대답해 주는 대신 덩치 큰
녀석을 향해 소리를 질렀다.

도저히 그들의 시선을 참다못해 나선 네린이다. 아무나 한
녀석 잡고 두들겨 패줘야 주변에서 시선을 보내지 않을 것 같

았기에 가장 시선이 부리부리한 쪽으로 다가갔다.

근데 그곳에 있는 건 D급의 아이 같지 않게 제법 큰 체격의 아이가 아닌가. 하지만 그녀에게 그런 것 따윈 상관없었다. 그 아이보다 더 큰 체격의 잼도 가뿐히 때려눕힌 그녀 아닌가.

게다가 그 아이는 그녀가 다가오자 깜짝 놀라며 우물쭈물하기 시작하는 게, 영락없이 소심함 그 자체였다. 때문에 네린은 아이를 끌고 오는 데 별로 힘을 들이지 않을 수 있었다. 그리고 아이를 향해 지금 왜 아렌을 힐끔힐끔 쳐다봤는지 말하라는 것이다.

아렌은 물론이고 다른 아이들도 들으라고 하는 소리였다.

이 아이가 아렌의 소문에 대해 말하면, 그제야 아렌도 소문을 눈치 채고 화라도 한번 내볼 게 아닌가. 그런 다음 두들겨 패고 쫓아내면 된다. 그럼 감히 이전과 같은 시선으로 자기들을 쳐다볼 간 큰 아이가 어디 있겠는가.

그녀의 계획은 나름대로 치밀했다.

하지만 어디서부터 빗나간 것일까? 계획은 이미 한참이나 어긋나기 시작했다.

"저… 나, 나도 수련을 같이해도 될까?"

"그래, 나도 수련을… 엥?"

아이의 입에서 튀어나오리라 생각한 아렌의 험담은 나오지 않고 이건 또 웬 괴상한 소리란 말인가?

네린은 황당한 눈으로 덩치 큰 아이를 쳐다보았다.

그런데 때마침 아렌의 목소리가 들렸다.

"아! 너 그때 그 아이구나?"

"으, 으응."

아이는 아렌이 자신을 알아보는 듯하자 얼굴을 붉히며 고개를 숙였다. 아렌보다 머리 하나는 더 큰 아이의 모습치고는 상당히 소심했다.

아렌은 아이가 누군지 기억해 낼 수 있었다. 바로 얼마 전, 그 사건이 벌어질 때 잼에게 맞아 쓰러져 있던 아이였던 것이다. 그때는 몰랐는데 이렇게 보니 덩치가 상당히 컸다. 왜 걔들에게 맞았나 싶을 정도로.

"아는… 사이야?"

얼굴을 잔뜩 구긴 네린이 아렌에게 물었다.

이미 계획이 한참이나 어긋났다는 것 정도는 그녀도 눈치채고 있었다. 그래서 괜히 기분이 나빠졌다.

"으응."

아렌은 그런 네린에게서 뭔가 심상치 않은 기운을 느꼈다. 그래서 재빨리 말을 돌려야겠다고 생각했다.

"아참, 같이 훈련을 하고 싶다고 했지? 좋아, 같이하자."

둔한 아렌치고는 참 적절한 처사였다.

"저, 정말?"

아이는 소심한 얼굴에 한줄기 어색한 미소를 지으며 물었다. 그러자 아렌은 고개를 끄덕이려다가 아직 아이의 이름을 모른다는 사실을 기억해 냈다. 아니, 그건 둘째 치고 자신의 이름조차 아직 밝히지 않고 있었다.

"아! 난 아렌이야. 그리고 이쪽은……."

"네, 네린이지?"

"어라? 알아?"

"으응, 너희들은 D급에서 아주 유명해."

"응?"

아렌은 아이의 말에 어째서 그럴까 생각해 보았지만 답을 내릴 수가 없었다. 눈에 띄지 않는다는 소리는 제법 많이 들었어도 유명하다는 소리는 처음 들은 것이다.

하지만 깊게 생각하지 않았다. 이번 사건 때문에 그럴 것이라고 막연히 추측할 뿐이었다.

"그런데 네 이름은 뭐야?"

"내, 내 이름은 바카스야."

"바카스?"

"으응."

얌전히 인상을 찌푸린 채 듣기만 하던 네린은 바카스가 이름을 말하자 조금 흥미있는 눈빛을 띠었다.

그녀는 삼촌과 함께 세상을 돌아다니며 많은 것을 보고 배웠는데, 고대의 신에 대한 것도 배울 수 있었다. 그리고 바카스는 고대의 신들 중에서 힘과 체력을 가호하는 신이라고 알고 있었다.

‘덩치는 맞는데 성격은 영 아니야.’

그녀의 솔직한 평가였다.

어쨌든 그렇게 바카스가 훈련에 참가를 하고, 곧 훈련은 시작되었다.

아렌은 오랜만에 자세 훈련을 하니 신이 난 듯 약간 들뜬 모습이었다. 그러더니 곧 자세 훈련에 푹 빠져 버렸는지 진지한 모습으로 목검을 휘두르고 있었다.

네린은 어쩐지 아렌의 모습이 조금 변한 것 같다는 생각이 들었다. 실제 보이는 모습은 별로 변한 것이 없지만 분위기 자체가 약간 변했다. 왠지 더 활달해졌다.

변한 것은 분위기뿐만이 아니었다. 처음엔 잘 몰랐지만 네린은 아렌의 검도 변한 것을 느낄 수 있었다. 예전에도 정확하고 깔끔한 자세였지만 지금은 거기에 어딘지 모르게 자연스러움이 배어 나왔다.

잼 패거리들과의 그 일이 있은 후 찾아온 아렌의 변화였다. 아렌의 검은 더 이상 멈춰 있는 자세가 아닌, 움직이는 동작으로 진화하고 있었다.

물론 바카스는 아무것도 모른 채 그저 아렌을 열심히 따라 하고 있었다. 그렇게 훈련은 해가 서서히 서산으로 넘어갈 때까지 계속되었다.

“헉! 헉!”

바카스는 상당히 지친 듯해 보였다.

아렌의 섬세하고 정확한 동작을 따라 잠시도 쉬지 않고 자세 훈련을 한다는 것이 일반적인 자세 훈련을 하는 것과 얼마나 체력적으로 차이가 나는지는 그간 함께 훈련을 해온 네린이 가장 잘 알고 있었기에 나름대로 이해가 갔다.

그녀도 아렌을 따라 하다가 도저히 안 될 것 같아 스스로의 페이스를 세우고 말았으니까.

바카스는 상당히 지친 와중에도 계속해서 아렌을 따라 하려 했다. 하지만 네린이 그를 말렸다.

"그만 해. 더 이상 해봐야 너한테 좋을 게 없어."

순수한 충고였다. 아렌의 페이스를 따라가 봤자 지치기만 할 뿐이다. 자세 훈련을 하더라도 자신의 페이스를 세우고 훈련을 하는 게 오히려 도움이 될 것이라고 그녀는 생각했다.

하지만 바카스는 숨을 헉헉거리면서도 멈추지 않았다. 그러다가 기어코 목검을 떨어뜨리고 말았다. 손에 힘이 빠진 것이다.

"좀 쉬어."

"아, 아냐. 아직까지는 더 할 수 있어."

"고집 부리지 마. 그러다가 쓰러질 수도 있어. 아렌의 훈련 페이스는 아직 네가 따라 할 정도가 아니야."

네린이 그렇게까지 말했음에도 바카스는 기어코 목검을 다시 주워 들더니 아렌을 따라 자세 훈련을 하기 시작했다. 네린은 빽하고 소리를 지르려다 자신이 꼭 그렇게까지 해야 하나라는 생각이 들었다.

'쳇! 저 녀석이 쓰러지든 말든 내가 알 게 뭐야?'

이런 생각에 훈련을 계속하려던 그녀는 또다시 목검을 떨어뜨리는 바카스를 보곤 한숨을 내쉬었다. 그리고 아렌을 보았다.

'저 녀석이 남의 페이스에 맞춰줄 리 없지. 아니, 자기가 어떤 페이스로 훈련을 하고 있는지도 모를걸?'

그렇게 되니 보고 있을 수만도 없었다. 그녀는 자신의 목검으로 땅에 떨어진 바카스의 목검을 쳤다. 그러자 목검이 기이한 각도로 꺾이더니 하늘로 튀어 올랐고, 그것을 네린이 잡았다.

바카스는 다시 목검을 잡으려고 조금씩 떨리는 손을 뻗다가 갑자기 튀어 오르는 목검에 깜짝 놀라 뒤로 주저앉고 말았다. 그리고 네린의 손에 들어간 목검을 보고는 곧바로 일어났다.

"도, 돌려줘."

"좀 쉬어. 아무리 체력 훈련을 이겨내고 이곳에 올라왔다지만 지금은 좀 쉬어야 할 때야."

"돌려줘."

네린의 설득에도 바카스는 굽힐 의지가 없어 보였다. 그녀는 의외로 끈질긴 바카스의 모습에 인상을 찌푸렸다.

"도대체 뭐야? 뭣 때문에 쉬지 않으려는 거냐고. 네가 아렌의 훈련 페이스를 그대로 따라갈 수 있을 것 같아?"

"나, 나도… 강해지고 싶어."

"뭐?"

그녀는 갑자기 고개를 숙이고 이상한 말을 하는 바카스의 모습에 잠시 흠칫했다. 잠시 후 바카스는 다시 고개를 들었다.

"난 무척이나 약해. 덩치에 맞지 않는 녀석이라고 놀려도 어쩔 수 없어. 사실 D급에 들어오고 나서야 갑자기 자라기 시작한걸."

그랬다. 사실 바카스는 D급에 처음 들어올 때만 해도 아렌보다 약간 나은 수준의 체격이었다. 그런데 체력 훈련을 겪으면서 갑자기 몸이 쑥쑥 커지기 시작하더니 지금의 덩치를 가지게 되었다.

같은 D급의 아이들은 덩칫값도 못한다고 그를 놀려댔고, 특히 잼은 그를 거의 샌드백이나 마찬가지로 취급했다. 그날도 우연히 지나가는 도중에 잼의 눈에 띄어 흠씬 얻어맞은 것이었다.

그러다가 아렌을 보았다.

"나, 난… 더 이상 약한 채로 있기 싫어. 강해질 거야. 아렌처럼 반드시 강해질 거라구."

바카스는 말을 하다가 지금 자신이 누구에게 대드는 것인지 깨닫고는 깜짝 놀라고 말았다. D급의 아이들 중에서도 무섭기로 소문난 잼보다도 악명(?) 높은 네린이 그 상대였던 것이다.

바카스는 말을 하다 말고 돌아올 네린의 보복에 겁에 질려버렸다. 참 보고 또 봐도 소심한 놈이다.

하지만 돌아온 것은 그의 예상과는 달랐다.

"휴우, 그렇게까지 말한다면 어쩔 수 없지. 네 마음, 잘 알겠어. 하지만 일단 쉬어."

"하, 하지만……."

"이제 아렌도 훈련을 끝내야 할 시간이야. 그러니 잠시 쉬면서 기다리는 게 좋아."

네린은 바카스의 말을 끊어버리고는 아렌을 향해 다가갔다. 아직 아렌이 훈련을 멈추려면 좀 더 기다려야 할 테지만 그랬다가는 정말 바카스가 쓰러지고 말 터이다.

결국 네린은 훈련을 하고 있는 아렌의 어깨를 잡고 흔들었다.

"아렌."

말로 불러선 눈치를 채지 못하는 아렌이었기에 이렇게 흔들어 깨운 것이다. 아렌은 자신의 어깨를 흔드는 네린을 보았다.

"아, 벌써 시간이 된 거야?"

"아니, 아직 조금 남았어."

"근데 왜?"

“저 녀석을 봐. 아마 네가 조금만 훈련을 더하면 따라 하다가 아주 숨이 넘어가겠는걸?”

그제야 아렌은 숨을 헐떡이며 서 있는 바카스를 볼 수 있었다. 언젠가 네린도 하루 종일 자신의 훈련을 따라 하다가 저런 모습을 보여준 적이 있었기에 아렌은 바카스가 숨을 헐떡이는 이유를 알고 있었다.

“아……!”

“정말 검만 쥐면 애가 정신을 못 차린다니까.”

네린은 아렌을 보며 고개를 저었다. 아렌은 그런 그녀에게 작은 미소를 지어주곤 바카스에게 다가갔다.

“괜찮아?”

“아… 괘, 괜찮아.”

“미안해. 오랜만에 검을 쥐었더니 조절이 안 되네?”

쑥스러운 듯 머리를 긁적이며 말하는 아렌의 모습에 바카스는 미안한 표정을 지었다.

“내가 방해한 거 아냐?”

“아니야. 어차피 나도 훈련을 끝낼 생각이었어. 대신 다른 걸 좀 해야 하거든.”

“다른 거?”

아렌의 말에 바카스의 얼굴에 의아함이 깃들었다. 그런데 얼마 지나지 않아 어디론가 사라졌던 네린이 다가왔다. 어디서 가져왔는지 그녀의 품엔 작은 토시가 안겨져 있었다.

"아렌, 조금 더 쉬어야 하지 않아?"

"아냐. 이미 다 나았는걸."

"정말 못 말린다니까."

네린은 그렇게 투덜거리며 안고 있던 토시를 내려놓았다. 그러자 땅에 떨어진 토시가 제법 묵직한 소음을 냈다.

쿵!

"응?"

바카스는 당황했다. 토시의 정체는 그도 알고 있는 것이었다.

악마 같은 간트 교관이 자신들의 팔다리에 제약을 걸기 위해 쓴 납이 담긴 토시였다. 저걸 한번 달고 나면 다음날 팔다리가 마음대로 움직이지 않을 정도여서 잊을 수 없었던 것이다.

그런데 그걸 갑자기 왜 들고 왔단 말인가. 그런 생각에 아렌을 바라보던 바카스는 눈이 휘둥그레졌다. 아렌이 자신의 옷 속에서 몇 개의 토시를 풀고 있었던 것이다.

게다가 땅에 떨어지는 소리로 봐서 네린이 들고 온 토시만큼은 못하지만 예전에 자신들이 찼던 토시보다는 훨씬 무겁다는 것을 알 수 있었다.

"그, 그럼 그걸 차고 여태껏 훈련을 한 거야?"

"응? 아! 어떻게 체력 훈련과 자세 훈련을 같이할 방법이 없을까 생각하다가 나름대로 생각한 방법이야. 처음엔 조금 무거웠지만 이젠 많이 나아졌어."

아렌의 대답에 바카스는 입을 쩍 벌렸다. 자신은 맨몸으로도 따라가기 힘들었던 수련을 아렌은 저 무거운 토시를 찬 채하고 있었던 것이다.

그러자 네린이 곧바로 뾰족이 쏘아붙였다.

"내가 그랬지? 저 괴물을 따라가기엔 넌 아직 무리라니까."

"괴물이라니, 너무해!"

"시끄러! 그럼 하루 종일 검만 보면 정신을 못 차리거나, 다친 게 낫자마자 그렇게 자기 몸무게와 맞먹는 무게를 달고 훈련을 하는 애가 괴물이 아니면 뭐니?"

아렌이 반박했지만 아직 그로서는 네린의 입담을 따라가기엔 많이 모자랐다. 결국 아렌은 오늘도 또 본전도 못 건진 채 네린이 가지고 온 토시를 양발과 양팔에 차기 시작했다.

입을 쩍 벌린 채 경악을 감추지 못하던 바카스가 조심스레 입을 열었다.

"그 토시… 무게가 얼마나 해?"

"이거? 으음. 네린, 이거 얼마더라?"

"이 바보야, 하나당 6킬로그램이잖아. 네가 평소에 차고 다니는 건 3킬로그램, 체력 훈련을 할 때 차는 건 6킬로그램. 좀 외워."

"아, 알았어."

아렌은 속사포처럼 발사되는 네린의 말에 질린 표정을 하며 바카스를 바라보았다.

"6킬로그램이래."

"세, 세상에……."

6킬로그램이란다. 그것이 네 개면 24킬로그램.

아렌은 아직 체격이 왜소하니 많이 나가봤자 30킬로그램도 나가지 않을 것이었고, 그렇다는 말은 자신의 몸무게와 맞먹는 무거운 짐을 지고 훈련을 한다는 것이다.

바카스로선 상상도 못할 정도의 훈련이었다.

그런데 그것을 아렌은 아무렇지도 않게 말하고 있었다.

"그럼 쉬고 있어. 난 체력 훈련을 조금 하고 올게."

그렇게 말하며 아렌은 훈련장을 뛰기 시작했다. 24킬로그램이나 몸에 달고 있는 데도 아렌은 보통 때와 전혀 다름없이 달리고 있었다. 아니, 오히려 더욱 빨리 달리고 있었다. 마치 전력 질주를 하는 것 같았다.

"정말 괴물이야. 처음 자세 훈련을 할 때에는 토시를 차는 건 엄두도 못 내고 훈련을 할 때만 3킬로그램으로 시작했는데 그걸 3주 만에 6킬로그램까지 올려 버렸어. 게다가 달릴 때는 어찌나 힘들어 죽겠다는 표정을 짓던지… 지금 생각해도 우습다니까."

어느새 옆으로 다가온 네린이 말했다.

아마 지금 확실히 바카스와 아렌의 차이점을 말해두려는

것 같았다. 그가 앞으로도 계속 아렌의 훈련 페이스에 맞춰간다면 결국 자기 자신을 무너뜨리는 것밖엔 되지 않을 것이란 생각에서였다.

아무리 그의 덩치가 크다지만 아렌이 그간 단련한 근력은 그 이상이었다.

바카스는 잠시 네린과 보다가 뛰고 있는 아렌을 보았다.

'이 정도면 깨달았겠지?'

멍하니 아렌을 보는 모습에서 네린은 왠지 승리한 기분이 들었다. 그런데 바카스는 그녀의 예상과는 전혀 다른 행동을 보여줬다.

갑자기 아렌이 떨어뜨려 놓은 토시를 주워 들었다.

"이거 잠시 빌려도 될까?"

"응? 아니, 뭐, 상관은 없지만……."

"고마워."

그러고는 자신의 발목과 팔목에 채우는 게 아닌가.

네린은 그 모습에 기겁을 하고 말았다.

비록 지금 아렌이 차고 있는 6킬로그램짜리 토시에 비해 가벼운 것이라지만 그래도 3킬로그램이었다. 네 개면 12킬로그램이나 되는 무게인데 그것을 차고 있었다.

네린은 설마 했다. 아무리 강해지려는 열망이 강하다지만 이것까지 따라 할까 싶었다.

"너, 설마?"

"나도 뛸 거야."

설마가 사람 잡았다.

네린은 악다구니를 쓰며 아렌을 뒤쫓아 뛰기 시작하는 바카스를 멍하니 바라보았다. 바카스의 모습은 뛴다는 표현보다는 발을 질질 끌며 앞으로 나간다는 표현이 어울릴 것 같았다.

"바보가 둘이나……."

그녀는 그렇게 중얼거리며 고개를 저었다.

그녀로선 이해하기 힘든 바보들의 세계였다.

다음날부터 바카스는 매번 훈련에 참석했다.

그를 보고 있자면 네린은 그 악마 같던 간트가 교관으로 하던 체력 훈련이 다시 떠오르는 것 같아 고개를 설레설레 저었다.

아렌의 훈련은 기존의 기초 과정에 뒤지지 않을 정도로 혹독했다. 하지만 바카스는 불평 한번 하지 않고 얌전히 따랐다. 그래서 매번 바카스는 거의 아렌에게 실려서 숙소로 돌아갔지만 실려 가는 바카스도, 싣고 가는 아렌도 기분 나쁘지는 않은 듯했다.

그들은 힘든 훈련을 바탕 삼아 조금씩 우정을 쌓아가고 있었다.

그 모습은 어느 때부터인가 그들을 지켜보며 체력 훈련 시

간엔 따로 검술을 수련하는 네린의 입가에도 미소를 생기게
만들었다.
　　시간은 그렇게 유수와 같이 흘러갔다.

시험

쏴아아아!

조금은 싸늘한 바람이 스쳐 지나갔다.

하지만 기분 좋은 바람이었다. 바람이 땀을 쓸어가며 상쾌한 기분을 안겨주었다.

아렌은 이럴 때가 너무 좋았다.

목검을 타고 바람이 흘러들어 와 가슴 깊숙이 스며들 때는 마치 그 자신이 바람이 된 것 같은 기분이 들었다. 들이쉬고 내뱉는 아렌의 숨소리는 일정했고, 그 숨소리 외의 주변은 정적에 둘러싸여 있었다.

적어도 아렌에게는 그랬다.

"휴우……."

아렌은 숨을 내쉬며 목검을 내렸다.

이미 주변은 어두컴컴해져 있었다. 아니, 애초에 어두컴컴할 때부터 시작했으니 새삼스러울 것도 없었다. 아렌은 기분 좋은 미소를 지었다.

"역시 잘 생각한 것 같아."

그는 이전과는 달리 체력 훈련을 끝내고 저녁 식사를 한 뒤 다른 아이들이 깊이 잠들 때까지 이렇게 검을 휘둘렀다. 뭐, 딱히 검술을 펼치는 건 아니었다. 배운 검술도 없거니와 지금 당장은 그냥 휘두르는 것 자체가 좋았다.

어떠한 검술도 익히지 않은 아렌의 검이었지만 그 어떠한 검술보다 더 빠르고 정교했으며, 힘이 넘쳐흘렀다. 그리고 자유로웠다.

네린마저 그런 아렌의 검에 혀를 내두를 정도였다.

벌써 자세 훈련을 시작한 지 1년이란 시간이 지났다. 수련단에 들어온 날짜로 치면 1년 3개월. 하지만 변한 것은 그리 많지 않았다.

여전히 디프론 교관은 훈련 시간엔 훈련장의 나무 밑에서 잠을 잤으며, 쉴 아이들은 쉬고 훈련할 아이들은 훈련을 했다. 그리고 아렌과 네린, 그리고 바카스는 자세 훈련을 계속했다.

군이 변한 게 있다면 오히려 외면적으로의 변화가 뚜렷하게 나타났다.

아렌은 더 이상 작은 체구의 아이가 아니었다. 그리 큰 체구는 아니었지만 그간에 많이 성장해서 보통의 체구에 체력 훈련의 성과로 다부진 체격을 갖게 되었다.

네린이 훈련을 너무 많이 하면 안 큰다고 놀려서 항상 조마조마하던 기분이 요즘에서야 조금씩 사라지고 있었다. 아렌은 충분히 성장하고 있었다.

아렌이 크는 사이 바카스는 더 커버렸다. 안 그래도 아렌보다 머리 하나는 더 컸는데 아렌이 성장했음에도 그 차이가 줄어들기는커녕 더 벌어져 있었다. 그래서 아렌은 괜히 바카스를 볼 때마다 울상을 짓곤 했다.

하지만 그들에 비해서 네린은 변한 게 별로 없었다. 키는 원래 아렌보다 컸지만 곧 아렌한테 따라잡혔고, 아주 간단한 걸 제외하고는 특별히 체력 훈련도 하지 않으니 근육도 붙지 않았다. 그리고 아렌과 바카스를 두려움에 떨게 만드는 선머슴 같은 성격도 여전했다.

"으으……."

네린에게 그동안 당한 수모를 생각하니 아렌은 절로 몸이 움츠러드는 것을 느꼈다. 그러다가 피식 웃음을 지었다. 그리곤 손에 쥔 목검을 바라보았다.

"드디어 내일인가?"

이제 곧 1년 동안의 성과를 시험받는 날이 다가오고 있었다.

어느날 갑자기였다.

D급의 아이들에게 날벼락이 떨어졌다.

그렇다고 어느 고명한 마법사께서 친히 라이트닝 스트라이크를 퍼부은 것은 아니었다.

"일주일 뒤에 시험을 보겠다."

웬일로 디프론 교관이 아이들을 집합시킨다 했더니 이런 폭탄을 터뜨리는 게 아닌가.

시험을 본다는 그 말밖에 하지 않았지만 그 시험의 결과로 수련단에서의 생사 구분이 정해진다는 것을 눈치 채지 못한 아이는 아무도 없었다. 아직도 서바이벌은 끝나지 않았던 것이다.

그때부터 아이들은 난리가 났다. 부랴부랴 자신이 지금까지 익히고 수련해 온 검술을 수련하는 아이들도 있었으며, 디프론 교관이 자세 훈련을 볼 것이라 생각하고 아렌과 네린, 바카스의 훈련에 동참하는 아이들도 있었다.

하지만 시험의 주제가 무엇인지 아이들은 알지 못했기에 각자 하는 훈련에 확신을 가질 수 없었고, 서로의 눈치만 살피기 시작했다.

이러한 일이 터진 덕분에 놀던 아이들까지 모두 각자 훈련을 시작하니 오랜만에 수련장에는 나름대로 활기가 넘치는 듯했다. 그리고 마침내 시험 당일이 되었다.

“아렌, 너는 어떻게 생각해?”

“응? 뭘?”

“시험 주제 말이야. 어떤 주제로 시험을 치는 걸까?”

“흠, 글쎄…….”

“난 조금 걱정 돼. 이상한 걸 시키는 건 아니겠지?”

아렌은 바카스의 말에 머리를 긁적였다.

시험의 주제.

그것에 대해 생각해 보지 않았다면 거짓말이겠지만 딱히 답은 나오지 않았다. 약간 걱정도 되긴 했지만 그렇다고 다른 뾰족한 수도 없었다.

그때였다. 그와 바카스의 뒤통수에서 경쾌한 소리가 울려 퍼졌다.

“이 바보들.”

딱!

“악!”

“네, 네린!”

바카스는 덩치에 맞지 않게 정말 아프다는 듯 손으로 머리를 감싸며 비명을 질렀고, 아렌은 상대를 쳐다보며 소리를 질렀다. 하지만 눈을 희번덕거리는 네린의 모습에 조용히 꼬리를 내려야 했다.

네린은 그제야 입을 열었다.

"그런 걸 걱정해서 뭘 하니? 어차피 시험에 나올 주제라고 해봐야 검을 가지고 하는 건데 뭐가 나오든 상관없잖아? 어쨌든 각자 지난 1년의 성과를 보여주면 되는 거야."

"그, 그런가?"

"그럼!"

네린은 그렇게 확신했다.

그 말이 틀린 것도 아니었기에 아렌과 바카스는 긍정할 수밖에 없었다. 결코 힘에 굴복당해 긍정을 하는 것이 아니라고 둘은 굳게 믿었다.

수련장에는 아직도 각자 훈련에 한창이었다.

아직 디프론 교관이 나오지 않았기 때문이다. 차라리 빨리 나와서 얼른 시험을 치르기나 하면 마음이나마 편할 텐데 괜히 시간을 끄는 것 같아 아이들로선 초조할 뿐이었다.

그때였다. 훈련장 한편에서 디프론 교관이 걸어나왔다. 아이들은 누가 시킨 것도 아닌데 줄을 서기 시작했다. 그리고 마침내 디프론 교관이 그들의 앞에 도착했다.

"시험 주제를 발표하겠다."

인원수를 체크하지도 않았다.

마치 빠질 테면 빠지라는 듯한 행동이었다. 다행히 빠지거나 지각한 아이는 없었다.

"시험의 주제는……."

디프론 교관의 말에 아이들은 하나같이 긴장한 기색이 역력했다. 드디어 그가 시험 주제를 발표할 때인 것이다. 운이 좋다면 자신들이 수련한 것들이 시험 주제가 될 수도 있을 테고, 그렇지 않다면 힘든 시험이 될 것이다. 그리고 마침내 디프론 교관의 입에서 말이 흘러나왔다.

"없다."

이건 또 무슨 소린가?

시험 주제가 없다니?

아이들은 저마다 이상한 표정을 지었다. 황당해하는 아이들도 있었으며, 자신이 잘못 들은 것은 아닌지 옆에 서 있는 다른 아이에게 물어보는 아이도 있었다. 네린을 비롯한 그나마 머리가 제법 돌아가는 듯한 몇몇 소수의 아이들은 나름대로 그의 말을 해석하고 안도의 표정을 짓고 있었다.

대다수의 아이들이 당황하였지만 디프론 교관의 입에선 그 이상의 설명이 나오지 않을 것 같았다.

"시험은 지금부터 내가 호명하는 순서대로 실시할 것이다."

그때부터 디프론 교관은 아이들의 이름을 호명하기 시작했다. 그 틈을 타 아렌이 네린을 향해 물었다.

"도대체 무슨 소리야? 주제가 없다니?"

아렌의 질문에 옆에 서 있던 바카스 역시 네린을 바라보았다.

"쉽게 생각해. 주제가 없다는 말은 곧 아무거나 주제가 될 수 있다는 말이야. 그냥 각자가 알아서 가장 잘할 수 있는 걸 펼치면 된다는 거지.”

“아!”

아렌과 바카스는 그제야 이해할 수 있었다. 네린의 대답은 너무도 쉽고 정확했기에 주변에 있던 아이들 또한 고개를 끄덕였다.

짧은 호명이 끝나고 곧바로 시험이 시작되었다.

시험은 훈련장에서 그대로 치러졌다.

시험을 치지 않는 아이들은 정렬하여 서 있고, 디프론 교관은 그들과 조금 떨어진 곳에 어디서 들고 왔는지 의자를 놓고 앉아 있었다. 그리고 시험을 치는 아이는 아이들과 디프론 교관의 사이에 나와 시험을 치르게 되었다.

“넌 몇 번째니?”

“나? 난 스물다섯 번째야. 바카스는 네 번째지?”

“으응.”

“그럼 바카스가 가장 빠르네? 난 스무 번짼데.”

네린의 말에 바카스가 한껏 걱정스런 표정을 지었다. 그러더니 조심스레 입을 열었다.

“4번은… 재수가 없다던데…….”

퍽!

“억!”

“꼭 재수없는 소리만 골라서 할래?”

아렌은 스스로의 무덤을 판 바카스를 보며 안타까운 표정을 지을 뿐이었다.

곧 첫 번째 아이가 시험을 치르러 나왔다.

아이는 긴장되는지 자꾸 두리번두리번거렸고, 디프론 교관을 똑바로 쳐다보질 못하고 있었다. 마침내 디프론 교관의 '시작' 하는 소리와 함께 아이는 나름대로 평소에 익힌 검술을 펼쳤다.

하지만 긴장한 탓에 목검이 계속해서 흔들렸고, 때로는 검술 자체가 틀리기까지 했다. 그러다가 결국엔 발이 엇갈려 넘어지고야 말았다. 넘어진 아이의 안색이 창백해졌다. 그것은 다음 차례를 기다리며 지켜보는 아이들 역시 마찬가지였다.

더욱이 그 아이들을 당황시키는 건 넘어졌는 데도 아무 말도 하지 않고 빤히 아이만 바라보는 디프론 교관이었다. 뭔가 반응이라도 있어야 할 텐데 디프론 교관은 무심(無心), 그 자체였다.

결국 그 아이는 디프론 교관의 그만 하라는 소리가 나올 때까지 제대로 목검을 뻗어보지도 못하고 울상을 지은 채 서 있다가 들어가야 했다.

문제는 거기서 끝난 게 아니었다.

다음의 아이도, 그 다음의 아이도 마찬가지로 제대로 검술을 펼치지 못했다. 처음의 아이처럼 넘어지기까지는 하지 않았지만 일부러 실수를 내지 않기 위해 목검을 천천히 움직였고, 그 덕분에 검술이 제대로 이어지지 않았다.

결국 디프론 교관의 그만이라는 소리와 함께 절망이 가득 담긴 얼굴로 물러날 뿐이었다.

이미 좌중에 자리 잡은 건 긴장감이 아니라 공포나 다름없었다. 너무도 무심한 디프론 교관의 목소리가 그 공포를 휘어잡고 있었다.

"어, 어떻게 하지?"

세 번째 아이가 시험을 받는 사이 바카스는 그 큰 덩치를 덜덜 떨며 울상을 짓고 있었다.

"잘할 수 있을 거야. 그동안 열심히 연습했잖아?"

아렌은 겁에 질린 바카스를 어떻게든 진정시키려 했다. 하지만 바카스는 쉽사리 진정하지 못하고 있었다. 이제 조금만 있으면 세 번째 아이의 시험이 끝날 것이다. 시간이 갈수록 바카스는 더 겁을 먹고 있었다.

그때였다.

퍽!

"억!"

바카스는 네린에게 뒤통수를 세게 한 방 얻어맞았다. 평소 맞던 것과는 차원이 다른 강도였다. 얼마나 고통이 심했는지 고개를 든 바카스의 눈에는 눈물이 글썽였다.

네린이 바카스의 양 볼을 잡고 늘어뜨리며 그의 눈을 직시

했다. 그리곤 입을 열었다.

"너, 나랑 아렌을 믿지?"

"으, 으응."

"우리 셋 중에선 네 검 실력이 가장 떨어지지만 여기 있는 아이들 중에서는 네가 제일이야. 나랑 아렌이 보증할게."

"……."

"그러니까 네 검으로 분위기를 한바탕 쓸어주고 와. 넌 할 수 있어!"

네린의 말이 끝나자마자 세 번째 아이의 시험이 끝났다. 그리고 바카스의 차례가 왔다.

네린은 바카스를 떠밀어 앞으로 나가게 했다. 그리고 씨익 미소 지어주었다.

"제, 제가 바카스입니다."

바카스는 앞에 했던 세 명과 같이 앞으로 나가 이름을 밝힌 후 목검을 중하단에 놓았다.

어느새 바카스는 떨지 않고 있었다.

그렇다고 겁이 사라진 건 아니었다. 겁은 조금도 줄어들지 않았다. 그런데 이상하게 떨리지 않았다. 그것만으로도 네린이 지대한 공을 세웠다고 할 수 있었다.

"시작해라."

디프론 교관의 목소리가 들렸다.

'잘할 수 있을까?'

그렇게 생각하던 바카스는 눈을 꼭 감았다가 다시 떴다. 생각을 지우자는 의미였다. 그런 생각을 계속하면 다시 온몸이 떨릴 것 같았기 때문이다. 잠시 가만히 있던 바카스는 천천히 목검을 움직여 갔다.

바카스가 가장 먼저 펼친 것은 일단 자세 훈련의 자세들이었다. 뽑는 법부터 시작하여 여러 가지 자세를 번갈아 펼치기 시작했다. 별것 아닌 것 같은 데도 바카스의 덩치와 힘이 워낙 좋아서 그런지 목검에서 힘이 느껴졌다. 하지만 그렇다고 잼의 검과 같이 동작이 크고 느려 터진 건 아니었다.

그리 길지 않은 시간 내에 자세 훈련의 자세들을 모두 끝마쳤지만 바카스는 거기서 멈추지 않았다.

목검이 뻗어 나가는 반경이 길어졌고, 동작이 한층 축소되었다.

파악!

부웅!

땅을 박차는 소리와 목검이 공기를 가르는 소리가 떨어져 있는 아이들의 귓가에도 생생히 들릴 정도였다.

그의 목검엔 강맹한 힘이 담겨져 있었고, 꼭 필요한 만큼의 동작만 보이고 있었다. 힘을 낼 수 있는 최적의 동작이었다.

지금 바카스가 펼치고 있는 건 네린에게 배운 검술이다. 반 년 전쯤에 배워두면 좋을 거라며 네린은 자신이 알고 있는 검술 중 특별히 힘에 중점을 두면서 동작의 소모를 최소화하는 검술을 바카스에게 가르쳐 주었다. 지금 바카스가 펼치고 있는 것이 그것이다.

부웅!

바카스의 목검이 굉장한 파공음을 내며 허공을 가르며 검술이 거의 끝나갈 때였다.

"그만."

디프론 교관의 짧은 말과 함께 바카스의 목검이 우뚝 멈추었다.

"다음."

바카스는 그 말에 디프론 교관을 향해 허리를 90도로 굽혀서 인사를 하고는 자리로 돌아왔다.

"정말 잘했어!"

아렌은 바카스가 돌아오자 그의 어깨를 감싸며 말했다.

그가 보기에 바카스는 정말 잘했다. 아니, 다른 아이들이 보더라도 바카스의 검은 대단히 뛰어났다.

지금까지의 아이들처럼 실수하지도 않았고, 바보같이 멈칫거리지도 않았다. 게다가 힘이 가득 담긴 역동적인 검술은 정말 멋지다고밖에 표현할 수 없을 정도였다.

하지만 바카스는 그저 얼떨떨했다. 지금까지 자신이 뭘 했는지 기억도 제대로 나질 않았다.

대충 목검을 들고 휘두른 것 같은데, 그 순간 목검이 너무도 쉽게 자신이 생각했던 대로 움직였다. 그것은 굉장히 기분 좋은 느낌이었다. 그래서 주변의 모든 것을 잊고 즐거운 마음으로 검을 휘두를 수 있었다. 그러다 보니 자신이 알고 있는 검술까지 펼치게 됐던 것이다.

하지만 정작 바카스는 어떻게 그 상황에서 그렇게 검을 펼칠 수 있었는지 깨닫지 못하고 있었다.

그러다가 아렌이 생각났다. 검을 너무 좋아해서 매번 훈련 때마다 주변에서 무슨 일이 벌어지는지조차 모르는 아렌이었다.

그는 자신이 이번에 겪었던 그것과 아렌이 평소 자세 훈련을 하며 겪는 현상이 너무 비슷하다는 사실을 깨달을 수 있었다.

'그렇다면 아렌은 매번 그와 같은 상황으로 검을 수련한단 말이야?'

바카스는 네린이 아렌더러 매번 괴물, 괴물 하는 것을 이제야 이해할 수 있을 것 같았다. 아렌은 정말 괴물이었다.

"응? 내 얼굴에 뭐가 묻었어?"

"아, 아냐. 네, 네린, 고마워. 네 덕분에 시험을 잘 본 것 같아."

바카스는 뒤로 갈수록 점점 기어들어 가는 소리를 내며 감사를 전했다. 하지만 네린은 그저 신경 쓰지 말라는 듯 손만 내저을 뿐이었다.

사실 네린도 무척이나 놀라고 있었다. 바카스가 시험을 치르러 가기 전, 그에게 한 말은 그저 그냥 해본 말일 뿐이었다. 여기에 있는 아이들 중엔 실제 실력이 바카스보다 훨씬 뛰어난 아이도 몇 있었다.

그런데 바카스는 어떻게 된 일인지 그 자신 본래의 능력을 넘어서는 검을 보여줬던 것이다. 때문에 상당히 놀란 네린이지만, 그렇다고 이제 와서 진실을 밝힐 수도 없었기에 애써 아무렇지 않은 듯 행동하고 있었다.

'내 거짓말 실력이 그렇게 뛰어난가?'

네린은 태어나서 처음으로 자신이 희대의 거짓말쟁이가 될 소질이 있는 건 아닐까 하는 엉뚱한 생각을 하였다.

시험장의 분위기는 바카스 덕분에 확 달라져 버렸다.

은은한 공포가 감돌던 시험장의 분위기는 어느새 날아가 버리고, 아이들은 나름대로 최선을 다하기 시작했다. 개중에는 검술을 펼치는 아이도 있었고, 어설프게나마 자세 훈련의 자세를 펼쳐 내는 아이도 있었다. 또 어떤 아이는 바카스처럼 자세 훈련과 검술을 모두 펼쳐 냈다.

시간이 흐르고 많은 아이들이 시험을 치렀다.

물론 그중에서 단연 돋보이는 것은 바로 네린이었다.

네린의 검은 그리 빠르지도, 그리고 바카스 정도의 힘이 담기지도 않았지만 검술에 대한 이해력은 최고라 할 수 있었다.

한 치의 틀림도 없이 완벽한 검술을 펼치는 네린의 모습은 아름답기까지 했다.

사실 그녀가 이토록 검술을 완벽하게 펼칠 수 있었던 것은 자세 훈련 덕분이라 할 수 있었다. 그녀의 모든 동작 하나하나에는 전부 자세 훈련으로 얻은 기본 동작이 정확히 몸에 배어 있었고, 그게 검술을 통해 겉으로 드러나게 된 것이다.

아이들은 멍하니 그 모습을 넋 놓고 보았고, 디프론 교관조차 그만 하라는 말을 하지 않은 채 끝까지 그녀의 검술을 지켜보았다.

결국 모든 검술을 마친 네린이 디프론 교관을 향해 살짝 고개를 숙이고는 제자리로 돌아왔다. 하지만 아이들은 그 충격에서 쉽사리 벗어나지 못한 채 계속 시험을 치러야 했다. 그리고 마침내 아렌의 차례가 왔다.

"잘해야 해!"

"응."

시험을 치르러 가는 건 자신인데 오히려 바카스가 더 긴장을 한 듯했다. 아렌은 그런 바카스에게 미소를 지어주고는 네린을 바라보았다. 네린은 별다른 말 없이 그냥 빙긋 미소 지어주었다. 그것이면 충분했다.

"제가 아렌입니다."

"시작해라."

아렌이 자신의 이름을 밝히자 디프론 교관이 시작 신호를 울렸다.

아렌은 깊이 숨을 들이마셨다. 그리고는 검을 쥔 손에 힘을 주었다.

그 순간 아렌의 분위기가 바뀌었다.

고요한 호수 같은 느낌을 주던 모습이 대륙을 가로지르는 대하(大河)의 모습으로 변해갔다.

아렌의 목검은 그 대하를 타고 흘러가기 시작했다.

아이들은 아렌이 자세 훈련의 자세들을 펼칠 줄 알았다. 사실 아렌 하면 잼을 쫓아낸 괴물이라든지, 입에서 광선을 뿜어낸다든지 하는 몇 가지 이야기가 떠올랐지만 그중 제일 처음으로 떠오르는 게 자세 훈련이다.

사실 그게 아렌의 상징이나 다름없었다.

그런데 아렌이 펼치는 건 자세 훈련이 아니었다. 그렇다고 어떠한 검술 같아 보이지도 않았다. 아이들이 보기엔 아렌은 그냥 무작정 목검을 휘두르고 있는 것뿐이었다.

그들은 아렌이 시험을 포기해 버렸다고 생각했다. 그렇지 않다면 저렇게 막무가내로 목검을 휘두르고 있지만은 않을 테니까.

하지만 그것을 아는지 모르는지 아렌은 목검을 멈출 생각이 없는 듯했다. 아니, 전혀 없었다.

아렌은 시험이 시작되는 그 순간부터 주변을 보지도 듣지도 않았다. 오직 목검에게만 집중하기 시작했다. 그리고 검을 펼쳤다.

아렌의 검은 자유로웠다. 아무것에도 구속받지 않는 검이지만 그 동작 하나하나에선 그 어떤 아이들보다 자세 훈련의 자세들이 깊이 배어 나왔다.

아렌의 눈동자엔 그가 지금까지 보고 경험했던 검술들이 긴 실선으로 나타나며 그의 눈을 어지럽히기 시작했다. 때로는 아렌을 위협하기도 했으며, 때로는 성난 파도와 같이 아렌의 전신을 쓸어가려고도 했다.

하지만 그럴 때면 언제나 아렌의 검이 그들의 검을 꿰뚫고 나갔다. 아렌의 검은 거침이 없었다. 종횡무진 난무하며 모든 검들을 하나로 모으고 베어냈다. 서서히 아렌의 검은 극점으로 치닫고 있었다.

"후우……."

마침내 아렌은 긴 숨을 내뱉으며 목검을 거둬들였다. 그리곤 조용히 디프론 교관에게 인사를 한 후 자리로 돌아갔다.

"다음."

디프론 교관은 일말의 미동도 없었다. 여전히 고저가 느껴지지 않는 음성으로 기계같이 똑같은 말을 내뱉을 뿐이었다. 그리고 어정쩡한 자세로 다음 아이가 나가서 검을 휘두르기 시작했다.

"도대체 어떻게 된 거야?"

네린은 아렌을 보자마자 화를 냈다. 하지만 아렌은 어리둥
절할 뿐이었다.

"왜?"

이렇게 되니 네린이 오히려 허탈한 표정을 지었다.

지금 정녕 자신의 잘못을 몰라서 그런단 말인가.

"너, 시험을 포기한 거야?"

"내가 시험을 왜 포기해?"

"그럼 왜 검술 같지도 않은 검술을 펼치고 들어오냔 말이
야!"

네린이 보기엔 그랬다. 네린뿐만이 아니라 이 자리에 있는
모든 아이들이 그렇게 생각했다.

아렌의 검은 형편없었다.

검에 담긴 힘이나 그 빠르기는 제법 괜찮았다. 하지만 궁극
적으로 그 동작에 문제가 있었다.

아무런 형식도 담겨 있지 않았고, 검에선 검술 자체에서 뿜
어져 나와야 할 어떠한 기세도 느껴지지 않았다. 그저 무작정
휘둘렀을 뿐이다. 아무 생각 없이 그냥 팔이 가는 대로, 검이
가는 대로 움직였을 뿐이다.

네린을 비롯한 아이들은 아렌의 검을 그렇게 보았다. 게다
가 아렌 하면 번쩍 떠오르는 자세 훈련의 자세들도 한번 펼치
지 않았으니 아렌이 시험을 포기했다고밖에 생각할 수 없었
다.

“도대체 그간 네가 가장 열심히 연습했던 게 뭐야? 자세 훈련의 자세들이잖아. 그럼 그런 자세들을 보여주고 들어와야지!”

네린은 아렌의 답답한 행동에 분통이 터지는지 빽 소리를 질렀다. 너무 크게 소리를 지른 탓인지 한창 검을 휘두르고 있던 아이가 깜짝 놀랐지만 아무도 네린을 지적하지는 않았다. 아니, 지적할 수 없었다.

디프론 교관은 그냥 검을 휘두르는 아이를 바라보고 있을 뿐이었고, 나머지 아이들은 그녀의 포악한 성질을 잘 알고 있었기 때문에 함부로 나서지 않았다.

그렇게까지 소리를 지른 네린이지만 그런 그녀의 말을 듣는 아렌은 더욱더 고개를 갸우뚱할 수밖에 없었다.

“보여주고 왔는데?”

“뭐?”

“자세 훈련의 자세들, 다 보여주고 왔잖아.”

아렌은 오히려 네린이 무슨 소리를 하느냐는 듯한 행동이었다. 그러자 네린의 이마에 힘줄이 돋았다.

“무슨 소리를 하는 거야? 이상하게 검을 이리저리 막 휘두른 것 어디에 자세 훈련의 자세들이 들어가 있다는 거야?”

“네, 네린… 차, 참아.”

네린은 당장에라도 주먹을 날려 아렌의 머리를 쥐어박고 싶은 심정이었다. 자신을 붙잡고 늘어지는 바카스만 아니었다면 벌써 몇 대는 쥐어박았을 것이다.

네린은 너무나 후회가 되었다.

때려 패서라도 아렌에게 검술을 가르쳐 줬어야 했다.

바카스가 검술을 배우기 이전부터 네린은 아렌에게 검술을 가르쳐 주겠다고 했다. 하지만 아렌은 한사코 사양할 뿐이었다. 그녀의 말을 거의 거스르지 않는 아렌이었지만 검에 관해서만은 달랐다.

결국 그녀는 포기할 수밖에 없었다.

그런데 그게 이렇게까지 후회가 될 줄은 몰랐다.

약간의 의심을 가진 채 자세 훈련을 하고, 그 효과를 톡톡히 본 네린으로선 아렌이 아무 검술이나 배우기만 했다면 그녀 자신보다 더욱 뛰어나게 해낼 수 있을 것이라 생각했다. 아니, 적어도 오늘과 같이 그런 말도 안 되는 검을 펼쳐 내지는 않았을 것이라 생각했다.

아렌은 아무 말도 할 수 없었다. 네린의 분위기로 보아 더 이상 어떤 말도 하면 안 된다는 것을 눈치 챘기 때문이다.

하지만 그는 그 자신의 검에서 자세 훈련의 자세들이 보이지 않았다는 걸 납득할 수 없었다. 자신이 펼친 검은 모든 동작 하나하나가 자세 훈련의 자세들로 이루어져 있었다. 아주 작은 동작 하나라도 자세 훈련의 자세들에서 벗어나는 게 없었다.

그야말로 자세 훈련 자세들의 집대성이라 해도 좋을 만한 것이었는데, 어째서 네린은 저런 말을 한단 말인가. 아렌은 계속해서 네린의 말을 떠올리며 고개를 갸웃거렸다.

아렌과 네린, 그리고 다른 아이들은 모두 알지 못하고 있었다.

어느새 아렌과 그들의 보는 관점이 달라졌다는 사실을.

아무리 수려한 문장으로 다듬어진 글이라 하더라도 이제 막 글자를 배우기 시작하는 이들에겐 어린아이가 쓴 글과 별다를 바 없게 느껴지는 것과 같은 이치였다.

그들은 아직 아렌의 검에 담긴 힘을 알아보기엔 걸음마조차 떼지 못한 아기에 불과했다. 그리고 그 사실을 알지 못하는 아렌 역시 그들을 이해하지 못하는 게 당연했다.

그렇게 보는 눈높이가 달라 서로가 이해하지 못해 네린은 씩씩대며, 바카스는 그녀를 말린다고 우왕좌왕거리며, 아렌은 고개를 갸우뚱하며 시험은 막을 내렸다.

미래를 위한 이별

"아렌······."

"넌 이제 나 없이도 잘할 수 있을 거야."

아렌은 여전히 소심한 표정을 짓는 바카스를 향해 말했다. 하지만 바카스는 쉽사리 표정을 바꾸지 않아 아렌이 달래고 달래 겨우 바카스를 진정시켜 놓았다. 그리고는 옆에서 고개를 돌리고 있는 네린에게로 다가갔다.

"네린."

"흥!"

"왜 그러는 거야?"

"정말 몰라서 묻니?"

"응? 으, 으응."

네린은 아무것도 모른다는 듯이 말하는 아렌에게 빽 쏘아 주려다가 다시 고개를 팩 돌려 버렸다. 아렌은 그 모습에 어리둥절한 표정을 지었다.

"뭣 때문에 화가 난 거야?"

"두 대체가 말이야!"

무슨 일인지는 몰라도 아렌은 갑자기 고함을 지르는 네린의 말에 찔끔하고 말았다.

"어째서 너만 여기 남게 된 거냔 말이야?!"

"어, 어쩔 수 없잖아. 시험의 결과인걸."

"그러니까 말이야!"

거기까지 말하다가 결국 아렌에겐 통하지 않는다는 것을 느낀 네린은 다시 고개를 팩 돌려 버렸다. 아렌은 그런 그녀를 보며 고개를 갸우뚱하다가 결국 어색한 미소를 지었다.

그녀가 어째서 화를 내는지는 모르겠지만 이별의 이유가 상당수 포함되어 있기 때문이라는 것 정도는 알 수 있었다.

"우리… 나중에 꼭 다시 만나자."

아렌은 바카스와 네린을 향해 말했다.

그가 세상에 태어나 처음으로 사귄 친구. 그들과의 이별은 어쩔 수 없는 것이지만 그것이 영원한 이별이라 생각하지는 않았다. 반드시 다시 만날 수 있을 것이라 생각했다.

그의 말에 바카스는 물론이고 고개를 돌리고 있던 네린마저 슬쩍 아렌을 바라보았다.

"그러자! 꼭 다시 만나!"

바카스가 울먹이며 웬일로 크게 소리쳤지만 네린은 여전히 고개를 돌리고 있었다. 그러다가 아렌과 바카스의 시선이 자신에게 집중되자 결국 입을 열었다.

"기다리지는 않을 테니 잘 따라와야 해."

그녀의 말에 아렌과 바카스는 환한 미소를 지었다. 덕분에 아렌과 바카스는 네린의 볼이 살짝 붉게 물들어 있다는 사실을, 그녀의 눈동자에 작은 이슬이 맺혀 있단 사실을 알지 못했다.

그렇게 그들은 미래를 위한 이별을 해야 했다.

그것이 벌써 사 일 전이다.

아렌은 하늘 높이 떠 있는 달을 보며 그때를 떠올리고 있었다.

'잘하고 있겠지?'

사실 이렇게 걱정할 필요는 없으리라. 네린이야 원체 무엇이든 다 잘하는 아이였고, 바카스도 그간 네린이 놀랄 정도로 많은 발전을 이루었다. 설령 자신이 없다 하더라도 걱정할 필요는 없을 것이다.

아니, 사실 가장 걱정해야 할 것은 바로 그 자신이었다.

'결국 떨어졌으니…….'

아렌은 일주일 전을 떠올리며 작은 한숨을 내쉬었다.

일주일 전, 시험을 친 그 다음날 시험 결과는 바로 발표되었다. 그리고 그 결과는 그야말로 날벼락이라 해도 좋을 정도였다.

여섯 명의 아이들이 통과하여 다음 과정으로 넘어가게 되었다. 미리 돌아간 잼 패거리 네 명을 제외한 스물일곱 명 중에 겨우 여섯 명이다. 여섯 명의 아이들은 다음 과정으로 넘어가 어느새 D급이었던 대우를 잊고 제대로 된 훈련을 받고 있을 것이다.

또한 열세 명이 수련단을 떠나야 했다.

떠나야 하는 아이들은 자신들이 떠나야 하는 이유를 납득하지 못했지만 디프론 교관의 냉정한 판결은 변하지 않았다. 그리고 나머지 여덟 명은 그대로 남게 되었다.

디프론 교관은 희비가 교차하는 아이들을 앞에 두고 입을 열었다.

"통과한 여섯 명은 자신의 검에 확실한 자신감을 가지고 있다. 자신의 검이 틀렸다고 생각하지 않고 그 끝을 보기 위해 노력할 가능성이 보였으므로 통과다. 그리고 여덟 명의 아이들은 스스로의 검에 만족하지 못한 이들이다. 자신감은 많아도 독이 되지만 적으면 오히려 적 앞에서 검조차 휘두르지 못한다. 원래대로라면 탈락이지만 한 번의 기회를 더 주고자 남게 되었다. 나머지 열세 명은 말할 가치도 없다. 미래의 가능성도 보이지 않으며, 스스로가 노력한 흔적도 보이지 않는다. 그런 녀석들은 용병으로 키워봤자 괜히 죽는 목숨 하나만 늘릴 뿐이다. 그래서 탈락이다.”

이런 디프론 교관의 말 하나로 모든 게 결정되었다.

통과한 아이들은 기쁜 기색이 만연했으며, 떠나가야 하는 아이들은 울면서 짐을 챙겨야 했다. 그리고 남은 아이들은 웃을 수도 울 수도 없는 상황이었다.

탈락하는 아이들을 보면 그들의 신세가 분명 다행이긴 하지만 다음 과정으로 넘어가지도 못하고 이 지긋지긋한 자세 훈련을 계속해야 한다는 사실에 울상을 짓고 싶었다.

아렌은 그 여덟 명 중 하나였다.

통과하지도, 그렇다고 떨어지지도 않았다. 이에 또 반발심을 가진 아이도 적지 않았다. 적어도 이상한 검술 같지도 않은 검을 펼친 아렌보다는 자신이 더 낫다고 생각하는데 아렌은 남고 그들은 탈락한 것이다.

비록 통과를 한 것은 아니었지만 탈락한 아이들은 어째서 자기들이 아렌보다 뒤떨어지냐는 반박을 해왔다. 하지만 디프론 교관은 그에 관해선 일언반구도 하지 않았다. 그저 싸늘한 표정으로 그들을 바라보고만 있을 뿐이었다.

결국 불만과 눈물을 가득 머금은 채 아이들이 떠나고, 곧 통과한 아이들도 떠났다. 이곳은 D급의 훈련장. 이제 통과한 아이들은 D급의 굴레에서 벗어나 좋은 환경에서 훈련할 수 있을 터이다.

안 그래도 기초 과정에서 아이들이 많이 탈락한 덕분에 숙소는 텅텅 비다시피 했는데, 그 넓은 곳에 여덟 명만이 남아 있자니 꼭 무슨 외딴 폐가에 홀로 있는 기분이 들었다. 그래서 한동안 D급의 숙소엔 침묵만이 흘렀다.

그런 D급의 아이들을 모아두고 디프론 교관이 다시 입을 열었다.

"반년이다. 너희들에게 주어진 시간은 반년뿐이다. 그 반년을 어떻게 보내느냐에 따라 수련단에 남을 수 있느냐, 아니면 떠나가야 하느냐가 결정된다. 난 지금껏 그랬듯이 앞으로의 반년 동안도 너희들에게 특별한 지시를 하지 않을 것이다. 놀아도 되고 수련을 해도 된다. 선택은 너희들의 몫이다. 그리고 선택에 대한 책임도 너희들의 몫이다. 반년 후 너희들은 그 책임을 져야 할 것이다."

그런 디프론 교관의 말 덕분이었을까?

여덟 명의 아이들은 하나같이 훈련장에서 각자 훈련에 집중했다. 여전히 자신의 검술만 죽어라 파고드는 아이도 있었고, 당당히 시험에 통과한 네린과 바카스를 떠올리며 자세 훈련을 하는 아이도 있었다.

하지만 그 누구도 아렌처럼 자세 훈련에 모든 시간을 쏟진 않았다.

아이들은 그렇게 1년 동안 자세 훈련을 하고서도 통과하지 못한 주제에 자세 훈련을 버리지 못하는 아렌을 한심하게 쳐다보았다. 비록 통과하지는 않았지만 열세 명의 경쟁자들을 물리쳤다는 생각에 그들은 나름대로 자부심을 가지고 있었다.

다만 누구도 아렌에게 말을 걸지 않았고, 그에게 신경도 쓰지 않았다.

일 년 전 같았으면 그것이 오히려 더 편했을 아렌이지만 지금은 그렇지 않았다. 네린과 바카스가 떠나간 빈자리가 이렇게 클 줄은 상상조차 하지 못했다.

그래서인지 달빛 아래에서 펼치는 아렌의 검무는 어딘지 모르게 조금은 쓸쓸해 보였다. 아렌 스스로조차 그렇게 생각하고 있었다.

많은 것이 바뀌었다.

아침이면 언제나 일찍 잠에서 깨어나 아렌의 것까지 준비를 다 하고 그를 기다리는 꼼꼼한 바카스가 없어 이젠 자신이 직접 준비를 다 해야 했다.

그다지 준비할 것은 없었다. 토시야 언제든 몸에 차고 있는 것이었으니 그저 옷을 입고 목검을 든 채 밖으로 나가면 된다. 하지만 어째서 이럴 때 실제로 써본 적은 한 번도 없는, 그동안 바카스가 준비해 놓았던 여러 가지가 떠오르는 걸까?

발목을 삘까 봐 미리 준비했던 부목도, 붕대도 아무것도 필요없었지만 왠지 생각이 났다.

대충 씻은 뒤 목검을 들고 밖으로 나가자 강렬한 햇살이 아렌을 반겼다. 하지만 이제는 언제나 그 햇살을 등지고 서서 그와 바카스를 기다리던 네린의 모습 역시 찾아볼 수 없었다.

네린은 항상 늦는다며 아렌과 바카스를 향해 투덜댔고, 바카스는 어찌할 바를 몰라 우물쭈물거렸으며, 아렌은 그냥 웃으며 네린의 투덜거림을 받아줬다. 너무 많이 웃으면 멍청하게 웃는다고 맞고, 계속 우물쭈물거리면 바보 같다고 맞아 나중에는 괜히 네린의 눈빛 하나에 깜짝깜짝 놀라기도 했었다.

하지만 지금은 그런 네린의 모습조차 보이지 않았다.

그래서 아렌은 더욱더 검에 빠져들었다.

검을 들면 아무 생각도 나지 않았다. 검을 들 때는 즐거웠고, 검에게만 집중할 수 있었다.

때문에 아렌은 밤낮을 잊고 검을 휘둘렀다.

때로는 아침, 점심, 저녁까지 모두 굶은 적도 있었다. 그럴 때면 아렌에게 신경을 쓰지 않던 아이들도 질린 눈으로 그를 보곤 했다. 하지만 그의 검은 멈추지 않았다.

그의 패턴은 항상 똑같았다. 언제나 시작은 자세 훈련으로 시작하지만 시간이 지나면서 자세 훈련의 자세들이 조금씩 무너지기 시작하더니 곧 막무가내로 검을 휘두르는 형식이 되고 만다.

처음엔 아렌이 시험에서 떨어지지 않은 까닭에 그의 검에 무엇인가 담겨져 있지 않을까 하고 관찰하던 아이들도 시간이 지나면서 하나둘씩 시선을 거두었다.

하지만 아이들은 얼마 지나지 않아 다시금 아렌을 향해 고개를 돌려야 했다.

아렌의 검이 발전하고 있다. 아이들은 그렇게 생각했다.

확실히 아렌의 검은 전보다 날카로워졌고 속도도 빨라졌다. 또한 막무가내이긴 하지만 가끔씩 괜찮은 자세를 드러내기도 했다. 그러한 아렌의 변화를 아이들은 발전이라 생각했다.

아렌의 검은 매일매일 달라지고 있었다. 정확히 말하자면 검을 휘두를 때마다, 아니, 검을 휘두르는 그 짧은 순간순간마다 아렌의 검은 급격한 변화를 이루고 있었다.

나머지 일곱 명의 아이들은 그러한 아렌의 변화에 속으로 굉장히 놀라는 중이었다. 신경을 쓰지 않는다 하더라도 은근히 상대의 발전을 보면 그만큼 자신이 뒤떨어지는 것 같아 신경이 쓰이기 마련이다. 그 상대가 아렌이라 해도 그것엔 변함이 없었다.

더군다나 하루가 다르게 발전하는 듯한 아렌의 검에 시기의 눈빛을 보내는 아이들까지 있었다. 나머지 대부분의 아이들의 눈에도 아렌이 경계의 대상으로 보이게 되었다.

전혀 신경조차 쓰지 않던, 없는 것이나 마찬가지였던 아렌은 어느새 남은 여덟 명의 아이들 중에서 가장 신경이 쓰이는 아이로 바뀌고 말았다. 만약 이 사실을 네린이나 바카스가 알았다면 좋아해야 할지 말아야 할지 상당히 고민했을 것이다.

아렌의 검이 변하기 시작한 후 한 달쯤 지난 이날 역시 마찬가지였다.

아렌은 밤이 깊은 줄도 모르고 검을 휘두르고 있었다.

슈욱!

가볍게 바람을 가르고 지나가는 목검이 내는 소리는 이전의 아렌의 검이라면 낼 수 없는 소리였다. 이전의 아렌의 목검은 그만큼 빠르지도 날카롭지도 않았다.

스팟!

아렌이 몸을 크게 숙이며 땅 밑을 쓸어내리듯 검을 길게 베고 지나갔다. 만약 그의 손에 들린 검이 목검이 아닌 진검이었고, 앞에 상대가 있었다면 속수무책으로 다리가 베어졌을지도 모를 일격이었다.

그 외에도 아렌의 검이 이루는 동작은 어쩐지 하나같이 직접적이고 살인적이었다. 단순히 좋아서 휘두르며 그것 자체에 기뻐하던 아렌의 검은 찾아보기가 힘들 정도였다.

하지만 정작 아렌은 그것을 느끼지 못하고 있었다. 그의 눈앞에는 지금껏 그가 보았던 검들이 거미줄처럼 펼쳐져 아렌의 전신을 베어내려 하고 있었다.

그가 보았던 검의 대부분은 할아버지의 상대들이 가지고 있던 것이고, 그 검의 주인이 용병인만큼 실용적이고 직접적이었다. 그래서 그런 검술들을 상대하는 아렌의 검도 그에 대응하기 위해 점점 직접적으로 변해갈 수밖에 없었다.

그러나 정작 중요한 것은 그보단 아렌의 표정이었다.

아렌의 표정에선 어떠한 감정도 읽어낼 수 없었다. 그냥 무표정할 뿐이었다.

수련을 함에 있어 무표정한 게 뭐 어떠냐고 물을 수도 있지만, 검을 펼칠 땐 뭐가 그리도 좋은지 언제나 함박웃음을 짓던 아렌을 본 적이 있는 이라면 어딘가 이상하다는 것을 금방 느낄 수 있을 터이다.

지금의 아렌은 도저히 보통 때의 아렌이라 볼 수 없었다.

마치 팽팽히 당겨진 실을 보는 듯한 기분이랄까? 조금만 건드려도 당장 끊어질 것 같은, 나약하지만 한편으로는 매우 날카로운 실을 보는 듯한 느낌이었다.

그런 느낌은 아렌의 검에서 가장 단적으로 드러나고 있었다.

그때였다.

탁!

아렌의 매서운 검이 공기를 가르며 사방을 휘젓고 있을 때 갑자기 손이 불쑥 튀어나와 목검을 잡아버렸다.

"아……!"

아렌은 그 순간 정신이 번쩍 들었다.

목검의 날을 타고 붉은 피가 흘러내리기 시작했다. 그리 많은 양은 아니지만 적다고도 할 수 없다.

그 무엇보다 놀라운 것은 피의 양이 아니라 피가 흘러내린다는 사실, 그 자체였다.

아무리 정신없이 휘두르는 것을 손으로 잡았다지만 상대는 말 그대로 목검이다. 차라리 목검에 담긴 힘을 이기지 못해 손의 뼈가 부러졌다거나 크게 다친 거라면 납득할 수 있겠지만 손에서 흘러내리는 피는 그런 증상이 아니라는 것을 보여주고 있었다.

베인 것이다. 다른 것도 아닌 목검에 의해.

누군가 이것을 보았다면 깜짝 놀랄 만한 일이다. 비록 연약한 사람의 피륙이라지만 그것을 베기엔 목검의 날카로움이 턱없이 모자랐다. 하지만 아렌의 검에는 그만큼의 날카로움이 서려 있었기에 피륙을 벨 수 있었다. 그 말은 곧 아렌이 목검에 그 날카로움을 주었다는 것이나 마찬가지였다.

목검을 타고 피가 흘러내리는 데도 손은 움직임이 없었다. 아렌은 멍한 눈빛으로 목검을 막은 손의 주인을 바라보았다.

"여기서 뭘 하는 거지?"

싸늘한 물음이 들려왔다.

음성에 고저가 없어 왠지 듣기만 해도 온몸이 쩌적! 하고 굳어버릴 것 같았다. 게다가 그에게서 풍기는 분위기나 눈 위의 상처가 더욱더 주변을 차갑게 만들고 있었다.

아렌은 멍하니 디프론 교관을 바라보다가 곧 그가 자신에게 질문을 던졌다는 사실을 깨달았다. 잠시 우물쭈물거리던 아렌은 입을 열었다.

"그게… 거, 검을 수련하고 있었어요."

디프론 교관은 아렌의 말을 듣고는 아렌의 검에서 손을 뗐다. 손에서는 피가 흘러내리고 있었지만 디프론 교관은 개의치 않는 듯했다.

"방금 그게 네가 펼친 검인가?"

"…네."

"쓰레기군."

"네?"

아렌은 갑작스런 디프론 교관의 말에 당황하고 말았다.

쓰레기. 디프론 교관은 아렌의 검을 그렇게 일축하고 있었다. 그리고 그는 몸을 돌려 왔던 길을 되돌아가기 시작했다.

그런 디프론 교관을 멍하니 바라보던 아렌은 갑자기 달려가 그의 앞을 가로막았다. 그리고 냉정한 눈빛으로 자신을 바라보는 디프론 교관을 향해 질문을 던졌다.

"어, 어째서 제 검이 쓰레기라는 거죠?"

"쓰레기이기에 쓰레기라 했을 뿐이다. 뭐가 잘못됐나?"

"그러니까 어째서 제 검이 쓰레기란 말씀인지 설명해 주세요."

아렌의 말에도 디프론 교관의 표정은 변함없었다.

"네 검은 날카롭고 빠르다. 목검으로 사람의 피부를 벨 수 있다는 건 웬만큼 목검에 날카로움을 심을 수 있지 않는 한 할 수 없는 일이지. 하지만 그것뿐이다. 세상에는 너보다 훨씬 빠르고 날카로운 검술을 소유한 자가 무수히 많다. 아니, 거기까지 갈 필요도 없이 날카롭고 빠른 검을 가지길 원한다면 실제로 가볍고 날카로운 검을 구하면 된다. 네가 가진 검은 그런 검들에 비하여 하등 나을 게 없다. 오히려 한참이나 떨어지는 격이지. 그런 검을 쓰레기라 부르지 않는다면 어떤 말로 불러야 하지?"

디프론 교관의 말에 아렌은 멍한 표정을 지었다.

자신의 검이 빠르고 날카롭게 변해가고 있다는 건 알고 있던 사실이다. 하지만 그걸 나쁘다고 생각해 본 적은 없다.

아렌은 자신이 시험을 통과하지 못한 이유가 검술 때문이라 생각했다. 그래서 검술을 살폈고, 어느 검술이든 빠르고 날카로움은 기본으로 담고 있다는 것을 깨달았다.

그래서 그것이 검술에 있어서 가장 중요한 것인 줄 알았다. 때문에 자신의 검에 넣었을 뿐이다. 그렇게 한다면 다른 검술에 비해서 전혀 떨어지는 바가 없을 것이라 생각했던 것이다. 그리고 어느 정도 성과를 거둔 것 같았다.

그것을 디프론 교관은 너무나도 쉽게 부정하였다. 게다가 그의 말이 한 치의 틀림도 없다는 사실은 아렌에게 큰 충격이었다.

"지금 나는 너를 여기에 남긴 것을 무척이나 후회한다. 당장이라도 이곳에서 쫓아내고 싶다. 하지만 규칙은 규칙이고, 어차피 넌 반년 후엔 이곳을 나가야 할 것이다. 하지만 그따위 검을 수련한답시고 휘두르는 꼴은 도저히 못 봐주겠군."

디프론 교관은 그 말을 끝으로 앞으로 계속 걸어갔다. 앞을 막아섰던 아렌은 힘없이 비켜날 뿐이었다. 그런데 몇 걸음 걷던 디프론 교관이 우뚝 발걸음을 멈추었다.

"목검을 세상에 둘도 없는 친구라 여길 정도로 휘둘러댄다더니 도구로서조차도 제대로 사용하지 못하는 애송이에 불과했군."

그렇게 디프론 교관은 아렌은 남겨두곤 어디론가 사라져 버렸다.

아렌은 검을 휘두르고 있었다.

여전히 그의 검은 빠르고 날카로웠다. 그뿐만이 아니었다. 아렌의 움직임 자체 역시 이전과 비교되지 않을 정도로 빨라졌고, 힘도 넘쳐 났다.

하지만 그 덕분에 체력은 바닥나고 말았다. 하루 종일 검을 휘둘러도 바닥나지 않을 정도로 상승했던 체력이 단숨에 싸그리 사라졌다.

검을 휘두른 아렌은 숨을 헐떡이고 있었다.

괴로웠지만 그 덕분에 생각을 할 수 있었다.

아렌은 자신에게 문답을 하기 시작했다.

'난 검을 왜 휘둘렀지?'

답은 간단하다.

검이 좋아서 휘둘렀을 뿐이다. 그 이상의 이유 따윈 아렌에게 필요하지 않았다. 그냥 검이 좋아서, 검을 휘두르는 게 너무 즐거워서 휘둘렀다.

'그럼 지금은?'

아무리 생각해도 답이 나오지 않았다. 시간이 지날수록 숨은 더욱더 거칠어지고, 손에 들어가는 힘은 그만큼 빠져나갔지만 그때까지도 아렌은 답을 내릴 수 없었다.

한참이 지나 검을 들기조차 힘들 때쯤에야 아렌은 답을 내릴 수 있었다.

'그냥 휘둘렀을 뿐이구나.'

어느새 아렌의 검은 멈추어 있었다. 헐떡이던 숨도 점차 가라앉았다.

아렌의 거친 숨소리와 목검이 바람을 갈라놓는 소리가 들려오던 훈련장에 조용한 침묵이 흘렀다.

아렌은 멍하니 서서 목검을 바라보고 있었다. 그의 머릿속에선 목검을 처음 쥐었을 때가 떠오르고 있었다. 그리고 깨달았다. 처음 목검을 쥐었을 땐 그렇게 기뻤는데 어느 사이엔가 목검을 보고, 쥐고, 휘둘렀음에도 아무런 감흥이 없었다는 사실을.

아렌의 기억은 더욱더 거슬러 올라갔다.

그의 곁에 아무도 없던 시절, 할아버지와 단둘이 살며 친구도 없이 혼자 외로이 보내야 했던 시절, 검의 이름도 모르고 그저 쇠막대기로만 알았던 그 시절.

할아버지가 상대와 쇠막대기를 부딪치기 시작하던 그때부터 검은 아렌의 친구였다.

그걸 아렌은 잊고 있었다.

아렌의 손이 움직였다. 그의 손은 천천히 목검을 쓰다듬고 있었다. 마치 이 세상에서 최고로 소중한 것을 쓰다듬는 듯 아렌의 손길은 따뜻하고 부드럽기 그지없었다. 그리고 아렌이 자그맣게 중얼거렸다.

"미안해. 내가 잠깐 너를 잊었어."

누구에게 하는 말일까?

들려오지 않는 대답을 기다리는 아렌의 입가엔 어느 사이엔가 천진난만한 미소가 걸려 있었다.

아이들은 어리둥절한 표정을 지었다.

왠지 아렌의 검이 달라진 것 같았다.

예전처럼 빠르고 날카로웠지만 왠지 어제보단 무뎌진 것 같았다. 그뿐만이 아니었다. 막무가내로 검을 휘두르다가 가끔씩 보여주었던 정확한 자세 훈련의 자세도 사라져 버렸다.

처음엔 아이들은 아렌이 자신들에게 괜히 훈련의 장면을 보여주기 싫어서 그런 줄 알았다. 실제로 아렌의 급성장(?)에 유심히 관심을 가지고 지켜보는 아이도 있었으니 가장 합당한 이유가 그것이었다.

하지만 날이 바뀌고 시간이 지나면서 아이들은 그것이 큰 착각이라는 것을 알게 되었다.

아렌의 검은 점점 더 무뎌지고 느려졌다. 그리고 막무가내의 검 휘두름은 그야말로 엉망이 되어버렸다. 한 달쯤 지나자 마치 처음 검을 휘두르는 것을 보았을 때, 그러니까 시험을 친 그때로 돌아가는 듯했다.

하지만 아렌의 변화는 거기서 멈추지 않았다. 시험을 친 그때로 돌아간 듯하더니 이제는 더 심해졌다. 아이들은 지금의 아렌이 과연 무슨 생각으로 검을 휘두르는 것인지 궁금해질 정도였다.

그렇게 아이들의 머릿속에선 아렌의 검 실력은 폭락하고 있었다.

그럴 줄 알았다며 아렌을 비웃는 아이도 있었고, 아직 뭔가 수상하다며 아렌을 유심히 지켜보는 아이도 있었지만 대부분은 그냥 아렌에게서 신경을 끊어버렸다.

단 한 달 만에 검 실력이 폭등했다가 다시 단 한 달 만에 폭락하였고, 그것도 모자라 계속해서 실력이 떨어져 가는 듯한 아렌은 그들이 이해하기엔 무리인 존재였다. 아이들은 그냥

아렌에게서 신경을 끊는 것이 속편하다는 것을 깨닫게 되었
다.

그런데 그런 아이들도 아렌을 보며 한 가지 이상하게 생각
하는 점은 분명 실력이 떨어지고 있는 데도 아렌의 표정은 점
점 더 밝아지고 있다는 것이었다.

실력이 증가하면서도 만족하지 못한 표정을 짓더니 오히
려 실력이 떨어지면서도 만족감 가득한, 아니, 너무나도 즐거
운 미소를 지으니 아이들은 더욱더 아렌을 이상하게 바라볼
수밖에 없었다.

그들은 알지 못했다.

아렌이 다른 이의 검을 버리고 자신의 검을 택했다는 것을.
그 막무가내 검 휘두름의 중간중간에 가끔 나타났던 정확한
자세 훈련의 자세들은 그의 검에 동화되지 못한 자세들이 밖
으로 드러난 아렌의 실수일 뿐이었다는 걸 그들은 알지 못하
고 있었다.

화창한 날.

햇볕을 받아 더욱 찬란하게 빛나는 황금색 머릿결이 바람
에 휘날리고 있었다.

색색의 새들은 갖갖의 울음으로 지저귀고, 아름드리 나무
는 햇볕이 너무 강하지 않도록 그늘을 만들어주었다. 아직 겨
울임에도 화단에는 꽃이 만발해 있어 너무나 화려했다. 그리

고 그 중심에 소년이 있었다.

소년의 외모, 아니, 미모는 너무나 아름다워 아름답다 생각했던 주변 광경이 소년의 미모에 빛을 잃을 정도였다. 세상에 가장 아름다운 보석도 소년의 외모엔 비할 수 없을 듯했다.

사르륵!

소년은 눈을 살짝 가린 앞머리를 뒤로 쓸어내렸다. 비단결처럼 곱기 그지없는 소년의 금발은 같은 양의 금을 주고도 바꿀 수 없을 터였다.

소년의 금빛 눈동자는 정면을 향하고 있었고, 그의 백옥 같은 손에는 한 자루의 찬란한 검이 쥐여져 있었다.

"하아… 하아……."

단순히 숨이 차 올라 가쁜 숨을 내뱉었을 뿐인 데도 그 모습조차 아름답게 느껴졌다.

소년은 검을 들어올렸다가 한 발자국 앞으로 나서며 아래로 휘둘렀다.

샤악!

소년의 검에는 그다지 힘이 들어가 있지 않았는 데도 공기를 가르는 소리가 들릴 정도였다. 깔끔하고 충실한 기본 자세 덕분에 그런 것도 있겠지만, 명검이라 이름 불릴 만한 소년의 검 덕분이기도 했다.

소년은 지겹지도 않은지 그렇게 한참 동안이나 검을 휘두르고 있었다.

어째서 이토록 아름다운 소년이 이런 장소에서 검을 휘두르고 있는 것일까? 아무래도 소년과 검, 검과 꽃은 전혀 어울리지 않는데 말이다.

사정을 모르는 사람이라면 충분히 이런 의문을 품을 수도 있었지만 거기에는 다 이유가 있었다.

"헉! 헉!"

계속해서 검을 휘두르던 소년은 완전히 지쳐 버렸는지 결국 가쁜 숨을 내쉬며 검을 허리춤의 역시나 화려한 검집에 꽂고는 제자리에 주저앉았다.

땅바닥에 주저앉아 새하얀 백의에 흙이 묻을 테지만 소년은 그런 것엔 전혀 신경 쓰지 않는 듯했다. 대신 그는 자신의 손을 한 번 쳐다보았다.

"겨우 이 정도 검을 휘둘렀다고 지쳐 버리다니… 난 아직 너무 나약하구나."

소년은 그렇게 중얼거렸다.

나름대로 근력과 체력을 기르기 위해 몇 가지 방법을 동원해 보았지만 소년이 처한 상황에서 주어지는 제한된 장소에선 그 모든 게 한정되어 있었다. 그래서 그게 불만이었지만 그런 불만을 드러낼 수는 없었다.

사실 이렇게 숨어서 검을 휘두르는 것만으로도 감지덕지했으니까.

그때였다.

세찬 바람이 불어와 소년의 머리카락을 날렸다.

소년은 갑작스럽게 불어오는 세찬 바람에 눈조차 제대로 뜰 수가 없었다. 그런데 갑자기 바람이 그쳤다. 그리고 눈을 뜬 소년은 깜짝 놀라고 말았다.

누군가 눈앞에 서 있었다.

보라색 정장에 보라색 셔츠를 깔끔히 차려입고, 보라색 나비넥타이와 보라색 구두, 보라색 중절모를 쓰고 있었다. 그리고 눈동자와 입술까지 온통 보라색 일색인 사람이었다.

매우 특이한 모습의 그는 보라색 중절모를 벗어서 가슴에 대고는 허리를 숙여 정중한 인사를 건넸다. 보라색 긴 머리카락이 찰랑거리며 눈앞을 어지럽게 했다.

"황태자 전하를 배알하옵니다."

"누구냐?!"

소년은 처음에는 놀라 소리쳤지만 곧 정신을 가다듬고는 똑바로 그를 쳐다보았다. 그러자 아름답기만 하던 소년에게서 결코 무시할 수 없는 위압감이 뿜어져 나왔다. 실질적인 힘은 아니지만 그 위압감 아래 누구도 쉽사리 고개를 들지 못할 정도였다.

하지만 보라색의 그는 입가에 웃음을 지으며 입을 열었다.

"저의 이름은 메니데스라 하지요."

그의 소개에 소년은 자신이 알고 있는 이름 중에 메니데스란 이름을 떠올려 봤지만 아무리 떠올려도 그런 이름은 생각나지 않았다. 아니, 애초에 자신이 알고 있는 자라면 이곳에 이렇듯 침입하지도 못했을 터이다.

소년은 이곳을 지키는 이들이 얼마나 많은지, 그들의 실력이 얼마나 뛰어난지 충분히 알고 있었다. 그래서 단신으로 그들의 경계망을 뚫고 이 안으로 들어올 수 있는 이는 아무도 없을 거라 생각했다. 그런데 웬 낯선 이가 아무렇지도 않게 이곳에 들어와 있는 것이었다.

"여긴 어떻게 들어왔지?"

소년의 낯빛이 굳어질수록 보라색의 그, 스스로를 메니데스라 소개한 괴인의 웃음은 더욱 짙어졌다.

"제가 어떻게 이곳에 들어왔는지는 직접 보시지 않으셨습니까."

그의 말과 함께 다시 짧은 바람이 불었다. 그리 강한 바람은 아니었지만 소년에게 조금 전 들이닥친 그 세찬 바람을 떠올리게 하기는 충분했다.

하지만 소년은 믿을 수 없었다. 그의 말대로라면 그는 바람을 타고 등장한 것이란 말이나 마찬가지였다. 하지만 어떻게 인간이 그럴 수 있단 말인가. 그래서 소년은 메니데스가 자신을 우롱하는 것이라 생각했다.

"무엄하다!"

"이런이런, 제가 황태자 전하의 심기를 거슬렀나 보군요.

저의 말은 제가 이곳에 어떻게 들어왔건 그것이 중요한 게 아니라는 뜻이었습니다. 그보다 훨씬 중요한 걸 알려 드리려 이렇게 찾아온 것이니까요.”

하지만 소년의 표정은 싸늘했다. 아직 어린 소년이지만 모르는 자의 말을 무작정 믿을 만치 순진하지는 않았다. 그러나 여전히 메니데스는 웃음을 짓고 있었다.

그는 조용히 발걸음을 옮기기 시작했다.

조금씩 그가 다가오자 소년은 움찔했다. 상당한 위압감을 내보인 소년이었지만 상대는 그것에 조금도 신경 쓰지 않는 듯했다.

“거기 멈춰 서라!”

결국 소년은 그렇게 소리치며 메니데스를 제지했다. 그러자 그의 미소가 더욱 짙어졌고, 그의 미소를 본 소년의 눈동자가 약간씩 흔들리기 시작했다.

“네, 황태자 전하께서 그러시라면 그리해야죠. 그런데 전 정말 중요한 걸 알고 있습니다. 황태자 전하께서도 반드시 아셔야 하는 것이지요.”

“내가 반드시 알아야 하는 것? 그게 무엇이지?”

결국 소년은 해선 안 될 질문을 하고 말았다.

메니데스는 오른손을 앞으로 내밀고는 손바닥을 하늘로 향한 채 손을 펼쳤다.

스르륵!

갑자기 그의 손에서 보랏빛 가루가 퍼져 나갔다. 그런 갑작스런 모습에 소년은 깜짝 놀라 옆구리에 찬 검집으로 손이 갔다. 하지만 곧 가루가 퍼져 가며 만들어내는 영상이 소년의 눈길을 잡아끌었다.

그것은 전쟁이었다.

서로를 죽이고 죽는, 인간의 세상에서 가장 어리석은 행동 중 하나였다. 영상엔 수많은 이들이 목숨을 잃고 있었다. 소년은 어째서 메니데스가 이러한 영상을 보여주는 것인지 알 수 없었다. 마침 그가 입을 열었다.

"몇 년 후 이곳에선 반란이 일어날 것입니다."

"바, 반란?!"

"네, 반란이 일어날 것입니다. 많은 이들이 죽고 다치겠지요."

소년은 메니데스의 말에 깜짝 놀라고 말았다. 반란이라니……. 그런 말을 함부로 내뱉었다가는 그날로 역모죄를 쓰고 목이 날아갈 판이다. 아니, 소년을 놀라게 한 것은 그러한 이유가 아니라 메니데스의 말이 턱없이 허황되다고 생각했기 때문이다.

"이 나라는 황제 폐하의 나라다. 황제 폐하께서 계신데 감히 어떻게 반란이 일어난다는 말이냐?!"

"그렇지요. 황제 폐하께서 계시는 한 반란 같은 것은 일어날 수가 없습니다. 하지만 만약 황제 폐하께서 계시지 않다면? 그렇다 해도 과연 반란이 일어나지 않을 수 있을까요?"

"무슨 말이지?"

"아아, 제 말을 곡해하여 생각지 마시옵소서. 전 황태자 폐하를 돕기 위해 찾아왔습니다. 황태자 폐하께서 무사히 황위를 이어받으시길 진심으로 바라여 이렇게 찾아온 것입니다."

잠시 메니데스의 말에 표정을 싸늘하게 굳혔던 소년이지만 그의 이어지는 말과 미소를 보며 그런 표정이 싹 사라지고 말았다. 소년의 눈동자는 어느새 몽롱하게 젖어 있었다.

"그러니까 저의 말만 들으시면 되는 겁니다. 황태자 폐하께서 황위를 이어받으실 때까지 제가 힘을 드리겠습니다."

메니데스는 어느새 소년의 지척에 도달해 있었다. 보라색 눈동자가 요요히 빛나며 소년의 황금빛 눈동자를 주시했다. 그럴수록 소년의 눈동자는 탁해져 갔다.

그런데 그때였다.

우웅!

소년의 팔목에서 갑자기 황금빛이 뿜어져 나왔다. 정확히 말하자면 팔목에 차여 있는 금속 팔찌에서였다. 그리고 팔찌는 단순히 빛만 내뿜는 것이 아니었다.

우웅!

메니데스는 갑자기 자신을 밀어내는 힘에 밀려 뒷걸음질 치고 말았다. 그리고 황금빛을 내고 있는 팔찌를 바라보았다.

그사이 소년은 정신을 차릴 수 있었다. 어찌 된 영문인지는 알 수 없었지만 확실한 것은 결코 메니데스가 자신에게 좋은 의도를 가지고 접근하지 않았다는 사실이었다.

"넌 누구냐? 어째서 나에게 사악한 마법을 걸려고 그랬던 것이지?"

"전 단순히 황태자 전하를 돕고자 힘을 드리려 한 것뿐입니다."

"네 도움 따윈 필요없다! 이제 너의 정체도 중요하지 않다! 물러가라!"

메니데스의 보라색 눈동자는 계속해서 요요한 빛을 띠었지만 황금빛이 소년을 보호하듯이 둘러싸고 있어 전혀 소용이 없는 것 같았다. 소년의 눈동자는 한 치의 흔들림도 없었다.

결국 메니데스는 고개를 끄덕일 수밖에 없었다.

"황태자 전하께서 그러길 바라신다니 그래야겠지요. 하지만 황태자 전하, 제 말을 잊지 마십시오. 황태자 전하께선 반드시 힘을 필요로 하시게 될 것입니다. 그때 전 언제나 황태자 전하의 곁에 있을 테니 언제나 제 이름만 불러주십시오."

"썩 물러가지 못하겠느냐!"

끝내 소년은 참지 못하고 소리를 질렀다. 하지만 메니데스의 입가에 자리 잡은 미소는 사라지지 않고 있었다. 메니데스는 보라색 중절모를 가슴에 대고는 허리를 숙여 처음과 같이 정중히 인사를 건넸다.

"그럼 이만……."

그 말과 함께 바람이 불어왔다. 예의 그 눈조차 뜨기 힘들 정도의 거센 바람이었다. 그리고 거센 바람이 그쳤을 땐 메니데스는 어디론가 사라지고 없었다.

털썩!

소년은 그 자리에 주저앉고 말았다. 어느 사이엔가 그를 보호하듯 둘러싸고 있던 황금빛도 사라진 뒤였다. 한참 동안이나 메니데스가 사라진 자리를 바라보았다.

"도대체 뭐였지?"

그가 남기고 간 것은 아무것도 없었다. 소년은 생일 선물로 받은 팔찌가 황금빛을 내었다는 것을 상기해 내곤 한참을 살펴봤지만 아무런 흔적도 찾을 수 없었다. 그는 이 모든 것이 마치 꿈만 같았다. 그도 그럴 것이, 도저히 그의 존재 자체가 이해되지 않았다.

우선 이 장소에 갑작스레 나타났다는 것만 해도 그러했다.

소년 데미안은 대륙 전체를 통치하는 유일 통일제국인 바티스타 제국의 황태자였다. 그리고 이곳은 그의 일곱 번째 생일 선물로 받은 정원이었는데, 그가 황제께 부탁하여 자신의 허락 없이는 누구도 출입할 수 없도록 되어 있었다.

정원의 주위엔 제국의 제일가는 기사들이 철저히 주변을 경계하고 있을 터이다. 그런데 메니데스는 그런 것을 무시한 채 너무나도 쉽게 침입했고, 또 빠져나갔다.

꿈이라 여길 만한 충분한 상황이었다.

그러던 데미안은 문득 자신의 허리춤에 차여 있는 검을 내려다보았다.

'난 아무것도 할 수 없었다.'

황태자인 자신에게 무례를 표한 상대에게 그는 아무것도 할 수 없었다. 오히려 상대의 간악한 술수에 놀아나기만 했을 뿐이다. 데미안은 자신의 힘이 너무나도 보잘것없다는 것을 깨달았다.

'조금 더 검을 배울 수 있었더라면…….'

바티스타 제국의 황가에는 대대로 검술을 익히는 것이 금기였다. 아니, 비단 검술뿐만이 아니라 무력을 행할 수 있는 모든 것이 금기나 다름없었다.

취미로 조금은 배울 수 있겠지만 황가의 어느 누구도 그 길로 빠지지 못했다. 그것을 황가의 자존심이자 명예로 지켜왔다.

검술, 체술 등을 비롯한 마법 같은 것을 잡기로 취급했고, 천민들이나 익히는 것이라 생각했다. 그래서 하늘이 내려준 황가의 자손들은 그것을 익히는 것조차 황가의 명예를 실축한다고 생각했던 것이다.

때문에 데미안은 검술을 익힐 수 없는 처지였다.

그는 다른 이도 아니고 바로 다음 대의 황제가 될 확률이 가장 높은 황태자였으니까.

하지만 데미안은 어려서부터 검을 무척이나 좋아했다. 옛날이야기 속에 나오는 영웅들은 항상 검을 들고 있었고, 신검으로 마왕이나 사악한 마룡을 무찌르는 영웅담은 데미안의 꿈이 되었다.

하지만 현실이 데미안을 짓누르고 있었다. 그는 대륙의 통치자는 될 수 있어도 영웅은 될 수 없었다. 이미 정해진 사실이었다.

그러나 데미안은 포기하지 않고 어릴 때부터 호위기사로서 자신을 지켜준 펜버 경에게 검술을 배웠다. 펜버 경 역시 황가의 법도를 알고 있었지만 어릴 때 잠시 익히는 취미라 여겼다. 실제로 취미로 검술을 익힌 황가의 자손에 대한 사례는 얼마든지 있었다.

하지만 펜버 경은 얼마 지나지 않아 데미안이 취미로 검술을 익히는 것이 아니라는 것을 깨닫곤 그에게 더 이상 검술을 가르치지 않았다. 황가의 법도를 어길 수는 없었던 것이리라.

그때부터 데미안은 혼자서 검술을 익혀야 했다. 검술이라고 하기보다는 검의 기초를 계속해서 반복하는 것에 불과했지만 그는 그것을 포기하지 않았다.

하지만 그런 그의 노력은 메니데스라는 의문의 이로부터 산산이 부서지고 말았다.

'강해지고 싶어. 그 누구보다도 강해지고 싶어!'

어느새 데미안은 자신도 모르게 메니데스의 예언을 따르고 있었다. 그리고 그의 팔목에 차인 팔찌는 아주 낮게 떨며 들리지 않는 울음을 토해내고 있었다.

한기가 서린 차가운 겨울바람이 불었다. 그리고 바람을 목검이 꿰뚫었다.

아니, 꿰뚫었다고 생각했다. 하지만 꿰뚫린 줄 알았던 바람은 오히려 목검을 감싸 안고 있었다. 그제야 알 수 있었다. 목검은 바람을 꿰뚫은 것이 아니라 스며든 것임을.

바람에 스며든 목검은 바람과 함께 움직였다. 바람이 위로 출렁거리면 목검도 덩달아 출렁거렸고, 바람이 거세게 흘러가면 덩달아 거세게 흘러갔다.

어느새 무엇이 목검인지, 무엇이 바람인지 구분하기가 힘들어졌다.

목검이 바람이었고, 바람이 곧 목검이었다. 그런데 갑자기 목검이 방향을 틀기 시작했다.

타앗!

땅을 박차고 앞으로 나아갔다. 빠른 속도는 아니지만 바람을 맞서고 있었다. 어째서 지금까지 바람과 동화되어 움직이던 검이 저러한 움직임을 보이는 것일까?

그런데 그때 놀라운 일이 일어났다. 바람이 목검을 휘감기 시작했다. 목검의 주변으로 작은 회오리가 생기듯 바람이 목검을 껴안더니 곧 목검을 따라 흘러가기 시작했다. 마치 목검의 주변에만 다른 바람이 흐르는 듯했다.

목검은 바람을 거스르고 있었지만 목검의 주위를 휘감는 바람이 오히려 목검을 쓰다듬으며 앞으로 나아가게 해주었다. 마치 사랑하는 이를 보듬는 연인의 손길 같았다.

하지만 그것도 잠시, 곧 목검의 주위를 감싸 안던 바람이 사라져 버렸다. 어째서인지 바람은 목검을 막을 생각을 하지 않는 듯했다.

마치 목검이 자신의 일부이기에 그냥 지켜보기만 하는 양 바람은 잠잠하기만 했다. 그리고 그때 수많은 실이 빼곡하게 주변을 덮기 시작했다.

실로 이루어진 수많은 검이 목검을 노려왔다. 어떤 검은 빨랐으며 어떤 검은 힘이 강했다. 어떤 검은 빠르고 힘이 강했지만 빈틈이 많았다. 어떤 검은 빈틈이 하나도 없는 듯했지만 느리고 힘이 약했다.

제각각의 특징을 가지고 있는 수많은 검들이었다. 만약 눈앞에 그런 검들이 펼쳐진다면 목검을 휘두르기는커녕 그것만으로도 깜짝 놀라 발걸음조차 떼지 못할 이들이 수두룩했다.

하지만 목검은 멈추지 않았고, 발걸음 역시 마찬가지였다.

목검은 수많은 검의 틈 속으로 파고들었다. 그러자 수많은 검들이 가소롭다는 듯이 목검을 집중 공격하기 시작했다. 날카롭고 강한 검들의 틈에서 목검은 너무도 힘없이 부서질 듯했다.

하지만 목검은 부서지지 않았다. 목검은 그다지 빠르지도, 힘이 담겨 있지도 않았지만 수많은 검의 공격을 모두 피해내고 있었다. 단순히 피해내는 것이 아니었다.

어느 곳으로 피해야 검들이 가장 공격하기 힘든지, 그리고 어느 곳으로 파고들어야 검들이 가장 막기 힘든지를 아는 것처럼 완벽히 피해내고 그 틈을 교묘하게 뚫고 들어가고 있었다. 아니, 뚫고 들어가는 것이 아니라 흘러들어 간다고 표현하는 것이 정확할 것이다.

허공에 공격을 하듯 한번도 제대로 공격이 성공한 적이 없던 검들은 오히려 그리 빠르지도, 강하지도, 날카롭지도 않은 하나의 목검에 밀리는 꼴이 되고 말았다.

어느새 목검은 완전히 검들을 제압하고 있었다. 베어버리거나 불능의 상태로 만드는 것이 아닌, 검들의 움직임 자체를 완벽히 목검을 통해 자신의 제어 아래 두고 있었다.

더 이상 두고 볼 것도 없는 목검의 승리였다. 하지만 검들은 포기하지 않았고, 결국 총 공세에 나섰다.

수많은 검들이 방어를 도외시하고 목검 하나를 부서뜨리기 위해 달려들고 있었다. 게다가 검들 중 일부는 목검의 주인을 직접 노리기까지 했다.

그때 바람처럼 흐르기만 하던 목검이 크게 원을 그렸다. 그 순간 주변을 빼곡하게 덮던 모든 검들이 허상이 되어 사라져 버렸다.

"휴우……."

아렌은 길게 숨을 내뱉었다.

숨이 차지는 않았다. 어느 때부턴가 몇 분이든, 몇 시간이든 검을 휘둘러도 지치지 않게 되었다. 그것은 단순히 아렌의 체력이 늘었다는 말로 설명할 수 있는 게 아니었다.

아렌은 기분 좋은 미소를 지었다. 하지만 그 미소 속에는 약간의 아쉬움이 담겨져 있었다.

"오늘도 끝을 보지 못했어."

언제나 그랬다. 검무의 끝에 다다른다 싶으면 깨어나고 만다. 그러면 언제 검들이 주변을 뒤덮었냐는 듯 그 흔적조차 남아 있지 않았다. 그리고 그때마다 아렌은 아쉬움을 흘려야 했다.

"하지만 정말 즐거웠어."

그것이면 되었다.

검을 휘두르는 게 즐겁고 재미있다면, 그것만으로 충분했다. 검무의 끝을 보지 못한 게 아쉽기는 하지만 굳이 그 끝을 보지 못하더라도 이토록 즐겁게 검을 휘두를 수 있다면 그것으로 족했다.

아렌은 다시 한 번 그 자신이 검을 너무나도 좋아한다는 사실을 깨달을 수 있었다.

그러다가 아렌은 심각한 표정을 지었다. 갑작스럽게 일어난 변화였다.

‘한 번만… 안 될까?’

그는 지금 일생일대의 아주 중요한 결정을 내려야 하는 고민에 빠진 듯했다. 적어도 천만 번의 심사숙고를 거쳐야 하는 듯 아렌은 쉽게 고민에서 벗어나지 못하고 있었다.

결국 아렌은 마지막 단 한 번의 질문을 앞두게 되었다.

‘오늘 하루만… 체력 훈련을 쉬고 검을 휘두르면 안 될까?’

아렌의 심각한 고민은 바로 그것이었다.

밤낮을 잊고 검을 휘두르느라 잠시 그만두었던 체력 훈련을 다시 시작했다. 검에 대한 집착을 버리자 다시 시작하지 않으면 안 될 것 같았다.

사실 그 며칠 동안 아렌의 체력은 급격히 떨어지고 있었다. 검에 대한 집착으로 시작된 어긋난 검무는 아렌의 정신적 피로는 물론이고 육체의 체력까지 좀먹고 있었다.

그래서인지 다시 체력 훈련을 시작하고 일주일이 지날 때까지 아렌은 그야말로 죽을 맛이었다. 오히려 예전보다 훨씬 힘들어진 것 같았다. 지금은 간신히 다시 예전의 체력을 되찾을 수 있었다.

그런데 오늘은 그게 문제가 아니었다.

얼마 전처럼 집착이 아니라 너무나 재미있어서 쉽사리 그만 둘 수가 없었던 것이다. 조금만 더 검을 휘두르고 싶은데

다가오는 시간은 아렌에게 체력 훈련을 강요하고 있었다. 그래서 아렌은 오늘 하루 체력 훈련을 넘어가 버릴까 하는 심각한 고민을 하고 있었던 것이다.

그런데 그때였다.

"또 네 녀석인가?"

아렌은 뒤에서 들려오는 목소리에 깜짝 놀라 뒤를 돌아보자 디프론 교관이 여전히 변함없는 표정으로 아렌을 바라보고 있었다.

아렌은 디프론 교관을 보자 왠지 주눅이 들었다.

"아직도 그 쓰레기를 수련한답시고 나와 있는 것은 아닐 테지?"

디프론 교관의 말은 싸늘했다. 마치 아렌의 하나하나가 마음에 들지 않는 듯했다. 아렌은 그의 말에 숙이고 있던 고개를 번쩍 들었다.

"이, 이제는 쓰레기가 아니에요!"

아렌은 자신이 말해놓고도 놀라 버렸다. 다른 사람도 아니고 디프론 교관의 앞에서 이런 말을 할 수 있을 정도로 자신의 담이 컸었나 하는 생각도 들었다.

하지만 그의 말은 진심이었다. 아렌은 그때의 그가 아니었고, 그의 검도 많은 변화를 겪었다. 그래서 아렌은 디프론 교관의 눈동자를 피하지 않았다.

그렇게 디프론 교관의 싸늘한 눈빛이 아렌에게 꽂혀 있길

1분이 채 되질 않아서였다.

"이제야 사람의 눈빛이 됐군."

너무나도 작은 그의 목소리를 아렌은 미처 듣지 못했다. 하지만 왠지 디프론 교관이 자신을 칭찬한다는 기분이 들어 그의 입가엔 쑥스러운 듯한 미소가 지어져 있었다.

그러다가 곧 디프론 교관을 향해 허리를 90도 각도로 숙였다.

"저번엔 정말 감사했습니다."

아렌은 진심으로 디프론 교관에게 감사하고 있었다.

하지만 디프론 교관에게서 나온 대답은 엉뚱한 것이었다.

"무엇이 감사하다는 거지?"

"네?"

아렌은 당황하고 말았다. 무엇이 감사하다고 말해야 할까?

이것저것 생각나는 건 많은데 정작 입 밖으로 꺼내려니 무슨 말을 해야 할지 도무지 감이 잡히질 않았다. 결국 우물쭈물하던 아렌은 입을 열었다.

"어, 어쨌든 감사합니다."

아렌의 볼은 새빨갛게 물들어 있었다.

그런 아렌의 마음을 아는지 모르는지 디프론 교관은 아무 말 없이 아렌을 바라볼 뿐이었다. 아무런 감정조차 담기지 않은 눈빛에 약간 흔들림이 있었다는 것 말고는 아무것도 달라진 게 없었다. 그리고 그 흔들림마저 본 사람이 없었다.

아렌은 허리를 숙이고 한참이나 있었는 데도 디프론 교관이 아무 말을 하지 않자 살짝 걱정이 되기 시작했다. 자신의 이런 행동조차 마음에 들지 않을 수도 있다는 생각이 들었다.

아렌은 디프론 교관이 자신을 좋아하지 않는다고 생각하고 있었다 그러다가 고개를 든 아렌은 자신을 향해 손을 내미는 디프론 교관을 보았다.

"네?"

"목검을 줘보겠나?"

그의 말에 아렌은 얼떨결에 목검을 넘겨주고 말았다.

디프론 교관은 목검을 만지작거리더니 아렌에게 조금 물러나란 신호를 취했다. 아렌은 이번에도 별말없이 물러났다. 그가 그렇게 물러나자 디프론 교관은 조용히 검을 중하단으로 내렸다.

그러자 그의 기도가 완전히 달라졌다.

차갑고 싸늘하기만 하던 공기가 한순간에 모두 얼어붙었다. 디프론의 목검을 제외하곤 세상의 모든 것이 얼어붙은 것만 같은 느낌이었다. 그런 와중에 디프론 교관의 목검이 서서히 움직이기 시작했다.

스윽!

허공을 긋고 지나가는 목검은 마치 그 자리에 길이라도 놓인 듯 너무나 자연스러운 움직임을 보여주고 있었다. 하지만 결코 정도를 벗어나지 않는, 제한적이지만 그 제한이 있기에 더욱 빛을 발하고 있는 움직임이었다.

절제된 아름다움이 그의 검에서 느껴졌다.

'아름답다…….'

아렌조차 그의 검에서 그런 느낌을 받을 정도였다.

디프론 교관이 펼치는 검술 자체는 그리 대단한 것이 아니었지만 디프론 교관이 펼쳐 내자 완전히 새로운 검술로 뒤바뀐 듯했다. 아렌은 그의 검술이 끝을 내릴 때까지 넋을 놓고 바라보아야만 했다.

아렌이 퍼뜩 정신을 차렸을 땐 어느새 디프론 교관의 검술은 끝이 나 있었다. 디프론 교관은 아렌을 바라보다 입을 열었다.

"할 수 있겠는가?"

"네? 아니, 저……."

디프론 교관이 보여준 검술 자체는 이미 앞서 설명했다시피 별거 아니었다. 이미 아렌의 눈동자엔 검술이 이루는 실선들이 퍼져 있어 뇌리 속 깊숙이 각인되어 있을 정도였으니까.

하지만 그것과는 전혀 다른 문제였다. 검술 자체는 어렵지 않았지만 디프론 교관이 펼친 검술은 그와는 비교도 할 수 없는 것이었다. 단순이 검술만이 아니라 그 속에 무엇인가 알 수 없는 깨달음이 포함되어 있었다.

아렌은 자신의 실력으론 턱없이 모자라다는 것을 깨달을

수 있었다.

아렌이 우물쭈물하며 대답을 하지 못하자 디프론 교관이
다시 입을 열었다.

"가르쳐 주겠다."

"그게… 네, 네?"

"내게서 정식으로 검을 배워보지 않겠는가?"

6년의 흐름

겨울의 새벽 공기는 흐르는 시냇물을 얼려 버릴 정도로 차가웠다.

해조차 떠오르지 않아 날은 어둑어둑했고, 그만큼 사람들의 활보도 줄어들어 조용한 정적만이 세상에 존재하는 것 같았다. 그런 세상에 조금씩 눈이 내리고 있었다.

새하얀 눈송이는 땅에 떨어져도 곧바로 녹지 않고 눈꽃을 피워냈다.

"하아……."

새하얀 입김이 뿜어져 나왔다. 뭉게뭉게 피어나는 모습이 마치 작은 구름이 된 것 같았다. 떨어지던 눈송이는 입김에 밀려 하늘하늘 떠다니다 곧 땅에 안착했다.

손바닥을 펼쳐 앞으로 내밀었다. 눈송이가 손바닥에 떨어지며 느껴지는 차가운 느낌. 눈송이는 곧바로 체온에 녹아버렸지만 계속해서 다른 눈송이가 손바닥 위로 떨어지며 그 느낌을 주었다.

"올해도 눈이 많이 올까?"

대답을 기대한 물음이 아니었다. 하지만 문득 물어보고 싶었다.

대륙 동북방 쪽의 변방에 살았기에 어릴 때부터 많은 눈을 볼 수 있었다. 새하얗고 차갑지만 어쩐지 푸근한 눈. 하염없이 내리는 눈 사이로 뛰어다닐 땐 언제나 즐거웠다.

그래서 이곳에 도착한 후 첫눈을 봤을 땐 어찌나 좋았는지 당장이라도 쓰러질 것 같은 몸을 일으켜 세워 밖으로 나갔었다. 그때도 지금처럼 새벽이었기에 주변에는 아무도 없었다.

혼자서 맞는 눈은 추웠지만 무척이나 아름답고 포근했다.

"올해도 많이 오면 좋겠는데……."

소년은 그렇게 중얼거렸다.

구릿빛 근육이 꿈틀거렸다.

역동적인 움직임을 만들어내는 신체에선 열기가 뿜어져 나와 떨어지는 눈송이들이 미처 닿기도 전에 녹아버렸다.

"후욱! 후욱!"

소년은 숨을 내뱉으며 윗몸을 일으켰다.

어디서나 쉽게 볼 수 있는 윗몸 일으키기였다. 하지만 지금까지 소년이 쉬지 않고 해낸 개수를 누군가 세어봤다면 입이 쩍 벌어졌을 것이다.

소년의 몸은 근육으로 탄탄했다. 그렇다고 우락부락할 정도는 아니었고, 적당한 체구에 꼭 필요한 근육들만 발달되어 있어 근육의 강도에 비해선 오히려 몸이 가냘프게 보일 정도였다.

하지만 근육의 강도에 비해 그렇다는 것이지, 소년의 얼굴에 아직 남아 있는 앳된 모습을 보지 못한다면 그를 소년이라 취급하긴 쉽지 않을 것이다. 그만큼 잘 발달된 몸이었다.

소년은 윗몸 일으키기 외에도 기본적이다 할 수 있는 몇 가지 운동을 더 했다. 물론 종류가 기본적이라는 것이지 그 양은 결코 기본적인 것이 아니었다.

그렇게 한참 동안 운동을 하고 있는 소년의 귓가로 누군가의 발걸음 소리가 들려왔다. 하지만 누군지는 궁금하지 않았다. 이곳에 찾아올 사람이 몇 없다는 것은 이미 잘 알고 있는 사실이었기 때문이다.

과연 하던 운동을 그만두고 발걸음 소리가 들려오는 곳을 쳐다보니 눈에 익은 얼굴이었다. 아니, 익을 수밖에 없는 얼굴이었다.

"아, 스승님."

"음……."

발걸음 소리의 주인공. 차갑게 빛나는 푸른색 눈동자에 왠지 주변으로 찬바람이 부는 것 같은 분위기를 가진 50대 초반으로 보이는 사내는 소년에게로 가까이 와 입을 열었다.

"뭐 하고 있었느냐?"

"그냥 수련 전에 잠깐 간단히 몸을 풀어주고 있었습니다."

소년의 말에 사내는 고개를 끄덕였다.

비록 아직 쌓이지는 않았지만 눈이 내릴 정도로 날씨는 추웠다. 그런 만큼 몸은 굳어 있기 마련이고, 아무리 단련한 몸이라고 해도 그런 상태로 수련을 한다는 것은 어리석은 짓이다. 위험한 건 둘째 치고 제대로 된 성과를 기대하기가 어려웠다. 그러니 가벼운 준비 운동은 반드시 필요했다.

물론 소년이 행한 운동을 가볍다고 표현할 수 있을지는 심각하게 고민해 봐야겠지만 소년에게나 사내에게나 그 운동은 준비운동 그 이상의 가치는 없었다.

그러다가 소년은 무엇인가 생각이 났는지 얼른 뒤로 뛰어가 한쪽에 뉘어 있는 목검 하나를 가지고 돌아왔다. 그리고 사내에게 목검을 건넸다.

그러자 사내는 아무 말 없이 목검을 받아 들더니 천천히 목검의 이곳저곳을 훑어보기 시작했다. 그가 들고 있는 것은 평범한 목검이었지만 사내는 마치 예술 작품을 보는 듯 신중하기 이를 데 없는 태도였다. 게다가 그 반응을 기다리는 소년 역시 약간 긴장을 한 듯했다.

잠시간의 시간이 지나고 드디어 사내가 입을 열었다.

"저번 것보다는 낫군."

"최대한 짧은 시간 내에 결을 따라서 잘랐습니다."

"그래, 나무의 생기가 유지될 수 있도록 짧은 시간 내에 결을 따라 어긋나지 않도록 잘랐군. 제법이야."

소년은 사내의 말끝에 붙은 '제법이야' 라는 칭찬에 함박 웃음을 지으며 좋아했다. 칭찬은 물론이고 감정 표현조차 잘 하지 않는 사내였기에 그 별것 아닌 칭찬이 얼마나 대단한 것인지 잘 알고 있었기 때문이다.

하지만 그 뒤를 잇는 사내의 말에 소년은 웃는 모습 그대로 굳어버렸다.

"하지만 너무 빨리 자르려 하는 바람에 균형을 맞추지 못했군. 오른쪽으로 힘의 균형이 약간 치우쳐. 게다가 손잡이는 제대로 다듬지 못해서 아직 까칠까칠하군. 손끝의 감각에 방해를 주겠어."

이건 약부터 미리 주고 그보다 더 큰 병을 주는 모습이었다. 칭찬에 잠시 기분이 좋았던 소년은 계속해서 이어지는 단점의 지적에 얼굴이 딱딱하게 굳어졌다. 하지만 소년이 그렇게 얼굴을 굳히든지 말든지 사내는 마지막 쐐기를 박았다.

"아직 멀었군. 오만 번쯤 휘두르면 부러지겠어."

세상에 어떻게 목검의 수명까지 안단 말인가. 보통 사람이라면 절대 믿지 않을 말이었다.

하지만 소년은 사내의 말이 사실이라는 것을 알 수 있었다. 지금까지 만든 목검의 재료로 사용된 나무만 해도 작은 집 한 채는 거뜬히 짓고도 남을 정도였는데, 사내는 그 모든 목검의 수명을 모두 맞혔다.

처음엔 아렌도 사내의 말이 정확하자 입을 쩍 벌리고 놀랐었지만, 이제는 놀랍지도 않았다. 아니, 오히려 그 자신조차 조금씩 목검의 수명을 알아맞혀 가고 있었다.

이번에 소년이 예상한 목검의 수명은 대략 5만 8천 번이었다. 무려 8천 번이나 차이가 나지만 거기까지 예상한 것만으로도 대단한 것이었다. 하지만 소년의 표정은 그다지 밝지 못했다.

소년은 5년 전, 자신에게 나무토막과 작은 단검을 건네주며 목검을 깎으라고 말하던 스승의 모습이 생각났다. 스승은 의아하게 자신을 바라보는 소년을 향해 말했다.

"검은 휘두르기만 하는 것이 전부가 아니다. 단지 휘두르기만 한다면 검은 흉기 그 이상, 그 이하도 아니다. 그리고 그렇게 검을 휘두르기만 하는 건 바보나 할 짓이지. 검을 휘두르기 전에 먼저 검을 알아야 한다. 네게 직접 목검을 깎으라 하는 것도 그런 이유에서다."

그 말을 남기고 어떻게 깎으라는 아무런 설명도 없이 돌아서던 스승은 또다시 한마디를 남겼다.

"1천 개쯤 깎아보면 대충 어떻게 깎아야 하는지 감이 올 것이다."

그때부터 지금까지 소년의 일과엔 목검을 깎는 일이 포함되어 있었다. 이미 1천 개쯤은 예전에 다 깎았지만 아직도 완벽한 목검을 만들지 못하고 있었다.

그나마 이 달에 접어들어 4만 8천 번을 넘어서는 목검을 만들어낼 수 있었지만 아직도 스승은 만족하지 못하고 있었다. 그래도 좋은 점이 있다면 목검뿐만이 아니라 식탁이나 의자, 수납장 같은 실생활품은 물론이고 목각 인형과 노리개 등 나무로 만들 수 있는 목공예는 이제 저잣거리에 나가서 팔아도 될 정도로 수준급이 되었다는 사실 정도였다.

그러나 정말 이게 다행이라고 할 만한 게 맞는 건지, 왠지 점점 나무 조각가가 되어가는 듯한 스스로의 모습에 오늘도 한숨을 내쉬는 소년이었다.

소년은 목검을 휘두르고 있었다.

소년의 목검은 그리 빠르지도 힘이 담겨 있지도 않았다. 하지만 가만히 보고 있자면 기묘한 느낌이 들었다. 분명 검을 보고 있는데 검을 보고 있는 것 같지 않은 기분이었다.

그 외에도 소년이 휘두르는 목검은 조금 이상했다.

목검을 휘두른다면 자연스레 바람이 일어나 떨어져 내리

는 눈송이에 어떠한 영향을 미칠 것이다. 하지만 소년의 목검은 그렇지 않았다. 마치 목검 따위는 처음부터 있지도 않았다는 듯 눈송이는 그대로 하늘하늘 떨어져 내릴 뿐이었고, 목검은 그 사이를 유유히 휘젓고 있었다.

때로는 계속해서 움직이는 목검에 눈송이가 내려앉았고, 원래라면 녹아버려야 할 눈송이가 녹지 않아 목검이 스쳐 지나가면 다시 떨어져 내리기도 했다.

"무릇 검을 휘두름에 있어 가장 중요한 것은 마음이다. 진심으로 베고자 한다면 베지 못할 것이 없으며, 베지 않으려 한다면 네 검은 종잇장 하나 자르지 못할 것이다."

소년에게 스승이 했던 말이다.

소년, 아니, 아렌은 디프론에게 그러한 가르침을 받았다.

그러다가 아렌이 잘못해서 목검에 약간의 날카로움이라도 띤다 싶으면 바로 디프론의 호통이 날아왔다.

"베지 않고자 하는데 어찌 검에서 날카로움이 배어 나오느냐! 마음을 다잡아라. 네 마음이 흐트러지면 검은 더 이상 네 뜻을 존중하지 않을 것이다."

6년 전, 한 해의 거의 끝을 앞두고 아렌은 디프론을 스승으로 모셨다. 하지만 아무것도 달라지지 않았다.

디프론은 여전히 낮 동안의 훈련 시간에는 나무에 기대어 앉아 낮잠을 잘 뿐이었고, 아렌 역시 계속해서 자세 훈련과 체력 훈련을 병행하여 수련했다.

그러다가 밤이 되고 수련장엔 아렌만이 남아 있어야 디프론은 어디선가 나타났다. 그렇다고 디프론이 아렌에게 특별한 검술을 가르치는 것도 아니었다.

애초에 그가 아렌에게 보여주고 가르쳐 주겠다고 한 검은 높은 수준의 검술이 아니라 검의(劍意) 그 자체였다.

"네게 필요한 것은 화려하고 강한 검술이 아니다. 검술은 결국 자세를 잇고 이어 만든 동작의 연장선일 뿐이다. 네가 완성해야 할 것은 검이 아닌 너 자신이다."

이렇게 말한 디프론은 언제나 아렌의 검 수련이 끝나고 나면 그에게서 목검을 건네 받아 검을 펼쳤다. 언제나 펼치는 검술은 달랐지만 그 모두가 대단한 검술은 아니었다. 그러나 아렌의 눈에는 디프론 교관의 검이 무엇보다도 대단해 보였다. 검술이 아닌 검이 말이다.

그런 알쏭달쏭한 수업은 다시 한 번 치러진 시험의 하루 전날까지 계속되었다. 그리고 시험을 하루 앞두고 아렌은 영문도 모른 채 디프론과 함께 수련장을 떠나야 했다.

나중에서야 알게 된 사실이지만 그것은 디프론의 조치 덕분이었다.

디프론은 용병 길드 연합총단에 직접 아렌을 가르치겠다고 신청서를 넣었고, 총단에선 그것을 승낙한 것이다. 어차피 상급 과정에 들어가면 각자 스승을 모시고 가르침을 받게 될 테지만 아렌의 경우는 상당히 이례적인 것이었다.

어찌어찌 교관으로는 들어올 수 있었던 디프론이지만 주변에는 악평이 자자했다. 훈련 시간엔 아이들에게 자율 훈련이란 핑계를 대고 낮잠을 자는 등 말이 교관이고 훈련이지 그냥 무위도식의 표본이었던 것이다.

그나마 그의 훈련에서 통과된 아이들의 수준이 나쁘지 않았기에 총단은 그에게 어떤 제재도 가할 수 없었는데, 제 발로 교관 자리에서 물러나 주겠다니 총단 입장에선 박수를 치고 기뻐할 일이었다.

그래서 상당히 이례적인 그의 신청을 승낙해 주었던 것이다.

그 대신 그만큼 지원은 끊겼다.

원래 상급 과정에 들어가면 교관이 받아들여야 할 제자는 각각 세 명씩이었다. 하지만 디프론은 오직 아렌 하나만을 제자로 받아들였으니 그만큼 지원이 끊기는 게 당연했다.

지금의 숙소에서도 나가야 했다. 지금의 숙소는 다음 해면 들어올 또 다른 D급의 아이들을 위해 사용되어야 했다.

그나마 총단 내에 작은 훈련장이 딸린 숙소를 마련해 주고 음식을 지원해 주는 것만 해도 총단 입장에서는 크게 베푼 것이었다. 물론 훈련장이라고 해봐야 두어 명이 검을 휘두르기도 벅찬 작은 마당이 전부였지만 거기까진 총단이 알 바가 아니었다.

그때부터 아렌은 디프론과 함께 그 작은 숙소에서 살게 되고, 그날부터 디프론의 본격적인 수업이 시작되었다.

그로부터 6년이 지났다.

어떻게 지났는지도 모를 정도로 6년이란 시간은 너무나도 빠르게 지나갔다.

"휴우……."

아렌은 숨을 내쉬며 목검을 거둬들였다.

그러자 지금까지 아무렇지도 않게 그냥 떨어져 내리던 눈송이들이 이제야 아렌의 몸에 닿으며 녹아버렸다. 오히려 검을 휘두를 때는 녹지 않던 눈송이들이었는데 가만히 서 있는 아렌의 곁에서 녹아버리니 어리둥절할 일이었다.

그것이 지난 6년간 아렌에게 있어 일어난 가장 큰 변화 중 하나였다.

눈뿐만이 아니었다.

비가 올 때 검을 휘두르고 있으면 오히려 덜 젖었고, 검을 휘두르고 있으면 따가운 햇볕과 더위조차 느껴지지 않았다.

6년이란 길지만 짧은 시간 동안 아렌은 그토록 성장해 있었다.

하지만 아렌에겐 그런 성장 자체는 그다지 중요하지 않았다. 그보다는 검을 휘두르면 휘두를수록, 디프론의 가르침이 몸에 배이면 배일수록 더욱더 검이 즐거워진다는 사실이 그에게는 더욱더 중요했다.

디프론의 훈련은 혹독했지만 아렌은 더없이 즐거운 6년을 보낼 수 있었다.

디프론은 그런 아렌을 묵묵히 쳐다보고 있었다.

제자를 향한 스승의 따뜻함 따위는 전혀 느껴지지 않는 모습이었다. 그를 오랫동안 보지 못한 사람이라면 분명 그렇게 생각할 것이다. 그만큼이나 디프론은 무뚝뚝했고 표정의 변화는 극히 드물었다.

그런 디프론 교관의 입이 살짝 떨어졌다.

"저 아이에게라면……."

누구도 듣지 못할, 누구도 알아차리지 못할 아주 작은 중얼거림이 그의 떨어진 입가에서 새어 나왔다.

그런데 갑자기 아렌이 자신을 보고 쿡쿡 웃는 모습이 눈에 들어왔다.

"왜 그러지?"

"아, 아니에요."

재빨리 발뺌하는 아렌의 모습에 잠시 의아한 디프론이지만 곧 잊어버렸다. 무심한 그의 성격이 그대로 드러나는 순간이었다.

한편 아렌은 디프론에게 들킬까 봐 조마조마해하고 있었다.

오랫동안 한 자리에 계속 서 있어서 그런지 디프론의 머리와 어깨 위에는 눈이 수북하게 쌓여 있었다. 무뚝뚝하기로 소문난 디프론과 그의 몸에 수북이 쌓인 눈은 묘한 부조화를 일으키고 있어서 어쩐지 우스운 생각이 들었던 것이다.

그렇다고 그 생각을 그대로 디프론에게 들켰다가는 오늘 하루 동안 더 이상 검을 휘두르지 못할 것이고, 그 대신 육체적인 고통과 정신적인 고통이 함께하는 혹독한 훈련이 기다리고 있을 터이다.

혹독한 훈련도 훈련이지만 아렌에게 있어 검을 휘두르지 못한다는 것은 그 무엇보다도 큰 벌이 아닐 수 없었다.

6년이 지나고 이제 곧 열여덟 살이 되는 아렌이었지만 검을 향한 그의 마음은 여전했다.

그렇게 눈 내리는 날 아렌은 웃음을 꾹 참으며 계속해서 검을 휘둘러 갔다. 그는 하루하루가 너무나도 즐거웠다.

달콤한

많은 눈이 쏟아지던 어느 날이었다.

"오늘은 쉬도록 한다."

"네?"

갑작스런 디프론의 말에 한참 목검을 휘두르려 준비 중이던 아렌은 어정쩡한 자세 그대로 굳어버렸다.

쉬라니? 갑자기 그게 무슨 소리란 말인가?

"검은 집중을 필요로 한다. 집중을 하기 위해선 그만큼 충분한 휴식 역시 뒤따라야 한다."

디프론이 잇따라 말을 했지만 아렌은 납득할 수 없었다.

아렌은 스스로가 이미 충분히 휴식을 취하고 있다 생각했다. 충분한 숙면은 물론 제자리에 앉아서 쉬는 것도 쉬는 거지만 검을 휘두르는 것 자체가 아렌에게는 더할 나위 없는 휴식이나 마찬가지였다.

그런데 갑자기 쉬라니…….

"하, 하지만 스승님, 휴식은 충분히 취하고……."

"시끄럽다. 휴식을 취하는 것 역시 훈련의 일부다. 만약 이를 어기고 오늘 하루 검을 휘두른다면 내일은 충분히 기대해도 좋을 것이다."

디프론이 이렇게까지 나오자 아렌은 찔끔할 수밖에 없었다.

평소 감정 표현을 잘 드러내지 않는 만큼 화도 잘 내지 않는 디프론이었지만 한번 이와 같이 엄포를 내렸는 데도 그것을 어기면 불같이 화를 냈다. 그리고 그 후 며칠간은 거의 지옥이나 마찬가지였다.

이미 몇 번 그런 경험을 한 아렌은 차마 목검을 휘두를 수가 없었다.

"휴우! 그럼 대체 뭘 하지?"

아렌은 숙소 앞 작은 훈련장에 덩그러니 앉아 골똘히 생각하고 있었다. 그런데 아무리 생각을 해도 도무지 달리 할 게 없었다.

어릴 땐 할아버지와 그 상대들의 대련을 보는 게 취미이자 놀이였고, 여기에 와서는 그저 검을 휘두르는 게 아렌의 전부가 됐다. 그러니 무작정 쉬라는 스승의 말에 따라 딱히 할 게 없었던 것이다.

"잠이나 자야 하나?"

그렇게 생각하다가 아렌은 고개를 저었다. 어릴 때부터 아렌은 잠이 그리 많지 않았다. 기초 과정을 훈련할 때에야 너무나 힘들고 지친 몸과 마음에 쉽게 곯아떨어지고 그 다음날 아침이 너무나 힘들었지만 이젠 그렇지 않았다. 지금의 아렌에겐 잠은 그리 유혹적인 것이 아니었다.

"밖에나 나가볼까?"

하급 과정을 훈련할 때는 할 수 없었지만 어느 정도 자유가 보장되는 지금이라면 밖으로 나갈 수 있다. 물론 그가 자라난 토루까지 가는 건 무리이고, 이 용병 길드 연합총단을 중심으로 생겨난 도시 '알마탄' 내에서라면 어디든 상관없이 갈 수 있었다.

하지만 그것 역시 썩 내키지 않았다. 마을 지리도 모르거니와 나가봤자 뭘 하겠는가. 이것저것 떠올려 봤지만 역시 가장 편안한 건 검을 휘두르는 것뿐이었다. 그러나 디프론의 엄포가 생각나 그것조차 할 수 없었다.

결국 아렌이 마지막으로 떠올린 건 어릴 때 자주 했던 검들을 떠올리고, 그 검에 맞춰 어떠한 움직임을 보여야 하는지 상상하는 것이었다. 직접 검을 움직일 순 없지만 그것만으로도 아렌에겐 충분히 재미있는 놀이나 다름없었다.

디프론 역시 거기까진 눈치 채지 못할 거란 생각에 아렌은 싱글벙글거리며 하나씩 하나씩 상상 속으로 검들을 꺼내놓으려 할 때였다.

“야, 빨리 좀 가.”

“아, 알았어. 보채지 좀 마.”

웬 목소리가 들려왔다.

디프론과 아렌이 지내는 숙소는 수련단 내에서도 외진 곳에 위치했기에 그다지 찾아오는 사람이 많지 않았다. 고작해야 식량을 가져다주거나 아주 가끔씩 훈련 실태를 조사하러 오는 조사관이 전부였다.

그런데 식량은 가득 채워져 있었고, 조사관이 올 날은 아직 까마득히 멀었다. 그러니만큼 올 사람이라고는 없는데 목소리가 들리니 아렌은 고개를 갸우뚱했다.

게다가 그중 하나는 여자의 목소리인 것 같았는데, 무슨 성질이 이토록 난폭한지 남자의 것으로 들리는 목소리가 쩔쩔매며 어쩔 줄 몰라 하고 있었다.

점점 가까워지던 목소리는 곧 훈련장의 지척에서 들려왔다.

“저… 실례합니다.”

그런 남자의 말과 함께 누군가 아렌이 있는 훈련장으로 들어왔다.

아렌은 순간 무슨 곰이 들어오는 줄 알았다. 그만큼 들어온

이의 덩치가 무척 거대했다. 게다가 그 덩치가 전부 살로 이루어진 게 아니라 탄탄한 근육으로 이루어져 있다는 사실이 아렌을 더욱 놀라게 했다.

"아무도 안 계신… 아!"

그 덩치의 사내는 안으로 들어오다가 의아한 얼굴로 자신을 바라보고 있는 아렌을 보고는 갑자기 탄성을 질렀다. 그럴수록 아렌의 의문은 더욱더 커져 갔다.

'휘유, 세상에 저 정도로 덩치가 큰 사람도 있구나. 하긴 바카스도 계속해서 자랐다면 지금쯤 저 정도는 되지 않았을까?'

아렌은 덩치 큰 사내를 보곤 그런 생각을 하다가 어쩐지 뭔가 이상한 느낌이 들었다.

'응? 바카스?'

그러고 보니 사내의 덩치는 제쳐 두고 얼굴을 살펴보니 상당히 낯이 익었다. 순박해 보이는 크고 맑은 눈동자에 얇고 가는 눈썹. 어쩐지 덩치에 비해 굉장히 소심해 보이는 조합이었다.

"서, 설마……?"

그때였다.

퍽!

"좀 비켜, 이 덩치야!"

갑자기 둔탁한 소리와 함께 덩치 큰 사내가 주춤주춤 안으로 들어섰다. 그러자 그의 뒤로 웬 여인이 안으로 들어왔다.

"입구를 막고 서서 뭐 하는 거야? 도대체 나아진 게 없어, 나아진 게!"

여인은 그렇게 말하면서 덩치 큰 사내를 마구 걷어찼다. 하지만 사내는 그다지 아파하지 않는 눈치였다. 하긴 저 덩치에 저 근육을 가져 놓고 여인이 좀 찬다고 아파한다면 엄살이라 생각할 터이다.

아렌은 멍하니 그 장면을 보고 있었다. 매우 눈에 익은 장면이었다.

사내의 뒤를 따라 들어온 여인에게선 잘록한 허리까지 내려오는 붉은 머리카락이 제일 먼저 눈에 띄었다. 그 다음은 바로 아름다운 외모였다.

앵두 같은 입술과 오뚝한 코, 갈대같이 단아하고 유연하게 늘어진 눈썹과 연갈색의 눈동자, 약간은 햇볕에 그을린 듯한 연한 갈색 피부가 어우러져 보기 드문 미모를 자랑하고 있었다.

아렌은 그녀를 보고선 놀랄 수밖에 없었다. 그녀의 외모에 놀란 것이 아니라 그녀 역시 상당히 낯이 익었기 때문이다.

그렇게 아렌이 놀라서 여전히 멍하게 서 있는데 한참을 덩치 큰 사내를 걷어차던 여인은 사내가 아무런 반응도 없이 한쪽을 바라보고 있자 그곳으로 고개를 돌렸다. 그리고 그곳에 자신을 바라보고 있는, 아직 완전히 소년 티를 벗지 못한 남자가 서 있는 것을 볼 수 있었다.

그녀의 얼굴에 꽃이 피었다. 그녀의 미소를 본 남자라면 누구나 그렇게 생각할 것이다. 그녀는 환한 미소를 지으며 소리쳤다.

"아렌!"

그 순간 아렌의 머릿속에 천둥이 쳤다. 그리고 설마 하던 머릿속의 생각이 싹 정리가 되어버렸다.

"네린! 바카스!"

"아렌!"

아렌과 바카스는 재빨리 뛰어들어 서로를 얼싸안고 마구 뛰었다. 그리고 아렌은 방향을 바꿔 네린을 안으려다가 날아오는 주먹을 봐야 했다.

퍽!

"억!"

"이게 어딜……."

아렌이야 원래 남녀 관계에 대해 까마득한 데다가 워낙 오랜만에 만난 탓에 반가워서 그런 것이지만, 네린은 남녀 관계에 대해 아주 정상적으로 배우고 자랐다. 갑자기 껴안으려는 아렌에게 분노의 주먹을 날린 것은 당연했다.

"하… 하하."

아렌은 자신이 왜 맞았는지에 대해선 몰랐지만 그 상대가 네린이라는 생각에 그냥 웃어넘겼다. 6년이 지난 지금도 네린의 난폭함은 아렌의 뇌리 깊숙이에 남아 있었다.

아렌은 어색한 미소를 짓다가 곧 다시 표정을 밝게 했다.

"정말 네린과 바카스로구나!"

"아렌, 정말 오랜만이야!"

바카스는 감동에 젖은 눈길로 아렌을 보고 있었다. 네린도 아렌에게 주먹을 날리기는 했지만 반가운 건 마찬가지였다. 무려 6년 만에 만나는 것이었으니까.

"바카스, 넌 덩치가 산만 해졌구나! 네린도 정말 예뻐졌어!"

"난 원래 예뻤다고!"

아렌의 말에 바카스는 덩치에 맞지 않게 쑥스러워하는 표정을 지었고, 네린은 살짝 붉어진 얼굴로 뾰족하게 쏘아주었다. 그러다가 그녀가 입을 열었다.

"그런데 넌 뭐야? 하나도 안 변했잖아."

"으응? 그렇게 안 변했어?"

"덩치가 조금 커지기는 했지만 여전히 그때의 아렌이구나."

"하하, 내가 뭐, 그렇지."

좋은 의미인지 안 좋은 의미인지 생각지도 않고 아렌은 일단 웃고 봤다. 그런 그의 행동에 네린은 작은 한숨을 내쉬려다 피식 웃어버렸다. 네린의 말과는 달리 사실 겉모습은 제법 변했지만 정말 내면은 하나도 변하지 않았던 것이다.

그때 바카스가 끼어들었다.

"아렌, 어떻게 지낸 거야? 난 네가 디프론 교관님의 제자가 됐다는 소식을 듣고는 깜짝 놀랐어."

"맞아. 그 사람이 용케도 널 제자로 받아들였더구나."

아직도 네린은 디프론에 대해 좋지 않은 감정이 남아 있는 듯했다. 아렌은 어디서부터 말을 꺼내야 할지 몰랐다. 사실 그도 어쩌다가 디프론의 제자가 된 것이기 때문이다.

아렌이 골똘히 생각하는 듯하자 결국 네린이 입을 열었다.

"이러다간 여기서 밤새겠어. 일단 나가자."

"응? 어딜 나가?"

아렌은 네린의 말에 고개를 갸웃했다. 그러자 바카스가 몰랐냐는 듯이 입을 말했다.

"디프론 교관님께서 말씀해 주시지 않았어? 오늘 하루 휴식이라는 걸 말이야."

"응, 휴식이라는 것은 들었어."

"정말 모르나 보네? 디프론 교관님께서 직접 우리를 찾아와서 오늘 하루 너와 밖에 나가보라고 부탁하셨단 말이야."

"뭐? 스승님이?"

아렌은 바카스의 말에 믿을 수 없다는 표정을 지었다. 그 무뚝뚝하고 냉정하기만 한 사람이 그랬을 거라고는 쉽사리 생각할 수 없었다. 하지만 아렌은 곧 디프론의 서툴지만 따듯한 마음을 느낄 수 있었다.

그래서 일부러 자신에게 엄포를 놓으며 하루 쉬라고 한 것이다. 아렌은 괜스레 미소가 지어졌다.

그런 아렌을 보던 네린이 살짝 새침한 표정을 지었다.

"뭐, 그 사람의 부탁이라는 건 그다지 내키지 않지만 오랜만에 널 볼 수 있겠다 싶어서 바쁜 시간을 낸 거니까 나한테 감사해."

"으, 으응."

"뭐 해? 이러다가 해 떨어지겠다! 어서 가자!"

네린은 그렇게 말하고는 먼저 훈련장을 나섰다. 아렌과 바카스는 그런 그녀를 멍하니 지켜보았다. 어쩐지 그녀가 가장 신난 듯 보였기 때문이다. 그러다가 먼저 정신을 차린 바카스가 아렌을 향해 말했다.

"우리도 어서 가자."

"응."

그들의 입가엔 따뜻한 미소가 지어져 있었다.

알마탄은 대도시였다.

비록 300여 년 전만 해도 그저 넓고 풀포기 하나 자라지 않는 삭막한 황무지에 불과했지만 그 위로 용병 길드 연합총단에 세워지면서 모든 것이 바뀌었다.

모든 용병 길드의 정점인 용병 길드 연합총단으로 수많은 용병들이 몰려들었다. 사람이 많아지면 그에 필요한 것들 또한 자연스레 생기는 법. 어느새 용병 길드 연합총단을 중심으로 하나의 작은 마을이 생겨났다.

그렇게 작던 마을은 조금씩 그 크기를 불려가더니 어느 사이엔가 도시가 되었고, 또 이제 와선 바티스타 제국의 가장 번화하고 큰 도시 중 하나가 되었다.

그게 바로 알마탄이었다.

다그닥다그닥!

알마탄의 중심을 가로지르는 대로를 한 대의 마차가 천천히 달려가고 있었다. 마차는 상당히 거대했는데, 그러면서도 검은색 광택이 은은하게 퍼지는 고급스러움까지 갖춘 마차였다.

이히잉!

말이 울음을 토하며 잠시 멈춰 섰다. 거리에 사람이 너무 많아 마차가 미처 앞으로 나가지 못하는 것이었다. 마차를 본 사람들은 서둘러 길을 내주었으나 조금씩 정체될 수밖에 없었다.

마차를 이끌던 마부는 뒤를 돌아보며 입을 열었다.

"죄송합니다. 사람들이 너무 많아서……. 곧 길을 열겠습니다."

그러자 마차 안에서 굵고 약간은 허스키한 목소리가 들려왔다.

"아닐세. 천천히 가도록 하게나. 어차피 저들이 이 도시의 주인이 아닌가."

그런 목소리에 마부는 잠시 감격스런 표정을 지었다. 그리고는 고개를 숙이며 그러겠다고 대답한 뒤 천천히 길을 열어 앞으로 나아갔다.

마차 안에는 두 명의 사내가 앉아 있었다.

그중 뺨에 이상한 모양의 문신이 있는 사내가 입을 열었다.

"뭘 그렇게 보십니까?"

"으음, 별것 아니지만… 저걸 보게나."

대답한 사람은 방금 전 마차 밖으로 들린 굵고 허스키한 목소리의 주인공이었다. 그를 보고 있자면 왜 마차를 이렇게 크게 설계했어야 하는지에 대한 의문이 모두 해소될 정도였다.

그만큼이나 사내의 덩치는 컸다. 하지만 그런 덩치보다 그 사내에게서 느껴지는 것은 바로 야성이었다. 마치 한 마리의 굶주린 야수가 먹이를 바라보고 있을 때의 그런 야성이 사내에게서 느껴졌다.

그를 본 사람이라면 누구나 움츠러들 만한 강한 기세였다.

오랫동안 그를 보필해 온 문신의 남자 역시 아직도 사내를 볼 때마다 머리끝이 쭈뼛 서는 듯한 느낌을 받을 정도였다.

문신의 남자는 사내가 마차의 창 너머로 가리키는 곳을 바라보았다. 그곳에는 많은 사람들이 활보하고 있었지만 문신의 남자는 사내가 가리키는 이들이 누구인지 바로 알 수 있었다.

“저 세 아이를 말씀하시는 겁니까?”

“그렇다네. 자네가 보기엔 어떤가? 실로 대단한 아이들이 아닌가. 저 아이들이 누군지 알 수 있겠는가?”

문신의 남자는 사내가 이토록 칭찬을 하며 물어오자 아이들을 유심히 지켜보았다. 그리고는 곧 고개를 끄덕였다.

“아마도 수련단의 아이들 같습니다. 확실히 아직 어려 보이는 데도 저 정도의 체격을 갖추고 있다니… 제법 뛰어난 아이처럼 보이는군요.”

문신의 사내는 셋 중 가장 덩치가 커 보이는 아이를 보며 말했다. 확실히 뛰어난 체격을 가지고 있었다. 자신으로서도 제자로 키워보고 싶을 정도의 뛰어난 아이임에 틀림없었다. 하지만 아무리 봐도 사내가 그렇게까지 칭찬을 할 정도로 대단한 것 같아 보이지는 않았다.

대륙은 넓었고, 마음먹고 찾는다면 저 정도의 아이는 꽤나 찾을 수 있을 터이다. 그런 아이를 보며 과할 정도로 칭찬을 하는 사내를 문신의 남자는 이상하게 생각했다.

하지만 사내는 문신의 남자에게 대답해 주는 대신 아이들을 바라보며 미소를 지었다.

“정말 그렇게 생각하나? 후후후.”

곧 마차가 다시 움직이기 시작해 아이들이 시야에서 사라질 때까지 사내는 그들에게서 눈을 떼지 않았다. 마치 재미난 장난감을 보는 듯한 그런 모습이었다. 그런 사내를 보며 문신의 남자는 골똘히 생각에 잠겼다.

'내가 아이를 잘못 본 것이란 말인가? 그렇다면 그 옆에 있던 여자 아이가?'

확실히 덩치의 아이도 아이였지만 그 옆의 여자 아이도 제법 뛰어나 보였다. 자연스레 몸에서 풍겨 나오는 기도가 느껴질 정도였다. 만약 여자라는 것을 제외했다면 덩치 큰 아이보다 여자 아이를 먼저 봤을 것이다.

'하지만 그 여자 아이도 아니면?'

그러다가 여자 아이와 덩치 큰 아이의 중간에 서 있던 아이가 생각났다. 하지만 곧 고개를 저었다.

'설마 아니겠지.'

그 아이는 평범했다. 몸은 제법 단련한 듯 단단한 체격을 가지고 있었지만 그뿐이었다. 자연스레 몸에서 퍼져 나오는 기도가 느껴지지 않는 건 물론이고, 체격조차 옆에 있는 덩치 큰 아이를 따르지 못했다.

문신의 남자는 곧 그 아이에 대한 생각을 완전히 지워 버렸다. 아무리 생각해도 그 아인 아니었다.

그렇게 문신의 남자가 한참을 두고 고민하고 있을 때 사내는 조금 전에 본 아이를 떠올리며 짙은 미소를 짓고 있었다.

바깥은 무척이나 신기한 곳이었다.

어릴 때는 대륙 변방의 작은 소도시인 토루의 외곽에서 자랐고, 그 후로는 쭉 용병 길드 연합총단 내에서만 살았던 아렌에게는 상업도시로 발전한 알마탄의 모든 것이 신기할 수밖에 없었다.

번화한 거리에는 수많은 상인들이 세상의 온갖 희귀한 물건들을 팔았으며, 먹거리와 구경거리가 무척이나 많았다.

아렌은 태어나서 이렇게 많은 사람을 본 적이 없었다. 예전 수련단에 들어오는 그날 입단하는 아이들이 모두 집합해 있을 때보다 이렇게 거리에서 활보하는 사람들이 훨씬 많은 것 같았다.

한편 네린은 잔뜩 신이 나 있었다.

어릴 때는 삼촌과 함께 이곳저곳 돌아다니지 않은 곳이 거의 없었지만 수련단에 입단을 한 후부터는 그것이 힘들어졌다. 많은 것을 체험하고 즐길 줄 아는 네린이었기에 그것을 참는다는 것이 훨씬 힘들었다.

그런데 오랜만에 이렇게 거리로, 게다가 가장 친한 친구인 아렌과 바카스와 함께 나오게 됐으니 신나지 않을 수 없었다.

덕분에 잔뜩 신이 난 네린이 놀라서 멍하게 서 있는 아렌과 바카스를 데리고 한시도 쉬지 않고 이곳저곳을 구경 다녔기에 아렌과 바카스는 정신이 하나도 없을 지경이었다.

제법 많은 눈이 쏟아지고 있었지만 그깟 눈은 네린을 막을 수 없었다. 아니, 오히려 눈이 오기 때문에 더욱 그녀를 들뜨

게 하는 것 같았다.

그만큼이나 네린의 활동력은 굉장했다. 이 어지러운 거리를 잠시도 쉬지 않고 뛰어다니는 그녀의 모습에 검이라면 하루 종일 휘둘러도 지치지 않는 아렌조차 질린 표정을 지을 정도였다.

하지만 아렌도 바카스도 불평하지 않았다. 비록 네린에게는 따라가지 못해도 그들 역시 즐거운 건 마찬가지였다. 신기한 모든 것을 체험한다는 것이, 친구들과 함께 있다는 것이 무엇보다 즐거웠다.

그렇게 꼬박 반나절을 이리저리 왔다 갔다 하며 정신없는 하루를 보내던 그들의 눈길을 끄는 것이 있었다.

"자아! 세븐스타 분들처럼 강해지고 싶으십니까?!"

웬 호객꾼이 사람들을 모으면서 소리를 지르고 있었다.

아렌은 그의 말에 고개를 갸웃거렸다.

"세븐스타가 뭐지?"

아렌은 바카스를 쳐다봤지만 그도 모르는 듯했다. 그들의 눈이 자연스레 네린에게로 돌아갔고, 네린의 한심하다는 눈길을 받을 수밖에 없었다.

"세븐스타도 모르니?"

"그게 뭔데?"

"에휴, 너희들에게 내가 뭘 바라겠니. 세븐스타라는 건 세상에서 가장 강한 일곱 사람을 뜻하는 말이야."

"세상에서 가장 강한 일곱 사람? 그런 사람들도 있어?"

아렌의 물음에 다시 네린의 입이 열렸다.

"그래. 화염의 파오덴, 성령의 단, 파도의 쥬라니, 뇌전의 카니야, 제국의 검 카고라스, 죽음의 그리모스, 대지의 빅톤이 그들이지. 화염의 파오덴은 제국의 궁정 마법사야. 그의 화염 계열 마법은 이미 극에 달했다고 알려져 있어. 그리고 성령의 단은 '주신 푸우'를 받드는 성기사야. 대신관과 맞먹는 신성력과 뛰어난 검술을 동시에 가지고 있지. 파도의 쥬라니는 물의 정령을 다루는 정령사인데, 사람들 앞에 모습을 잘 드러내지 않기 때문에 그녀의 모든 것은 신비에 가려져 있어. 또 뇌전의 카니야는 파도의 쥬라니와 함께 세븐스타 중 둘뿐인 여성이야. 마법사들의 성지라고 할 수 있는 마탑의 탑 주인인 그녀의 전격 계열 마법은 결코 화염의 파오덴에 뒤지지 않을 정도야. 그리고 제국의 검 카고라스는 이 바티스타 제국의 기사단장이야. 검 실력만으로 따지면 성령의 단을 훨씬 앞선다고 해. 죽음의 그리모스는 네크로멘서인데 사실 그는 리치라는 소문이 있어. 그는 벌써 몇백 년 전부터 이 세븐스타의 일인이었거든. 단순히 그의 진전을 이은 제자가 그의 이름으로 활동을 하는 것인지, 아니면 소문대로 스스로 리치가 되어 몇백 년째 살고 있는지 확실하지는 않지만 정말 이름만 들어도 기분 나쁜 사람이야. 마지막으로 대지의 빅톤은 땅의 정령을 다루는 정령사인데 일정한 거처도 없이 그냥 세상을 떠

돌아다니면서 많은 어려운 사람들을 도와줘. 특정한 세력은 없지만 그야말로 정의의 영웅이라 말할 수 있지. 이렇게 세상의 사람들이 인정하는 이 일곱 명을 여름 하늘에 가장 밝게 빛나는 일곱 개의 별을 따서 세븐스타라고 이름 지은 거야. 이제 알겠어?”

“으, 으응.”

아렌과 바카스는 멍한 표정이었다. 세븐스타라는 사람들이 그토록 대단한 자들인지 처음 알게 된 것도 있지만 한숨도 쉬지 않고 말하는 네린의 대단한 설명 때문이었다.

예전부터 그녀의 말발이 그녀의 검술보다 강할 것이라고는 생각했지만 이 정도일 줄은 몰랐다. 그저 대단하다는 생각만 들었다.

“와! 네린, 정말 대단해! 어떻게 그런 걸 다 알아?”

“으음, 내가 좀 대단하긴 하지. 아니, 그게 아니고 이건 기본 상식이란 말이야. 너희들은 도대체 검을 익히는 애들이 맞니? 특히 바카스 너, 아렌 쟤야 그냥 검이라면 죽고 못 살 정도로 좋아해서 익히는 거라지만 넌 강해지겠다는 애가 세상에서 가장 강한 일곱 명도 몰라서야 되겠어?”

“아, 아니… 그게…….”

바카스의 칭찬에 네린은 잠시 당연하다는 표정을 짓다가 곧 잔뜩 정색하고는 바카스를 몰아붙였다. 바카스는 당황해서 어쩔 줄 몰라 하는데, 그런 친구를 보는 아렌은 바카스에

대한 걱정보다 왠지 자신이 네린의 먹잇감이 되지 않아 안심
이 되었다.

정말 진한 우정이었다.

"그, 그것보다 우리 저기나 구경 가자."

바카스가 가리킨 곳은 다름 아닌 조금 전 사람들을 끌어 모
으던 호객꾼이 있는 곳이었다.

다행히 바카스는 그 마지막 발악으로 네린의 마수에서 벗
어날 수 있었고, 아렌은 그러한 그의 재치에 갈채를 보내고
싶은 심정을 간신히 숨기며 얼른 바카스를 따라 사람들이 모
여 있는 곳으로 갔다. 네린 역시 투덜거리면서도 그들을 뒤따
랐다.

호객꾼이 한 말은 거창했지만 내용은 별거없었다. 그냥 웬
대머리가 나와서 몇 번 차력 시험을 선보이고는 약 하나를 꺼
내 들면서 이 약을 먹으면 세븐스타처럼 강해질 수 있다는 것
이었다.

사람들이 모이는 곳이라면 언제 어디든지 나타나는, 일명
전설의 약장수였다.

한창 차력으로 사람들의 시선을 잡아끈 그들이었지만 곧
나타난 거대한 덩치를 가진 바카스의 모습에 꼬리를 내리고
서둘러 판을 접고는 다른 곳으로 떠나갔다.

그런 그의 모습을 보며 바카스는 의아한 표정을 지었고, 아
렌과 네린을 비롯한 그곳의 사람들은 하늘이 떠나가라 크게

웃음을 터뜨렸다.

하루 종일 이곳저곳을 싸돌아다니던 그들은 쪽빛 노을이 서쪽 하늘을 물들이고서야 가까운 식당으로 들어섰다. 식당은 음식뿐만이 아니라 술도 함께 파는지 아직 이른 시간임에도 불구하고 많은 사람들이 자리를 잡고 삼삼오오 모여 이야기꽃을 피우고 있었다.

다행히 아직 그들이 앉을 자리는 남아 있었기에 그들 역시 자리를 잡고 앉아 몇 가지 음식을 시킨 후 이야기를 나누었다.

아렌은 네린과 바카스에게 많은 이야기를 하고, 또 많은 이야기를 들을 수 있었다.

네린은 자세 훈련 과정을 통과하자마자 무서운 실력을 보이며 계속해서 월반을 했다고 한다. 다른 급수의 아이들은 한때 D급에다가 여자라고 네린을 무시했지만 그녀의 날카로운 검술과 체술에 된통 혼난 뒤로는 아무도 그녀를 무시하지 않는다고 한다.

그래서 2년 만에 모든 하급 과정과 중급 과정을 통과하고 4년 전에 상급 과정에 올라 스승을 모시고 있단다. 그녀의 스승도 용병 길드 연합총단 내 교관 중에서는 제법 뛰어난 축에 속했지만 언제나 네린을 향한 칭찬을 아끼지 않는다고 덧붙였다.

바카스 역시 상급 과정에 올랐다. 네린처럼 다른 아이들보다 엄청나게 월등한 실력을 보이지는 못했지만 그래도 뛰어난 성적을 거두며 2년 전에 상급 과정에 올라 스승을 모실 수 있었다고 한다.

그의 스승은 교관들 중에서도 손꼽히는 실력자로, 한 자루의 대검을 주특기로 삼고 있어 바카스에게는 더없이 훌륭한 스승이라고 했다. 바카스는 아직 자신은 스승의 가르침을 잘 따라가지 못하고 있다며, 그럴 때마다 더 열심히 수련한다고 했다.

물론 아렌과 네린은 바카스가 사실 그 누구보다 그의 스승이 가르쳐 주는 것을 열심히 수행하고 가장 잘 따라가고 있음을 의심치 않았다.

그렇게 그들의 길다면 길고 짧다면 짧은 이야기가 끝나자 둘의 관심은 아렌을 향해 쏟아졌다. 사실 그들이 가장 궁금한 것은 아렌과 디프론의 관계였다.

아렌은 잠시 머릿속으로 정리를 한 후 천천히 이야기를 꺼내기 시작했다.

네린, 바카스와 이별한 후 마음속 공황을 채우기 위해 모든 것을 잊고자 검을 휘둘렀던 사실, 그러면 그럴수록 이상하게 변해갔던 자신의 검, 그리고 그 검을 보며 일갈을 터뜨리던 디프론에 대한 것.

거기까지 말했을 때 바카스는 그 큰 눈망울이 물기에 젖어 있었고, 네린은 바보같이 검을 휘둘렀던 아렌을 향해 마구 성을 냈다. 아렌은 왠지 가슴속에서 피어나는 따뜻함을 느꼈다.

아렌은 간신히 네린을 진정시키고 바카스를 달래고는 이야기를 계속했다.

디프론의 일갈 덕분에 정신을 차리게 됐다는 이야기부터 시작해 그래도 그간에 검을 휘두른 게 전부 허탕을 친 것은 아니라 정신을 차리고 나자 더욱더 검을 자신의 뜻대로 휘두를 수 있게 되었다는 사실을 거쳐, 디프론의 갑작스런 제안에 제자가 될 수 있었다는 얘기로 막을 내렸다.

아렌의 이야기를 모두 들은 바카스는 정말 잘됐다며 아렌을 축하해 줬지만 네린은 아직도 아렌에게 화가 풀리지 않은 모습이었다. 그래서인지 그녀에게선 뾰족하게 쏘는 듯한 말이 흘러나왔다.

"흥! 그 사람이 뭘 제대로 가르치기나 하겠어?"

아렌을 향한 화가 아직 풀리지 않은 것도 있지만 디프론을 향한 반감이 깊숙이 남아 있는 것이 그녀의 진심이었다. 하지만 아렌은 그녀를 향해 미소를 지어주기만 할 뿐이었다.

그는 아무 말도 하지 않았지만 그의 미소를 본 네린은 결국 한숨을 내쉬었다.

"알았어, 알았다구. 네 스승 욕 안 할 테니까 제발 그런 맥 빠진 미소 좀 짓지 마."

"스승님은 내게 많은 걸 가르쳐 주셨어. 검을 쥔 이의 마음가짐이라거나 검과 내가 다름이 아니라는 것 등등. 내게는 정말 소중하고 뜻 깊은 가르침이야. 난 스승님께 정말 감사해. 내가 검을 더 잘 휘두를 수 있게 된 것 때문이 아니라 검을 더욱 좋아할 수 있도록 해주셨기 때문이야."

아렌의 말에 네린은 고개를 절레절레 저었다.

"안 그래도 저 검 귀신이 더 검을 좋아하게 되면 어쩌겠다는 건지……."

장난기 가득한 그녀의 말에 한바탕 웃음이 감돌았다. 그러다가 바카스가 정말 궁금하다는 듯이 입을 열었다.

"그럼 말이야, 그런 마음가짐 빼고는 아무것도 배우지 않았어? 실제로 검을 더 잘 휘두르는 법이라든가, 또는 검술이라든가 말이야."

"음… 글쎄? 굳이 말하자면……."

"말하자면?"

"베지 않는 법이랄까?"

"뭐?"

아렌의 대답에 둘은 눈을 동그랗게 떴다.

베지 않는 법이라니? 그게 무엇이란 말인가?

"그렇게 엉뚱한 말 말고 제대로 말해봐. 베지 않는 법이라니?"

"스승님이 말씀하셨어. 그 무엇도 마음먹은 대로 베지 않을 수 있다면, 반대로 마음만 먹으면 무엇이든 벨 수 있다고. 그래서 난 지난 6년간 베지 않는 법을 배웠어.”

아렌의 대답은 상당히 이상했다.

어떻게 들으면 엉뚱한 대답으로 바보 취급을 당할 수도 있겠지만, 또 어떻게 들으면 정말 맞는 말 같기도 했다.

하지만 마음먹기에 따라 모든 것을 베지 않을 수 있는 것부터가 너무나도 허황된 말이었다.

그들이 사용하는 무기는 검이다. 지금은 비록 목검을 사용한다지만 언젠가는 진검을 쥐어야 할 것이다. 그리고 진검은 아무리 무디더라도 사람의 피륙 따위는 쉽게 갈라 버릴 수 있다. 또 그래야 검이다.

그런 검을 가지고 단순히 베지 않겠다고 마음먹었다 해서 베이지 않을 리가 있겠는가. 설령 베이지 않는다고 해도 그 반대로 모든 것을 벨 수 있을 것이란 확신은 어디서 나온단 말인가.

네린과 바카스는 약간 황당한 눈으로 아렌을 바라보다가 그가 씨익 웃음 짓자 결국 한숨을 내쉬고 말았다. 그랬다. 그들이 아는 아렌은 원래 이런 아이였다.

문신의 남자가 보고를 시작했다.

“황실에서 의뢰가 떨어졌습니다.”

문신의 남자가 한 보고에 사내의 눈길이 그를 향해 돌아갔다. 그러자 문신의 남자가 보고를 계속했다.

"도주하는 반역자들을 잡아달라는 의뢰입니다. 현재 수도 인 '밀리온'에서 총 열두 명의 반역자가 북쪽으로 도주하고 있다고 합니다. 그럴 리 없겠지만 혹시라도 '끊어진 숲'으로 라도 들어가면 추적이 불가하여 그전에 그들을 저지하기 위 해 저희에게 의뢰를 했다고 합니다. 그리고 반역자들 중엔 제 국의 검이 포함되어 있다고 합니다."

"흠… 드디어 시작인가?"

"네?"

문신의 남자는 사내의 말에 의문의 표정을 지었지만 사내 는 별것 아니라는 제스처를 취했다. 그리고 문신의 남자를 향 해 입을 열었다.

"좋아, 의뢰를 받아들이도록 하지. 이번 의뢰에는 내가 직 접 세 개 단을 이끌고 나서도록 하겠다. 나흘 뒤에 출진할 테 니 준비해 두도록. 그들의 이동 속도로 보아 그 정도의 시간 은 되겠지?"

"네, 충분합니다."

"그럼 나가보도록."

"알겠습니다."

"아, 잠깐."

사내는 문을 나서려는 문신의 남자를 멈춰 세웠다.

"네?"

“수련단이라고 했었지?”

“네? 아, 네.”

“어느 정도인가?”

문신의 남자는 잠시 사내가 하는 말을 이해하지 못했지만 곧 오늘 낮에 보았던 세 명의 아이가 떠올라 대답했다.

“그 아이들 정도면 상급 과정에 들어갔을 것입니다.”

“그럼 이번 일에 원래 데리고 가려던 세 개 단에서 하나의 단을 빼고 수련단의 상급 과정을 밟고 있는 아이들을 데려가도록 한다.”

“네? 하지만…….”

“그 아이들도 미래엔 우리의 힘이 될 것이다. 지금부터 미리 교육시켜 놓는 것도 좋겠지.”

그런 사내의 말에 결국 문신의 남자는 고개를 끄덕였다.

“알겠습니다. 두 개의 단과 상급 과정을 밟고 있는 아이들을 준비시키도록 하겠습니다.”

그 말을 끝으로 문신의 남자는 방을 나갔다.

사내는 잠시 그가 사라진 방향을 지켜보다 등을 돌려 창가에 섰다.

“드디어 시작인가?”

창가에 비친 그의 얼굴에 어쩐지 모를 미소가 떠올라 있었다.

밤이 되자 공기가 차가워졌다. 낮에도 춥긴 마찬가지였지만 밤이 되자 그간 깊이 수련을 한 아렌과 네린, 그리고 바카스조차 추위를 느낄 정도로 추워졌다.

하지만 그들은 지금 별달리 추위를 느끼지 않고 있었다.

따뜻한 털옷 덕분이기도 했지만 생전 처음 마셔본 맥주에 조금 취했기 때문이기도 했다. 음식이 나오고 이야기가 끝나자 이대로 돌아갈 순 없다며 네린이 맥주를 주문했던 것이다.

아렌과 바카스는 생전 처음 맥주를 마셔보는 것이라 많이 당황했지만 네린은 벌컥벌컥 잘도 마셨다.

사실 네린 역시 처음 술을 접하는 것이었다. 어릴 때 삼촌과 다니며 여러 번 술을 접할 기회가 있었지만 그때마다 삼촌이 완전 봉쇄를 해버려서 결국 한 번도 술을 마시지 못했다. 그러다가 문득 떠올라서 마셔본 맥주인데, 맛은 시큼씁쓸하기 이를 데 없어서 이걸 왜 마시나 하는 생각이 들었다. 하지만 대단하다는 듯이 자신을 바라보는 아렌과 바카스의 눈길에 결국 아주 잘 마시는 척하다 보니 어느새 너무 많이 마셔버리고 말았다.

그래서인지 사실 셋 중에 그녀가 가장 많이 취해 있었다.

그들이 식당을 나왔을 때는 이미 해는 완전히 저물고 하늘엔 푸른 달이 떠올라 있었다.

"너무 멀리까지 나왔나 봐. 지금부터 걸어서 가면 너무 많이 늦을 테니까 용병 길드 연합총단까지 가는 마차가 없는지 한번 알아보고 올게."

웬일로 소심한 바카스가 먼저 나섰다. 아직도 그의 마음은 6년 전과 다를 바 없이 착하고 순진했지만 그래도 6년 동안 여러모로 제법 어른이 된 것 같았다.

그렇게 바카스가 사라지고 결국 아렌과 네린 단둘이 남게 되었다.

높은 하늘엔 푸른 달이 떠 있고, 가로등 안에 들어 있는 촛불의 심지가 다 타버렸는지 은은한 빛만 비춰지고 하얀 눈은 계속해서 쏟아지는, 왠지 모르게 은근한 분위기가 주변을 덮고 있었다.

그래서인지 아렌은 왠지 지금의 상황이 어색했다. 6년 전 네린과 함께 둘이서 밤늦게까지 수련을 하곤 했을 때는 전혀 느낄 수 없던 기분이 오늘은 어쩐지 갑자기 들었다.

아렌은 어색한 기분을 잊고자 무슨 말이라도 꺼내려고 네린을 보았는데, 마침 그녀는 술기운을 이기지 못하고 조금 휘청이고 있었다. 아렌은 급히 달려가 그런 그녀를 부축했다.

"네린, 괜찮아?"

"아아, 괜찮아. 괜찮아."

그녀는 배시시 미소를 지으며 대답했다. 그 모습에 아렌은 눈앞이 아찔했다. 예전부터 예쁘다는 것은 알았지만 이렇게 바로 눈앞에서 보니 정말 하늘에서 천사가 내려온 것이 아닌가 싶을 정도로 네린은 눈부시게 아름다웠다.

네린은 아렌의 부축을 받다가 갑자기 몸을 홱 돌려 아렌의
두 어깨를 잡고 섰다. 그리고는 아렌을 똑바로 쳐다보았다.

"왜… 왜?"

아렌은 당황해서 말을 더듬으며 물었다. 그런 아렌을 보며
네린은 묘한 미소를 짓더니 입을 열었다.

"아렌……."

"으응?"

"나, 예쁘지 않아?"

"으, 으응? 예, 예뻐."

"나, 예쁘지?"

"응."

"헤헤."

빈말이 아니었다.

네린은 정말로 예뻤다. 외모도 외모였지만 잘 단련되어 군
살이 하나도 없는 잘빠진 몸매에 6년 동안 훨씬 성숙해져 있
는 그녀에게선 여인의 매력이 물씬 풍겨져 왔다.

아렌의 솔직한 대답에 네린은 한껏 기분이 좋아진 것 같았
다. 아렌은 처음 보는 네린의 모습에 당황하고 있었다. 그러
다가 네린이 다시 입을 열었다.

"너, 그거 알아?"

"응?"

"네가 검을 휘두를 때면 난 힐끔힐끔 널 바라봤다? 네 눈에

서 알 수 없는 무엇인가가 마치 날 잡아끄는 것처럼 느껴졌어. 그래서 널 계속 그렇게 봤는데, 어느 날 자고 일어나니 네가 둘도 없는 친구가 되어 있어서 무척이나 놀랐어."

"나도 네린, 너와 같은 친구가 생겨서 정말 놀랍고 기뻐."

"후후후, 착한 아렌……."

네린은 손을 올려 아렌의 볼을 쓰다듬었다. 그녀의 손은 차가웠지만 아렌은 조금도 그녀의 손에서 차가움을 느끼지 못했다. 그녀의 손은 그 무엇보다도 따뜻했다.

아렌의 볼을 쓰다듬던 네린의 붉은 입술이 다시 열렸다.

"나, 6년 동안 한 번도 너를 잊은 적이 없어. 네가 보고 싶을 때면 널 떠올리며 검을 휘둘렀어. 그리고 지금에서야 널 다시 만났어."

"……."

"이제… 널 놓치지 않을 거야."

"네린……."

아렌이 네린의 이름을 부르는 그때였다.

네린의 발뒤꿈치가 쑥 올라갔다. 그리고 아렌의 볼을 쓰다듬던 손으로 아렌의 얼굴을 아래로 끌어내렸다.

"읍!"

그렇게 부드러운 입술이 만났다.

그 순간 세상은 정적에 휩싸이고 말았다.

조심스레 그녀의 발뒤꿈치가 내려가고 그녀의 붉은 입술

이 떨어졌다. 아주 짧은 시간이지만 그 무엇보다 긴 시간이기도 했다. 그리고 네린은 빙긋 미소를 지었다.

"오늘은 여기까지. 그럼 나 바카스를 찾아보고 올게."

그 말을 남기고 그녀는 바카스가 사라졌던 방향으로 달려가기 시작했다. 마치 조금 전의 취한 모습은 모두 거짓인 듯했다. 하지만 거기까지 생각할 여유가 아렌에게는 남아 있지 않았다.

아렌은 멍한 눈동자로 네린이 사라진 방향만을 지켜보고 있었다. 그러다가 손을 올려 입술을 만졌다.

까칠했다. 신경도 쓰지 않은 자신의 입술은 그렇게 까칠했다. 그런데 어떻게 네린의 입술은 그렇게 부드러울 수 있는 걸까? 또 어떻게 이토록 달콤할 수 있는 걸까?

그때 눈송이가 떨어져 아렌의 입가에 닿았다.

아렌은 왠지 차가운 눈송이가 하나도 차갑지 않은 듯한 기분이 들었다.

'혹시… 눈송이가 달콤했던 게 아닐까?

아렌의 엉뚱한 상상의 끝에는 달콤함만이 남아 있었다.

그렇게 달콤한 하루, 달콤한 밤, 달콤한 시간이 지나가고 있었다.

Chapter 11

광검(光劍)

달콤한 하루가 지나가고 똑같은 일상이 돌아올 것이라 생각했다.

여전히 디프론의 가르침은 계속될 것이고, 아렌은 베지 않는 법을 배우며 검을 휘두를 것이다. 그럴 것이라 생각했다.

그런데 현실은 그와 어긋났다.

달콤했던 그날로부터 이틀 후 무슨 일인지 상급 과정을 밟고 있는 수련단원의 긴급 소집이 알려졌다. 너무나 갑작스런 긴급 소집이었지만 수련단원들이 어디 멀리 가고 없는 것도 아니라서 집합은 순조롭게 이루어졌다.

'여긴가?'

아렌은 많은 사람들이 모인 곳을 걷고 있었다. 언젠가 수련단에 처음 입단했을 때 모였던 그곳이다. 수련단 내에서도 아주 일정한 몇 군데밖에 가보지 못한 아렌이었기에 비록 많은 시간이 흘렀지만 이 장소를 기억할 수 있었다.

아렌 역시 긴급 소집 때문에 이곳에 온 것이었다.

비록 상당히 예외이기는 해도 아렌 역시 표면상으로는 상급 수련생이었으니 이런 집합을 피해갈 수 없었다.

상급 수련생들은 생각 외로 많았다.

처음 아렌과 함께 수련단에 입단한 아이들은 반의 구분 없이 총 2,500명에 육박하는 숫자였지만 그들 중 상급 과정을 밟을 수 있었던 아이는 100명이 채 되지 않았다.

떨어진 아이들도 있었으며, 아직 중급 과정에 머무르고 있는 아이들도 있었기에 그 정도밖에 되지 않았다. 그러나 이곳에 모인 상급 수련생들은 적어도 500여 명은 될 듯해 보였다.

그것에는 다 이유가 있었다.

상급 과정은 교관 한 명이 각각 세 명씩의 제자를 가르치게 되는데, 그런 상급 과정을 통과하려면 스승의 인정을 받아야 했다. 그러나 교관의 인정은 쉽게 받을 수 있는 게 아니었다.

상급 과정까지 수련단의 모든 과정을 통과한 아이는 B급의 용병이 되는데, 그들의 성적에 따라 스승이었던 교관들에 대한 평가와 대우가 상당히 달라지게 된다.

때문에 교관은 제자의 통과 기준을 매우 엄격하게 정하게
되었고, 그래서 상급 과정을 통과하기는 하늘의 별 따기에 비
유될 정도였다.

수련단원들 사이에선 '순간의 기초 과정, 영원의 상급 과
정' 이라는, 순식간에 탈락하는 기초 과정과 영원토록 통과하
지 못할 것 같은 상급 과정을 비꼬는 말까지 나돌 정도였다.

그러한 이유 덕분에 여기 모인 수많은 상급 수련생들의 나
이는 제멋대로였다.

아렌보다 한참이나 어려 보이는 아이도 있었으며, 곧 30대
를 바라보는 지긋한 나이(?)의 청년도 더러 보였다.

그렇게 그들을 스쳐 지나가는 아렌의 눈동자에 누군가가
잡혔다. 사람들 속에 있어도 바로 눈에 띌 정도의 큰 덩치를
가지고도 다른 사람들에게 길을 비켜주느라고 쩔쩔매는 이였
다.

아렌은 반가운 마음에 그를 향해 다가갔다.

"바카스!"

"아, 아렌."

한참 이리 치이고 저리 치이며 어쩔 줄 몰라 하던 바카스는
아렌의 등장에 기쁜 표정을 지었다.

"와, 아렌, 너도 왔구나."

"응, 일단은 나도 상급 수련생이니까."

아렌 역시 자신이 예외적이란 사실을 잘 알고 있었다. 하지

만 그것을 나쁘게 생각하지는 않았다. 아렌의 머릿속엔 자신은 상급 수련생이기 이전에 디프론의 제자라는 생각이 깊숙이 박혀 있었다.

"상급 수련생들, 정말 많구나."

"그러게. 근데 무슨 일일까? 상급 수련생의 긴급 소집이라니……, 처음 있는 일이잖아."

바카스의 물음에 아렌 역시 고개를 저었다.

"글쎄, 나도 잘 모르겠어."

"아! 근데 네린 못 봤어? 네린도 분명 여기 와 있을 텐데?"

"으, 으응? 그, 글쎄……."

바카스가 네린을 얘기하자 아렌은 화들짝 놀랐다. 이미 그의 얼굴은 물론 귓불까지 빨갛게 물들어 있었다. 네린과 있었던 그날의 일이 떠오른 것이다.

바카스는 그런 아렌을 향해 의아한 표정을 지었다.

"왜 그래? 어디 아파? 무슨 일 있었어?"

괜히 손이 입술로 가려는 걸 간신히 참은 아렌은 자신을 향해 의아한 표정을 짓는 바카스에게서 슬쩍 고개를 돌렸다.

"아, 아니… 아, 안 아파. 아, 아무 일도 없었구."

아렌의 거짓말 실력은 밑바닥을 힘겹게 기어갈 정도였다.

비록 소심한 바카스였지만 적어도 그 정도는 알아차릴 눈치는 있었고, 그의 궁금증이 치솟으며 본격적으로 아렌에게

질문을 던지려고 했다. 하지만 그때,

"모두 조용!"

큰 목소리가 쩌렁쩌렁 주변을 울렸다. 500여 명이나 되는 상급 수련생들의 웅성웅성거림이 단숨에 그칠 정도로 목소리는 크고 또 힘이 들어가 있었다.

상급 수련생들의 시선이 모두 목소리가 들려온 단상을 향했다. 그곳에는 뺨에 있는 문신이 눈에 띄는 한 남자가 서 있었다. 상급 수련생들은 그가 직감적으로 지금 자신들을 이곳에 소집한 인물이라는 것을 알 수 있었다.

아이들의 웅성거림이 완전히 그치자 문신의 남자가 입을 열었다.

"난 텀프라 한다. 너희들을 이곳에 집합시킨 장본인이자 너희들에게 하나의 임무를 부여할 사람이기도 하다."

그의 말에 아이들은 다시 웅성거리기 시작했다.

"임무?"

"상급 수련생들에게 그런 것도 주어지나?"

이런 식으로 의문이 가득 담긴 웅성거림이 멈출 생각을 하지 않자 다시 문신의 남자가 크게 소리쳤다.

"모두 조용히 하라!"

찌릿! 찌릿!

다시 그곳엔 정적이 감돌았다.

이번에 소리친 문신의 남자의 목소리는 상급 수련생들의

고막을 울릴 정도로 컸다. 그건 단순히 목소리가 크다고 할 수 있는 게 아니었고, 그것에서 미증유의 힘을 느낀 상급 수련생들은 조용히 침묵할 수밖에 없었다.

"갑작스런 말에 혼란스러워하는 것은 잘 안다. 지금까지 수련단의 모든 과정을 통과하지 못한 이들에겐 임무가 주어지지 않았다는 관례는 나 역시 잘 알고 있다. 하지만 이번은 예외다. 이번의 임무는 용병왕께서 직접 너희들에게 경험을 쌓게 하고자 내리신 임무이기 때문이다."

여기까지 말하자 대부분의 상급 수련생들은 깜짝 놀라고 말았다. 문신의 남자가 언급한 용병왕이란 이름 때문이었다.

용병왕!

그 이름의 파장은 결코 작지 않았다.

대륙에 퍼진 용병들은 숫자로 환산되지 않을 만큼 무수히 많다.

애초에 태어나길 용병의 운명으로 태어난 이, 돈을 벌기 위해, 살아남기 위해 등등의 이유로 용병의 길을 택한 사람들이 그들이었고, 그런 만큼 세상에 가장 널리 퍼졌다고 할 수 있는 직업이 바로 용병이다.

그렇게 용병들이 많은 만큼 수많은 강자가 용병계엔 존재한다. 살아남기 위해 그들은 강해질 수밖에 없었던 것이다.

그런 용병계의 정점이 바로 용병왕이다.

　용병 길드 연합총단의 수장이자 모든 용병들 위에 군림한 자, 모든 용병들을 이끄는 자, 그가 바로 용병왕인 것이다. 게다가 이번 대의 용병왕은 가장 하급의 용병부터 시작하여 용병왕의 직위에까지 오른 입지전적인 인물이었다.

　그런 용병왕이 직접 내린 임무이다. 깜짝 놀란 것은 둘째 치고 용병이 되기로 한 자로서 영광스럽지 않을 수 있으랴!

　문신의 남자를 바라보는 상급 수련생들의 눈가엔 어느새 정체 모를 열기가 피어오르고 있었다. 문신의 남자는 그런 상급 수련생들을 한 번 훑어보더니 다시 입을 열었다.

　"아직 대외적으로는 알려지지 않았지만 감히 대바티스타 제국의 황실에 반기를 든 반역자들이 나타났다. 그들은 황제 폐하를 시해하려 계획했지만 미수에 그치고, 현재 밀리온에서 북쪽으로 도주하고 있다. 그 반역자들을 잡는 것이 황실에서 직접 용병 길드 연합총단으로 전해진 의뢰이며, 너희들이 맡을 임무인 것이다. 또한 이번 임무는 용병왕께서 너희들을 비롯한 다른 두 개의 전투단을 직접 이끄실 것이다."

　상급 수련생들은 거듭 놀라야 했다.

　감히 바티스타 제국의 황실에 반기를 든 반역자가 있다는 믿지 못할 사실에 놀라야 했고, 용병왕이 직접 자신들을 이끌고 반역자를 잡으러 간다는 사실에 또 한 번 놀라야 했다.

　하지만 그 놀람이 환호가 되기까진 오랜 시간이 걸리지 않았다.

"와아아아아!"

그들은 복잡하게 생각하지 않았다. 용병왕이 자신들을 이 끈다는 생각에 그들은 환호성을 질렀고, 그 자체를 영광으로 생각했다.

그렇게 문신의 남자가 출발하는 날 등 몇 가지를 더 설명한 후 집합한 상급 수련생들은 해산되었다. 해산하는 와중에도 거의 모든 상급 수련생들은 흥분을 감추지 못하고 있었다.

그들은 용병왕과 함께하는 전설적인 임무에 자신도 참가 한다는 단꿈에 젖어 있었다.

한편, 아직도 어리둥절한 아주 소수의 인물들 중 하나인 아 렌과 바카스는 말 그대로 어리둥절했다.

"도대체 무슨 소리지? 용병왕은 누구야?"

아렌은 정말 아무것도 몰랐다.

그런 아렌의 말에 바카스조차 어이없는 표정을 지었다. 비 록 세븐스타는 몰랐지만 용병왕은 알고 있었다. 용병이 되고 자 하면서 용병왕을 알지 못한다는 건 'ㄱ'과 'ㅏ'라는 글자 는 알면서 '가'라는 글자는 모르는 것과 다를 바 없었기 때문 이다.

사실 바카스도 수련단에 입단을 하고선 알게 됐지만 지금 중요한 건 그런 게 아니었다.

바카스는 아렌에게 용병왕에 대해서 자신이 알고 있는 것 을 얘기해 주었다. 그제야 아렌이 고개를 끄덕였다.

“음… 그렇게 대단한 사람이었구나.”

설명을 듣고도 아렌은 그다지 놀라워하지 않는 눈치였다. 바카스는 아렌의 그저 그런 반응에 자신은 왜 네린처럼 되지 않을까 하는 생각이 들었다. 아마 네린이 말했으면 용병왕이 대단하다는 걸 알고 있는 자신조차 입을 쩍 벌리고 말 것 같았다.

그렇게 아렌은 어벙한 표정을 짓고 있고, 바카스는 네린의 말발에 대해 고심하고 있을 때였다. 그들의 등 뒤에서 낯익은 목소리가 들려왔다.

“그냥 대단한 게 아니야. 지금의 용병왕은 세븐스타에 그 이름을 올리기 부족하지 않을 정도야. 아마 아렌, 네 스승과 바카스의 스승이 각각 다섯 명씩 있고 그들이 모두 합격을 한다 하더라도 용병왕은 꿈쩍도 하지 않을걸?”

“헉!”

“네, 네린!”

바카스의 예상은 그대로 적중했다.

갑작스레 나타나 내뱉은 네린의 한마디에 바카스는 더욱 놀라 버렸고, 아렌 역시 조금 다른 의미이지만 상당히 놀란 눈치이지 않은가. 아마 바카스는 백 년 동안 말발을 수련한다 하더라도 그녀를 따라가지 못할 듯싶었다.

그 사실을 깨닫자 바카스는 공황 상태에 빠져 버렸다. 예상까지 해놓고 놀랐다는 사실에 자괴감이 든 것이다.

　하지만 공황 상태에 빠진 바카스에겐 일말의 신경조차 쓰지 않고 네린은 아렌을 향해 인사했다.

"안녕."

"아, 안녕."

　순식간에 아렌의 얼굴이 붉게 달아올랐다. 네린을 보자 그날의 기억이 다시 떠오른 것이었다.

　아렌은 무의식적으로 자신의 입술로 향하는 손을 막느라 식은땀까지 흘릴 정도였다. 하지만 네린은 그를 향해 그저 빙긋, 너무도 아름다운 미소를 지어줄 뿐이었다. 그리고는 아직도 공황 상태에서 벗어나지 못하는 바카스의 정강이를 툭툭 찼다.

"애, 왜 이래?"

　바카스의 생각을 꿰뚫어 보지 않는 한 그녀가 그의 심정을 이해할 수 있을 리 없었다.

　어쨌든 계속해서 정강이에서 느껴지는 고통에 바카스는 곧 제정신을 차릴 수 있었다.

"네린… 도대체 언제 온 거야?"

"집합이 해산되기 조금 전에."

　너무도 당연하게 얘기하는 그녀의 말에 바카스는 입을 쩍 벌렸다.

"그래도 되는 거야? 모두 모이라고 한 집합이었잖아."

"뭐 어때? 인원수 체크도 안 하는데 이 많은 사람들 중에서 내가 빠진 줄 어떻게 알겠니.”

“그, 그래도 중요한 내용을…….”

“그거라면 미리 스승님께 귀띔으로 들었지. 사실 각 스승님들에게 이미 보고된 것이거든. 그래서 우리들을 이렇게 집합시킬 수 있었던 것이고.”

네린은 이미 자신의 스승을 아주 구워삶아 놓은 것 같았다.

그녀의 뻔뻔한 대답에 바카스는 조용히 입을 다물 수밖에 없었다. 그는 도저히 네린의 상대가 되지 않았다.

그러자 그녀가 씨익 웃으며 입을 열었다.

“그래서 사실 나오지 않으려다가 너희들이나 볼까 해서 나왔지. 다행히 아직 돌아가지들 않고 아직 있었네?”

“으, 으응.”

이번에는 바카스 대신 아렌이 직접 대답했다.

사실 그로서는 대단한 용기였다. 그날의 충격에서 아직 벗어나지 못한 아렌이었지만 너무도 자연스럽게 행동하는 네린의 모습에 혹시나 하는 생각이 들었다.

‘술에 취해서 기억하지 못하는 건가?’

어디선가 술에 취하면 그때의 기억을 못할 수도 있다고 들은 것이 생각났다. 그렇게 생각하니 충분히 그럴 수도, 아니, 너무도 자연스럽게 행동하는 그녀의 모습은 그렇게밖에 생각할 수 없었다.

그렇게 예상을 하니 여기서 당황하거나 얼굴을 붉히면 자신만 이상해진다는 생각이 들었다. 상대는 기억도 못하는 일 가지고 혼자 이것저것 생각할 수도 없는 것 아닌가.

그래서 아렌 역시 최대한 자연스럽게 행동하려고 했다. 하지만 왠지 계속 그녀의 입술로 시선이 가고 얼굴이 붉어지는 것을 막을 수 없었다.

"자, 우리도 이만 돌아가자. 언제까지 여기 서 있을 수도 없잖아? 이틀 뒤에 출발이라고 했으니 준비할 것도 있을 거야."

"그래, 그러자."

바카스는 왠지 힘 빠진 대답을 하며 먼저 터덜터덜 걸어가기 시작했다. 아렌 역시 최대한 자연스럽게 행동하기 위해 바카스의 뒤를 따르려 했다. 바로 그때 그의 어깨를 누군가 붙잡았다.

"헉!"

아렌은 헛바람을 들이키고 말았다. 어깨를 잡힌 느낌에 뒤를 돌아보니 어느새 네린이 코앞까지 다가와 있었던 것이다. 그런 그를 묘한 눈초리로 바라보던 네린이 입을 열었다.

"아렌."

"으, 으응."

최대한 자연스럽게 하려고 한 대답이었지만 그의 목소리는 떨리고 있었다. 그런데 아무 말도 없이 네린의 얼굴이 점점 아렌의 얼굴 가까이로 다가오기 시작했다.

아렌은 정말 당황했다. 그녀의 행동에서 그녀가 이전에 했던 '그것' 을 또 하려 한다고 생각했기 때문이다. 아렌은 저도 모르게 두 눈을 질끈 감아버리고 말았다.

그때 그의 머리카락에서 무엇인가 떨어져 나가는 느낌과 함께 네린의 목소리가 들렸다.

"아렌, 칠칠맞게 이런 걸 왜 붙이고 다니니?"

그녀의 손에는 작은 실 한 가닥이 잡혀 있었다. 그녀는 손에서 실을 떨어버리곤 먼저 앞서 걷기 시작했다. 그런 그녀를 바라보는 아렌은 그저 멍할 뿐이었다.

'도대체 기억하는 거야, 못하는 거야?'

앞서 걷는 네린의 입에서 삐죽 나와 있는 혀와 장난스런 표정이 가득하면서도 살짝 붉게 물든 그녀의 얼굴을 보지 못한 아렌으로선 도저히 감을 잡을 수 없는 문제였다.

지금 아렌은 목검을 휘두르고 있었다. 그의 목검은 여전히 느리고 무뎠다. 모르는 사람이 본다면 여느 때와 똑같은 모습이라 생각했을 것이다.

하지만 디프론은 아니었다.

슉!

하나의 작은 돌멩이가 공기를 가로질러 아렌을 향해 날아갔다. 돌멩이의 속도는 육안으로 따라잡기 힘들 정도로 매우 빨랐기에 그것에 맞을 경우 단순히 아픈 것만으로는 끝날 것 같지 않았다. 더욱이 그 돌멩이가 노리는 부위가 아렌의 관자놀이라면 두말할 것도 없었다.

당장이라도 아렌의 관자놀이를 때릴 듯 돌멩이는 매섭게 날아들어 단숨에 아렌의 지척에 다다랐다.

그때였다. 목검을 든 아렌의 신형이 빠르게 한 바퀴를 회전했다. 그 빠르기가 어찌나 빠른지 목검이 미처 회전 속도를 따라가지 못해 잔상이 남을 정도였다. 그리고 목검의 잔상은 그대로 돌멩이를 낚아채듯 휘감았다.

아렌이 회전을 멈추었을 땐 그의 목검 역시 멈추어 있었다. 그리고 가로로 세워진 그의 목검 위에는 조금 전까지만 해도 빠르게 날아가던 돌멩이가 멈춰 서 있었다.

지금까지의 아렌을 아는 사람이라면 결코 그가 보여줄 수 있을 것이라 상상조차 할 수 없는 움직임과 그 결과였다. 그만큼이나 아렌의 움직임은 빨랐고, 또 검으로 날아드는 돌멩이를 잡는 솜씨 또한 대단한 것이었다.

하지만 직접 그런 대단한 움직임을 만들어낸 아렌도, 그런 아렌의 모습을 지켜보던 디프론도 하나같이 기분 좋은 표정은 아니었다.

다른 누군가가 본다면 디프론은 항상 무표정했기에 그렇다 생각할 테지만, 그렇게 대단한 움직임과 결과를 선보인 아렌이 어째서 그런 표정을 짓는지 궁금해할 것이다.

디프론의 입에서 건조한 목소리가 흘러나왔다.

“온갖 잡생각에 젖어 있군.”

뜨끔!

디프론의 그 짧은 한마디가 송곳이 되어 아렌의 가슴 깊숙한 곳을 파고들었다.

아닌 게 아니라 네린부터 시작해서 처음으로 떠나게 되는 임무에 대한 것 등 온갖 잡생각이 이리저리 뒤섞여 그의 머릿속을 헤집고 있었다. 그것을 디프론은 정확히 간파한 것이다.

아렌이 아무런 대답도 하지 못하자 디프론의 입이 다시 열렸다.

“오늘은 여기까지 하지. 할 마음이 없는 녀석에게 신경 쓰기엔 찰나의 시간도 아까울 뿐이니.”

그렇게 말한 그는 몸을 돌려 훈련장을 떠나갔고, 그가 떠나가 버리자 아렌은 시무룩해졌다.

그로서는 처음 있는 일이었다.

검을 펼칠 때는 검밖에 생각나지 않았고, 그 자체가 너무도 즐거웠다. 그런데 오늘은 어쩐 일인지 머릿속에 검이 하나도 떠오르지 않았다. 마음은 심란했고, 계속해서 네린의 빙긋 웃는 미소만이 떠올랐다. 그 생각을 애써 지우려 할수록 그녀의 붉은 입술이 더 떠올랐다.

‘병인가?’

도저히 이해할 수 없는 증상에 그런 생각까지 들었다.

아렌은 목검을 거두며 그 위에 있는 돌멩이를 집었다.

투툭!

돌멩이는 갈라져 있었다. 아주 미세하게 금이 가 있었는데, 그걸 아렌이 손으로 잡자 갈라진 것이었다. 하지만 그 갈라진 부위라고 해봐야 끄트머리 쪽 아주 작은 부위였고, 그것만으로도 대단하다는 것이 조금도 상쇄되지는 않았다.

물론 보통 사람들이 봤을 때의 이야기였다.

그렇게 아렌이 손에 들린 갈라진 돌멩이를 만지작거리고 있을 때 누군가가 훈련장으로 들어오고 있었다.

아렌은 의아한 눈으로 점점 다가오는 사람을 보고 있었다. 그리고 그의 곁으로 다가온 낯선 남자가 입을 열었다.

"이곳이 디프론 교관님과 아렌 수련생의 거처가 맞습니까?"

"네. 제가 아렌인데요?"

"용병 길드 연합총단에서 나왔습니다. 이번 임무를 위해 용병 길드 연합총단 측에서 지급품을 준비했습니다. 이것이 그 지급품입니다."

그제야 아렌은 남자가 가지고 온 지급품을 볼 수 있었다. 그 순간 남자는 아렌의 눈동자에서 어떤 강렬한 빛이 뿜어져 나오는 것 같은 착각이 들었다.

어느새 아렌의 머릿속에선 네린에 대한 것이나 이번 임무에 대한 모든 것이 잊혀졌다. 그리고 아렌의 시선은 '그것' 을 향해 꽂혀 있었다.

"……?"

다시 훈련장으로 온 디프론은 의아한 눈빛으로 아렌을 보았다.

"헤헤헤."

아렌은 바보 같은 웃음을 짓고 있었다.

분명 나가기 전에 혼을 낸 것 같은데 다녀왔더니 이런 모습으로 자신을 기다리고 있는 아렌을 본 디프론은 그 변화 없는 표정에도 눈썹이 아주 조금 꿈틀하는 변화가 생겼다.

그러다가 그는 수련장 한쪽에 어떤 물건들이 놓여 있는 것을 보았다.

"지급품이 왔군."

"네, 헤헤."

디프론은 여전히 바보같이 웃음을 흘리는 아렌과 지급품을 번갈아 바라보더니 곧 다시 입을 열었다.

"그래도 잡생각에 젖어 있던 아까보다는 낫군."

"저… 스승님."

"가져와 보도록 하여라."

"네!"

아렌은 디프론의 말에 재빨리 지급품이 놓여 있는 쪽으로 달려갔다. 번개가 무색할 정도로 그의 움직임은 재빨랐다. 그리고 아렌은 지급품에서 '그것'을 꺼내 들고 와 디프론에게 내밀었다.

디프론은 '그것', 철검을 받아 들었다.

"흐음."

낡은 철검이었다. 날은 제대로 다듬어지지도 않았고 무게중심 역시 형편없었다. 비록 녹이 슬어 있거나 하지는 않았지만 제대로 된 검과 부딪치기만 해도 이가 빠지고, 잘못하면 부러질 수도 있는 검이었다.

사실 그들에게 지급되는 철검이 이토록 낡은 것은 당연했다.

아무리 낡은 철검이라 할지라도 500여 명에 육박하는 상급 수련생들 모두에게 나눠 주려면 대단한 지출이 생길 것이다.

겨우 열두 명의 반역자를 잡기 위해 이번 임무에서 검을 휘둘러 볼까 말까 한 위치의 상급 수련생들에게 그 이상의 지출은 낭비였고, 지급된 철검만으로도 감지덕지해야 할 상황인 것이다.

분명 제대로 된 지급품은 아니었지만 어쩔 수 없는 상황이었다.

하지만 그런 철검을 바라보는 아렌의 눈동자는 초롱초롱 빛나고 있었다.

아무리 낡고 허술하다고 할지라도 진검인 것이다.

어릴 때 할아버지의 검을 잡아보고는 그 뒤로 목검만 휘둘렀던 아렌으로서는 그저 진검이라는 것 자체에 넋이 나갈 수밖에 없었다.

지금 그의 머릿속에는 온통 철검에 대한 생각뿐이었다. 조금 더 철검을 쥐어보고 싶고, 어서 빨리 휘둘러 보고 싶지만 디프론 때문에 꾹 참고 있는 중이었다.

언제 네린과 그런 일이 있었냐는 듯 그 일은 낡고 허술한 철검에 떠밀려 아렌의 머릿속에서 잊혀진 지 오래였다.

이렇게 네린과 철검의 승부에선 철검이 가볍게 승리하는 쾌거(?)를 거두었다.

아렌은 철검으로 검을 펼치고 있었다.

목검보다 한참이나 무겁고, 어쩐지 제멋대로 날아가려는 성향이 느껴지는 철검이었지만 아렌은 그런 철검에 푹 빠져 들어 버렸다.

철검으로 처음 펼쳐지는 아렌의 검이었지만 여느 때와 전혀 다름이 없었다. 하지만 아까 전과는 어쩐지 조금 다른 모습이었다. 보통 사람이 본다면 절대 그 차이를 분간하지 못하겠지만 어딘지 모르게 분명 달랐다.

그때 또다시 돌멩이가 날아들었다. 아까 전보다 훨씬 빠르고 또 작은 돌멩이였다. 돌멩이는 매서운 파공음을 일으키며 아렌을 향해 날아갔고, 아렌의 철검은 여전히 이리저리 막무가내로 휘둘러지고 있을 뿐이었다.

마침내 돌멩이가 아렌의 지척에 다다랐을 때였다. 아렌의 검이 천천히 아무렇지도 않게 주변을 쓸어갔고, 그 순간 돌멩이가 갑자기 자취를 감추었다. 마치 검이 돌멩이를 삼켜 버린 듯한 모습이었다.

그것으로 끝이 아니었다.

이번에는 여섯 개의 돌멩이가 동시에 날아들었다. 돌멩이의 숫자는 대거 늘어났지만 그 속도는 조금도 줄어들지 않았다. 하지만 그런 돌멩이들조차 아렌의 지척에만 도달하면 아무렇지도 않게 천천히, 슬쩍슬쩍 움직이는 그의 검에게 삼켜 버리는 듯 자취를 감추었다.

아렌은 그러고서도 한참을 더 검을 휘두르다가 마침내 멈추었다. 그리고 놀라운 광경을 보여주었다.

가로로 뻗어진 그의 검면 위엔 일곱 개의 돌멩이가 조금의 상처도 없이 멈춰져 있었다.

"후우!"

아렌은 깊이 숨을 내쉬며 철검을 거두었다.

그의 얼굴에는 미소가 가득했다. 돌멩이를 모두 검면 위에 얌전히 놓을 수 있어서가 아니었다. 철검으로 펼치는 검이 너무나 즐거웠기 때문이다.

목검으로 펼치는 검도 즐겁고 재미있었지만 철검으로 펼치는 검에는 또 다른 매력이 있었다. 아렌은 그렇게 느꼈다.

그런 아렌을 무심한 눈으로 바라보던 디프론의 입가로 희미한 미소가 떠올랐다가 사라졌다. 극히 미미한 변화였기 때문에 아렌조차 그의 입가에서 미소가 지어졌다는 것을 보지 못했다.

아니, 봤다 하더라도 믿지 못했을 것이다.

디프론이 미소를 짓다니……. 그것은 바카스가 여자라는 것만큼이나 믿기 힘든 일이었다.

디프론은 아렌을 불러 자신의 앞에 앉혔다. 비록 땅바닥이기는 하지만 앉으라는 디프론도, 주저앉는 아렌도 아무런 거부감이 들지 않았다. 언제나 디프론이 아렌에게 중요한 가르침을 줄 때엔 이렇게 앉으라고 했으니까.

잠시 침묵이 흘렀다. 디프론이 그저 아렌을 빤히 지켜보고만 있었던 것이다. 그러던 그가 마침내 입을 열었다.

"검이 무엇이라 생각하느냐?"

"거, 검이 뭐냐 하면……."

아렌은 그의 질문에 우물쭈물하며 대답하지 못했다. 그러자 다시 디프론이 입을 열었다.

"세상에 검의 정의는 많다. 본질적인 검의 정의부터 시작하여, 때로는 팔의 연장선일 뿐이다, 때로는 흉기일 뿐이다 등등의 수많은 정의를 가진 것이 검이다. 하지만 난 검이 마음의 거울이라 배웠고, 너에게 가르칠 것이다."

디프론은 그리 말하며 아렌에게 손을 내밀었다. 아렌은 그 행동이 무엇을 의미하는지 이미 알고 있었기에 들고 있던 철검을 디프론에게 건네었다. 그러자 철검을 건네받은 디프론은 천천히 일어나 검을 휘두르기 시작했다.

"마음에서 유유히 흐르는 바람이 되고자 한다면 검은 자유로워질 것이다."

검이 바람 속으로 스며들었다. 언젠가 아렌이 보여주었던 그 모습과 상당히 유사했다. 하지만 디프론이 펼치는 검은 아렌의 검보다 훨씬 자연스럽고 또 자유로웠다.

그러길 잠시, 검이 출렁이기 시작했다.

"거센 파도가 되고자 한다면 검은 힘을 만들 것이다."

조금씩 출렁이기 시작하던 검은 곧 거대한 흐름을 만들어냈다. 그 흐름은 검 전체를 맴돌더니 이내 곧 쭉 뻗어가며 그 힘을 단번에 내뿜었다.

쿠웅!

검은 땅과 맞물려 거대한 굉음을 내었고, 땅에선 흙이 피어오르며 주변을 뿌옇게 덮으려 했다. 그리고 디프론의 검은 그 속으로 파고들었다.

"베지 않으려 한다면 그 무엇이든 베지 않을 수 있으며……."

공중으로 떠오른 흙으로 파고든 검이었다. 유유히 흙을 난무하는 검이었지만 검이 지나간 자리엔 아무런 흔적이 남아 있지 않았다. 최소한 검이 가른 흙 사이의 길이라도 보여야 하건만 흙은 그저 튀어 올랐다가 그대로 가라앉듯이 내려앉았다.

마치 검이 환상처럼 보였다. 아무것도 베지 않고, 아무런 흔적도 남기지 않는 환상 같은 모습이었다.

흙이 가라앉자 가만히 검을 옆으로 뻗은 채 서 있는 디프론의 모습이 눈에 들어왔다.

"그리고 베려 한다면……."

그 순간이었다.

우우웅!

아렌은 검이 울고 있다고 생각했다.

아니, 실제로 검은 울고 있었다. 그뿐만이 아니었다. 검의 위로 희미한 빛이 감돌기 시작했다. 처음엔 희미하던 빛이 곧 강렬한 빛이 되어 검신을 휘감았다.

반투명한 빛 사이로 어렴풋이 검이 보였기에 그것이 좀 전의 낡고 허름한 철검이라는 것이 추측 가능할 뿐이었다.

마침내 빛에 감싸인 검이 허공을 거쳐 대각선으로 땅을 그었다. 검의 뒤로 긴 섬광이 잔상을 남기며 흐르고 있었다.

"……!"

아렌은 그 섬광을 본 적이 있었다. 비록 오랜 시간이 지났지만 결코 기억 속에서 잊혀지지 않는 섬광이었다.

보라색의 괴신사를 갈랐던 섬광이 지금 디프론의 검에서 펼쳐지고 있었다. 그리고 땅을 가른 검에선 섬광이 조금씩 흐릿해지더니 곧 완전히 사라지고 낡은 철검만이 남았다.

디프론은 나직이 입을 떼었다.

"검은 무엇이든 베어버릴 것이다."

아렌은 아무런 말도 생각도 할 수 없었다. 그의 눈동자엔 경악 어린 눈빛이 가득했다.

아무런 소음도 아무런 파편도 생기지 않았다. 하지만 검이 긋고 지나간 땅에는 거대한 검상이 남아 있었다. 말 그대로 땅을 베어버린 것이었다.

도저히 낡은 철검으로 이루어냈다고 볼 수 없는 그런 광경이었다.

하지만 디프론은 아무런 표정도 없이 무심히 입을 열었다.

"스스로의 검에 대한 믿음과 벨 수 있다는 믿음이 정점에 다다랐을 때 세상에 베지 못할 것은 없다. 이것이 바로 광검, 레이 소드다."

그렇게 디프론의 무미건조한 음성만이 정적의 틈에 흘러내리고 있었다.

여정

"으음."

"아직도 갑갑해?"

"으응? 아니……."

바카스는 네린의 물음에 고개를 저었다. 하지만 네린은 그 것이 진실이 아니라는 것을 알 수 있었다. 그냥 보기에도 갑 갑해 보였기 때문이다.

바카스는 간단한 옷 위에 가죽 갑옷을 입고 있었다. 이 가 죽 갑옷 역시 용병 길드 연합총단 측에서 지급된 물품이었는 데, 바카스는 그중에서 가장 큰 사이즈의 가죽 갑옷을 지급받 았음에도 몸에 맞지 않았던 것이다.

처음엔 어떻게든 바카스의 몸에 끼워 맞춰보려 했지만, 그러자 그가 숨을 못 쉬어 얼굴이 새파랗게 질린 것을 보고는 얼른 빼낼 수밖에 없었다. 그렇다고 한순간에 목숨이 오가는 실전에서 갑옷을 아예 착용하지 않을 수도 없었기에 결국 각 부위마다 이어지는 이음새를 빼버리고 꼭 필요한 부위만 입게 되었다.

하지만 그럼에도 바카스는 아직 갑갑함에서 완전히 벗어나지 못하고 있었다.

네린은 그런 바카스의 등을 한 번 툭 치며 입을 열었다.

"그러게 도대체 덩치는 왜 이렇게 큰 거야? 좀 적당적당하게 클 것이지."

"그, 그게……."

바카스는 그게 마음대로 되는 거냐고 말하고 싶었지만 그냥 입을 다물었다. 그렇게 물었다가 돌아올 대답이란 '안 되면 되게 해!' 일 것이 뻔했기 때문이다.

네린은 그런 바카스의 생각을 알기나 하는 건지 꽉꽉 들러붙은 갑주를 조금 헐렁하게 해주다가 마침 생각난 듯 입을 열었다.

"그런데 아렌은 어디 간 거야? 출발할 시간이 다됐는데 말이야."

"아까 저쪽 언덕으로 걸어가던 것 같던데? 그런데 요즘 아렌이 이상해졌어. 뭐랄까. 괜히 멍해 있다고 할까? 불러도 대답도 안 하고 말이야. 음… 이건 내 생각인데 혹시 여자 친구라도 사귄 거 아닐까? 왜 그런 거 있잖아. 사랑에 빠지면 멍하게… 어라? 네린?"

네린의 질문에 곰곰이 생각해 두었던 자신의 예상을 말하던 바카스는 문득 뒤를 돌아보자 조금 전까지만 해도 네린이서 있던 그 자리가 휑하게 비어 있는 것을 발견했다. 어느새 네린은 사라져 있었고, 혼자 남은 바카스는 고개만 갸우뚱할 뿐이었다.

낡은 검을 강렬한 빛이 둘러쌌다.

찬란하게 빛나는 섬광의 검은 허공을 가르고 땅을 갈랐다. 아무런 소음도, 아무런 파편도 생기지 않았지만 땅엔 거대한 상처가 남아 있었다.

그 모든 것이 아주 느리게 반복되었다.

나타나는 빛과 허공을 가로지르는 빛, 그리고 마지막으로 아무런 저항 없이 땅을 갈라 버리는 빛까지.

"스스로의 검에 대한 믿음과 벨 수 있다는 믿음이 정점에 다다랐을 때 세상에 베지 못할 것은 없다. 이것이 바로 광검, 레이 소드다."

디프론의 마지막 말.
"광검, 레이 소드……."

아렌은 자신도 모르게 중얼거리고 있었다.

그만큼이나 그때의 충격은 굉장했고, 아렌은 아직도 그 충격에서 벗어나질 못하고 있었다. 단순히 한 자루의 낡은 철검으로 이루어냈다고 하기엔 너무나도 굉장한 장면이었기 때문이다.

디프론은 아렌에게 광검은 특별한 기술이 아니라고 했다. 특별한 수련법과 특별한 재능, 특별한 능력을 가져야만 익힐 수 있는 것도 아니라고 했다.

그저 믿음. 스스로의 검에 대한 믿음과 벨 수 있다는 믿음이 극에 달했을 때, 그 믿음이 겉으로 형성화된 것이 바로 광검 레이 소드라고 했다.

그 말인즉, 누구나 스스로의 검과 무엇이든 벨 수 있다는 절대적인 믿음만 있다면 광검을 펼칠 수 있다는 말이었다. 하지만 디프론은 마지막에 말을 덧붙였다.

'광검은 누구나 익힐 수는 있지만 아무나 펼칠 수는 없다. 스스로의 검과 벨 수 있다는 것에 대한 절대적인 믿음을 가지기란 쉽지 않기 때문이다. 광검을 펼치기 위해선 스스로와의 싸움에서 승리해야 한다. 그렇게 자신을 이겨낸 자만이 광검을 펼칠 수 있는 것이다.'

그의 말 그대로였다.

광검은 누구나 보고 익힐 수는 있겠지만 누구나 펼칠 수 있는 것이 아니었다. 또한 가르칠 수 있는 것도 아니었다. 오로지 스스로 배워야 하고, 익혀야 하며, 펼쳐야 한다.

디프론은 아렌에게 그것을 말하고 있었다.

아렌은 자신의 손을 내려다보았다. 그동안 검을 너무도 오랫동안 휘둘러 물집도 여러 번 터지고 상처도 많은 손이었다.

'내가 할 수 있을까?

그렇게 스스로에게 묻고는 절레절레 고개를 젓고 말았다.

아직은 자신이 없었다.

그저 검이 좋아서 휘둘렀을 뿐 아직 무엇을 벤다거나 검에 대한 믿음에 대해 생각해 본 적이 없었기 때문이다.

'하지만 언젠가는…….'

아렌은 그렇게 생각하며 자리에서 일어났다. 그리고 허리춤에 꽂혀 있는 철검을 뽑았다. 가죽으로 대충 만들어진 검집에서 낡은 철검이 뽑혀 나왔다.

햇빛에 비춰도 광택조차 잘 느껴지지 않는 낡은 철검이었다. 하지만 그런 낡은 철검을 바라보는 아렌의 눈동자는 밝게 빛나고 있었다. 그는 철검을 보면 볼수록 기분이 좋았다.

'휘둘러 볼까?

그런 유혹이 아렌을 감싸 안았다. 곧 출발할 시간이지만 그래도 조금만이라면 괜찮지 않을까 하는 생각이 그의 머릿속을 휘저었다. 아렌으로서는 정말 참기 힘든 유혹이었다.

결국 아렌은 검을 휘두르기 시작했다.

아주 조금만 휘둘러 보자는 생각이었지만 이미 검에 푹 빠져 버린 이상 누가 찾으러 오지 않는 한은 계속될 것 같았다.

그런데 그렇게 계속되던 아렌의 검은 전혀 의외의 인물로부터 멈추어지게 되었다.

짝짝짝!

박수 소리가 들렸다. 아무리 검에 빠졌다고 한들 이제 어느 정도의 자제력은 갖춘 아렌이고, 누군가 곁에까지 다가와 박수를 치는 정도라면 충분히 깨어날 수 있었다.

아렌은 깜짝 놀란 눈이 되어 곁으로 다가오는 이를 보았다.

그는 맨 처음 바카스를 떠올렸을 정도로 덩치가 큰 사내였다. 아니, 오히려 바카스보다 더 덩치가 컸다. 하지만 그보다 더 인상 깊은 것은 그의 전신에선 아렌이 알지 못하는 무엇인가가 뿜어져 나오고 있는 것 같은 느낌이었다.

아렌은 왠지 모르게 검을 잡은 손에 힘을 주고 말았다.

"대단하군!"

사내의 입에선 굵고 약간 허스키한 목소리가 흘러나와 아렌을 칭찬했다. 사내는 진심으로 아렌의 검에 감탄한 것 같았다.

"검에 불필요한 동작들은 모두 빠져 있어. 그럼에도 아주 자세의 연결이 원활하고 또 자유로우니 검술은 아니나 그 어떤 검술에도 뒤지지 않는 검이야. 멋지군."

"가, 감사합니다."

사내의 칭찬에 아렌은 어리둥절했다.

아렌은 태어나서 이토록 칭찬을 받기는 처음이었다. 아니, 칭찬이라곤 들은 적이 없다시피 했다. 그의 검을 알아보는 사람이 여태껏 디프론밖에 없기도 했거니와, 디프론은 칭찬 같은 걸 제대로 해줄 사람이 아니었기 때문이다. 오히려 건조한 목소리로 호되게 다그치지나 않으면 다행이었다.

그래서 아렌은 칭찬에 기쁘기보다는 어리둥절한 기분이었다.

하지만 사내는 그런 아렌의 모습은 상관하지도 않은 채 계속해서 말을 이었다.

"그런데 검이 느리고 날카로움이 담겨져 있지 않아. 어째서 그런가?"

"스승님께서는 빠르고 날카로움이 담긴 검보다는 저 스스로의 검을 만들어야 한다고 하셨어요. 빠르고 날카로움이 담긴 검을 원한다면 가볍고 날카로운 검을 구하면 된다고……."

"그렇지. 단순히 빠르고 날카로운 검은 그뿐이야. 그것보다는 스스로의 의지가 담긴 검을 펼치는 게 훨씬 이득이지. 정말 좋은 분을 스승으로 두었군. 자네 스승의 함자를 물어봐도 괜찮겠는가?"

"디, 디프론이라는 함자를 사용하십니다."

정말 정신없는 사내였다.

어째 첫 느낌은 굉장한 카리스마와 함께 무게가 느껴졌는데, 쉬지 않고 말을 뱉어내는 그의 모습에서 그 무게가 한껏 떨어져 나가는 게 느껴졌다. 어쩌다 보니 스승의 이름까지 알려주게 된 아렌이었다.

"흐음, 그렇게 뛰어난 분께서 우리 용병 길드 연합총단의 미래를 이끌 아이들을 가르치고 계시다니 정말 감사할 일이군. 그런데 자네의 검에 하나의 아쉬운 점이 있다네."

"네?"

"잠시 자네의 철검을 줘보겠나?"

사내는 아렌을 향해 손을 내밀었다.

원래 검을 쥔 사람에게 검을 빌려달라는 것은 굉장한 실례였다. 검을 쥔 사람은 자신의 검에 목숨이 달려 있다고 해도 무방했고, 그것을 남에게 맡긴다는 것은 스스로의 목숨을 맡길 수 있을 만큼 상대를 신뢰한다는 것을 의미했다.

그러니 방금 전에 처음 만난 사람에게 검을 빌려달라고 한다거나 또 검을 빌려주는 건 일반적으로 있을 수 없는 일이었다. 어느 누가 방금 전에 만난 사람이 생명을 빌려달란다고 빌려주겠는가.

하지만 사내는 아무런 거리낌이 없었고, 위와 같은 사실을 알 리가 없는 아렌은 별다른 생각 없이 사내에게 자신의 철검을 건네주었다.

검을 건네받자 사내는 잠시 인상을 찌푸렸다. 아렌의 낡은 철검은 무게중심도 엉망이고, 제련이 제대로 되지 않았는지 검날도 무뎠다. 하지만 곧 그런 표정을 지우고는 자세를 잡았다.

그러자 아렌은 그에게서 조금 전 느꼈던 느낌을 다시 떠올릴 수 있었다. 사내는 여전히 입가에 미소를 띠고 있었지만 왠지 굶주린 야수와 같은 그런 것이 사내에게서 느껴지고 있었다.

사내는 자신의 손에 잡힌 검을 주시하며 입을 열었다.

"이게 자네의 검이었지?"

사내의 검이 펼쳐졌다. 자유롭고 자연스러운 아렌의 검이었다.

약간은 어색했지만 그건 아렌의 검이 분명했고, 사내가 자신의 검을 펼치는 모습에 아렌은 깜짝 놀라고 말았다. 하지만 그것은 나쁜 의미로 놀란 것이 아니라 자신의 검을 그대로 재연할 수 있는 사내의 실력에 놀란 것이었다.

"분명 자네의 검은 멋지고 대단해. 하지만……."

사내는 아렌의 검을 잠시 펼치다가 내딛는 보폭을 약간 더 크게 했다. 아주 단순한 변화였을 뿐인데 검에 힘이 들어갔다. 순간적인 힘이 이전의 몇 배나 상승한 듯했다.

그것은 아렌의 검이었지만 또 그의 검이 아니기도 했다. 아렌의 검에선 사내가 펼치는 검에서처럼 강렬한 힘이 느껴지지 않았다. 힘이 조금 들어간 것만으로도 아렌의 검은 엄청나게 변화해 버리고 말았다.

아렌은 멍한 눈으로 그의 모습을 지켜보고 있었다. 이윽고 그의 검이 멈추고 아렌에게 다시 검을 건네주며 입을 열었다.

"이렇게 약간의 보폭을 넓혀주는 것만으로도 자네의 검엔 힘이 들어갈 수 있네. 자네의 검에는 기본적인 자세들이 아주 잘 녹아 있지만, 이처럼 응용하여 필요한 때 적절히 사용하는 게 부족해 보이네."

아렌은 저도 모르게 고개를 끄덕이고 말았다.

디프론에게서는 들어보지 못한 말이다. 아니, 디프론은 아렌에게 이런 세세한 것은 가르쳐 주지 않았다. 그저 아렌 마음껏 자유롭게 휘두르게 하고 그 검을 지켜볼 뿐이었다.

그는 세세한 자세에 관한 것보다 아렌이 가져야 할 마음가짐과 검에 대한 확신을 가르쳤고, 아렌은 그렇게 배웠다. 그래서 자신의 검이 가진 단점이 무엇인지 직접적인 가르침을 받은 것은 이번이 처음이었다.

아렌은 사내를 향해 고개를 숙였다.

"가르침을 주서서 감사합니다."

"하하, 별거 아닐세. 자네와 같은 용병계의 미래들이 더욱 더 큰길을 갈 수 있도록 도와주는 게 나같이 미리 앞서 걷던 이들이 해야 할 일이 아니겠는가."

사내는 호탕한 웃음을 터뜨렸다.

주저없는 가르침과 그것조차 대수롭지 않게 넘기는 그의 모습은 분명 호감을 일으킬 만한 모습이었지만 지금 아렌에겐 그것보다 먼저 한 가지 의문이 들었다.

"그런데……."

"응?"

"조금 전과 같이 검을 펼치면 검에 힘을 실어줄 수 있을지는 몰라도 그만큼 검이 나아갈 수 있는 방향이 제한되는 것 같습니다. 방향이 제한된다는 말은 자유로움과 자연스러움이 제한된다는 말과 동일한 듯해서… 어떤 게 맞는 건지……."

"흐음!"

우물쭈물 물어보는 아렌의 모습에 사내는 꽤나 놀라고 있었다. 본래 아렌의 실력이 뛰어남은 충분히 예상했던 바이지만 그 짧은 사이에 단점을 파악하고 고민할 정도인지는 예상하지 못했기 때문이다.

자신의 물음이 너무 건방졌던 건 아닌지 걱정하고 있는 아렌에게 사내는 입을 열었다.

"분명 자네 말대로네. 검에 힘이 들어간 대신 그만큼 자연스러움과 자유로움이 깨어지지. 하지만 말일세, 검에 있어 힘은 중요한 것이야. 날카로움과 빠르기는 그에 맞는 검을 구하면 된다지만 힘이 담긴 검은 그렇지 않지. 단순히 무겁다고 힘이 담기는 게 아니야. 순간적인 임팩트가 한 점에 모일 때 그게 바로 검에 들어간 힘이라는 것이고, 그런 힘은 단숨에 상대를 제압할 수 있네."

사내는 잠시 말을 끊었다가 자신을 바라보는 아렌을 향해 말을 이었다.

"세상에는 얻는 것이 있으면 반드시 그와는 반대로 잃는 것도 있기 마련이네. 좀 더 큰 것을 얻기 위해선 더 작은 것은 희생할 수밖에 없는 것이지. 난 그저 자네에게 갈 수 있는 또 하나의 방향성을 제시해 준 것뿐이야, 무엇을 얻고 무엇을 희생할 것이냐는 자네가 직접 정해야 하지."

아렌은 아무 말도 하지 못했다. 사내의 말이 맞는 것 같으면서도 어쩐지 쉽게 납득이 가지 않았다.

사내의 말 중 결정은 스스로 해야 한다는 말만이 머릿속에 맴돌았다.

"이런, 시간이 벌써 이렇게 됐군. 이제 곧 출발인데 가보아야 하지 않나?"

"아, 네."

"그러고 보니 아직 자네 이름도 모르는군."

"아렌이라고 합니다."

아렌은 생각을 접고 사내의 물음에 대답했다. 그러자 사내가 씨익 웃으며 다시 입을 열었다.

"그래, 아렌. 우린 또다시 만날 것 같군. 그럼 나 먼저 가보겠네."

사내는 그 말을 남기곤 왔던 길로 사라졌고, 아렌은 사내가 사라진 방향만 멍하니 쳐다보고 있었다. 그러다가 문득 자신은 정작 사내가 누구인지 전혀 알지 못한다는 생각이 떠올랐다.

사내가 사라진 방향으로 뛰어가 이름을 물어볼까 생각 중일 때 그의 이름을 부르는 목소리가 뒤에서 들려왔다.

"아렌!"

"응?"

목소리의 주인공은 다름 아닌 네린이었다. 네린은 아렌의 곁으로 달려오고 있었다.

"아렌, 곧 출발한 시간인데 여기서 혼자 뭘 하는 거야?"

"아니, 그게……."

아렌은 조금 전에 있었던 일을 설명하려다 역시나 그렇듯 어디서부터 설명해야 할 것인지 좀처럼 떠오르지 않았다. 결국 아렌이 우물쭈물거리자 네린이 한숨을 내쉬었다.

"일단 돌아가자."

"응."

아렌은 그녀의 말에 선뜻 고개를 끄덕였다. 그렇게 그들은 나란히 왔던 길을 되돌아가기 시작했다. 그런데 그들 사이에 왠지 모를 어색한 침묵이 흘렀다.

아렌은 조금 전에 있었던 일을 떠올리며 사내가 해준 말을 곰곰이 생각하느라 그랬지만, 네린은 어쩐지 아렌을 힐끔힐끔 보며 어색한 분위기를 연출하고 있었다.

그러다가 결국 그녀가 입을 열었다.

“저어… 아렌?”

“으, 으응?”

아렌은 깊이 생각에 잠겨 있다가 그녀가 부르는 소리에 깜짝 놀라 깨어나며 대답했다. 그리고 그녀를 보았는데 어째서인지 고개를 숙이고 있는 네린의 얼굴이 약간 붉어져 있었다.

아렌은 그녀의 그런 모습에 고개를 갸우뚱했다. 하지만 네린은 고개를 숙이고 있었기에 아렌의 표정을 보지 못한 채 조심스레 말을 계속했다.

“그, 그때 있었던 일 말이야……. 혹시 그때 있었던 일 때문에 요즘 통 멍하게 지냈던 거니? 내가 그때 술 취해서 마음에도 없이 그런 건 아닌지, 그것 때문에 그런 거니? 마, 만약에 그렇다면 앞으론 그러지 마. 난 그때…….”

“네린.”

“으, 으응?”

네린은 말을 하다가 말고 아렌이 부르는 소리에 고개를 들어 그를 바라보았다. 그녀의 얼굴은 지금껏 살아오면서 아마 가장 붉어져 있지 않을까 싶을 정도였다.

그런데 그런 그녀를 보는 아렌의 표정에는 의아함이 가득했다. 아렌이 입을 열었다.

“저기… 말하는데 미안해서 그런데, 내가 제대로 못 들었는지 무슨 말인지 모르겠어. 다시 말해줄래? 미안해, 헤헤.”

아렌은 멋쩍게 웃으며 머리를 긁적였다. 그런 아렌의 바보

같은 모습을 한참이나 지켜보던 네린은 갑자기 부들부들 떨기 시작했다. 그런 그녀의 모습에서 뭔가 심상찮은 분위기를 느낀 아렌은 한 걸음 두 걸음 그녀에게서 떨어지기 시작했다.

"네, 네린, 왜, 왜 그래?"

"시끄러, 이 바보야!"

퍼억!

"컥!"

아렌의 복부로 네린의 주먹이 박혀들었다. 실로 번개같은 공격이었다. 아렌은 눈앞이 번쩍이는 것을 느끼며 주저앉았고, 네린은 그런 아렌을 내버려 두고 먼저 뛰어가 버렸다.

'아렌 바보! 아렌 바보!'

바보 같은 아렌을 향한 욕만이 그녀의 머릿속에 가득했다.

한편, 한동안 고통에 떨던 아렌은 도대체 그녀가 왜 그랬는지 영문을 알 수 없었다.

'말을 이해하지 못한 게 그렇게 잘못한 건가?'

그렇게 생각하던 아렌은 그녀의 말을 떠올렸다. 그러다가 그는 결국 생각해 낼 수 있었다.

퐁!

아렌의 머릿속에서 이런 의문의 소리가 떠올랐다. 그 순간 어느새 아렌의 얼굴은 붉게 물들어 있었다. 그제야 그녀와의 일을 다시 기억해 낼 수 있었고, 또 그녀가 무슨 말을 하고 있었는지 깨달을 수 있었던 것이다.

얼굴이 새빨갛게 물든 아렌은 스스로가 생각하기에도 정말 바보였다.

행군을 나선 지 2주일이 지났다.

행군은 제법 거대한 규모라고 할 만했다. 하나의 전투단에 60명이란 숫자였으니, 전투단에 속한 용병들만 해도 120명에 이르렀고, 게다가 상급 수련생들까지 더하면 총 700명에 육박하는 규모였다.

사실 열두 명의 반역자를 잡기 위해 나가는 것치고는 너무 비대한 규모라 할 수 있었다.

결국 행군은 네 개 조로 나뉠 수밖에 없었다. 규모의 문제도 있었지만 반역자들을 포위하고 도주로를 차단하기 위한 준비라 할 수 있었다.

기동성을 살리기 위해 각 전투단에서 다섯 명씩 뽑은 열 명과 상급 수련생 50명으로 이루어진, 총 60명이라는 적은 수를 정찰조로 삼아 빠르게 이동시켰으며, 각각 전투단 40명씩에 상급 수련생들 100명씩 두 개의 조를 만들어 반역자의 이동 경로로 예측되는 곳의 양측에서 포위하도록 하였다. 그리고 남은 이들은 이번 임무의 본진이 되어 반역자들의 이동 경로를 차단하기로 했다.

이렇게 총 네 개 조로 나뉘어 그들은 행군을 개시했고, 빠르고 거침없는 강행군으로 2주 만에 행군 경로에서 가장 먼 거리에 위치했던 오른쪽의 한 조만이 도착하지 못했을 뿐 다른 조들은 모두 미리 정해진 자신의 위치에 도착하는 성과를 거두었다.

비록 처음으로 행군을 나선 상급 수련생들이 대다수였지만 적어도 B급의 용병을 목전에 앞둔 그들에게 있어 2주일의 강행군을 버틸 만한 체력은 비축되어 있었다.

사실 용병 길드 연합총단이 위치한 알마탄의 위치가 대륙의 북측에 위치하였고, 반역자들의 도주로가 북쪽이었기에 이 정도의 시간으로 행군을 마칠 수 있었던 것이지 넓은 대륙의 저 반대편이었다면 얼마나 걸릴지 예상조차 하기 힘들었을 터이다. 그만큼이나 대륙은 넓었다.

어쨌든 도착한 본진 측에서는 한창 반역자들의 이동 경로를 조사하기 위해 부산스러웠다. 자칫 잘못해서 이동 경로를 오판하거나 또는 반역자들이 포위를 눈치 챘다면 본진뿐만이 아니라 네 개 조 모두가 다시 대규모 이동을 시작해야 했기 때문이다.

그뿐만이 아니라 대규모 이동을 시작하거나, 아니면 애초에 포위를 들키게 된다면 그들을 포위하기란 쉽지 않을 터이다. 처음부터 최대한 정확하고 빠르게 포위를 형성하는 게 가장 좋은 방법이었다.

"준비는 잘되고 있는가?"

“네.”

“언제쯤 도착하겠지?”

“현재 닷새 뒤면 이곳으로 도착할 것이라 예측됩니다.”

“흐음…….”

문신의 남자의 말에 사내는 고개를 끄덕였다.

닷새면 많지도 적지도 않은 날짜다.

반역자들의 시선이 닷새 앞의 거리에 포진해 있는 자신들에게까지 닿지 않을 테니 충분히 준비할 시간이 주어지는 것이고, 그렇다고 너무 오래 끌지도 않으니 기다리다가 지치는 일도 발생하지 않을 터이다.

“강행군을 한 보람이 있군.”

“하지만 적에게는 제국의 검이 있습니다. 이 정도의 포진으로 괜찮을까요?”

문신의 남자는 짐짓 걱정이 된다는 투로 말했다.

제국의 검 카고라스.

세븐스타의 일인으로 제국 기사단장을 일임하고 있던 이다. 부와 명예, 힘, 그 모든 것을 갖춘 그가 어째서 반역자에 들게 됐는지에 대해선 아는 바가 없으나 그가 적이 되었다는 사실 하나만으로 그를 적으로 둔 아군에게는 큰 벽이 눈앞에 놓인 것이나 다름없었다.

그만큼 세븐스타의 이름은 대단한 것이었고, 그 앞에선 숫자가 가지는 이득은 부질없는 것이었다.

정면으로 맞부딪친다면 모를까, 이미 인간의 한계를 훨씬 초월했다는 그가 기습을 행한 후 빠지기를 반복하는 게릴라전을 쓴다면 전투단 120명은 물론이고 나머지 상급 수련생들이 아무리 모여 있다 한들 상대가 될 수 있을 리 없었다.

하지만 문신의 남자가 걱정하는 것은 그로 인해 패퇴를 겪는 것이 아니었다.

반평생을 사내의 곁에서 그를 보좌하며 살아온 그다. 아무리 세븐스타의 일인인 제국의 검 카고라스가 그 상대라 할지라도 절대 사내가 패배할 것이란 생각은 들지 않았다.

다만 그가 걱정하는 것은 카고라스를 선두에 세운 채 사내가 없는 쪽으로 포위를 뚫고 도주할 가능성이었다. 만약 그렇게 된다면 이번 임무는 실패로 돌아갈 확률이 무척이나 컸다.

사내도 그것을 모르지는 않았다. 하지만 별로 걱정을 하지 않는 듯했다.

"확실히 그가 마음만 먹는다면 이런 포위쯤 뚫고 지나가는 것은 아무것도 아니겠지. 그들이 우리의 포위를 알아차리지 못한다면 모르겠지만, 만약 포위를 알아차렸다면 그는 그러지 않을 것일세."

"네?"

"예상대로 그들이 향하는 곳이 북쪽에 위치한 끊어진 숲이라면, 그곳으로 향하기 위한 가장 최적의 이동 경로가 바로 우리의 본진이 버티고 서 있는 이곳이지 않나. 만약 그들이 본진이 아닌 다른 쪽의 포위를 뚫는다면 그들의 이동 경로는 한참이나 어긋나게 될 것이고, 그에 따라 훨씬 많은 시간을 소비하게 될 테지. 그 정도라면 제국의 정예로 이루어진 추적대가 이 길을 가로질러 그들을 따라잡을 수 있을 텐데, 그들이 그런 위험을 감수하면서까지 측면의 포위를 뚫을 리 없잖은가, 차라리 조금 위험하더라도 충분히 감당해 낼 수 있는 본진 쪽을 뚫으려 하겠지."

분명 사내의 말은 옳았다. 아직 실전조차 겪지 못한 상급 수련생들로 대부분 이루어진 이들과 맞붙는 것이 제국에서 파병한 정예의 추적대와 맞붙는 것보다 훨씬 낫다는 생각은 당연하다고 할 수 있었다.

하지만 그것은 사내의 존재를 무시하고서야 가능한 일이었다. 문신의 남자는 그것을 사내에게 말하려고 했다. 하지만 그전에 사내가 문신의 남자가 하려는 말이 무엇인지 다 안다는 듯이 말을 이었다.

"원래 그런 것이라네. 힘을 가진 자일수록 자신의 힘에 대한 자존심과 믿음이 큰 법이지. 더욱이 스스로가 인간들 중 가장 강하다고 알려진 세븐스타의 일인이라면 더 이상 말할 필요조차 없지 않겠는가. 그는 나를 조금 위험한 도박 정도로 생각할 테지. 적어도 도망칠 구멍 정도는 있는 도박 정도로 말이야. 나, 용병왕 타이온을 말이야!"

"윽!"

그 순간 무시무시한 기세가 사내에게서 뿜어져 나왔다.

흉포하고 무엇이든 다 부숴 버릴 듯한 파괴적인 기세였다. 그 기세 앞에 문신의 남자마저 뒤로 물러서며 신음을 흘릴 정도였다. 오로지 기세 하나만으로 그것을 가능하게 만들었다.

하지만 문신의 남자의 입가엔 희미한 웃음이 감돌았다.

세븐스타가 인간을 초월했다면 눈앞의 사내 용병왕 타이온 역시 인간을 초월하기란 마찬가지였다. 그것도 한참이나.

제국의 검 카고라스.

만약 용병왕의 말대로 그가 스스로의 힘에 대한 믿음과 자존심에 의해 정면의 본진으로 쳐들어온다면, 그는 자신의 힘에 대한 자만심과 오판에 의해 스스로의 무덤을 파게 될 것이다.

문신의 남자는 그 사실을 믿어 의심치 않았다.

그의 눈앞에 있는 사내는 다름 아닌 대륙 모든 용병의 하늘인 용병왕 타이온이었으니까.

Chapter 13

제국의 검 카고라스

포위를 이루는 이들 중 가장 분주한 것이 본진의 최상위 측 인물들이라면 가장 한가한 것은 아렌과 네린, 그리고 바카스가 포함된 본진의 상급 수련생들이라 할 수 있었다.

차라리 정찰조라면 이곳저곳을 쏘다니며 동태를 살핀다고 바쁠 테고, 측면의 두 조라면 포위를 형성하느라 바쁘겠지만 본진은 그저 기다리는 게 일이었다.

전투가 일어나면 가장 중심에서 싸우게 되는, 그전까지는 적을 기다리며 자리를 지키는 게 그들의 일이었고, 그러다 보니 적들이 오기 전까지는 사실상 할 일이 없을 수밖에 없었다.

때문에 어쩐지 본진의 분위기는 조금 과하게 풀어지다시피 했다. 첫 임무라 잔뜩 긴장한 상급 수련생들의 긴장이 풀리면서 일어난 현상이었다. 하지만 그런 분위기는 목적지에 도착하고 진을 만든 후 닷새가 되는 날부터 바뀌었다.

반역자들이 코앞으로 다가왔다는 전언이 있었던 것이다.

잠시 해이해졌던 분위기가 순식간에 잔뜩 조여지고 상급 수련생들의 표정엔 긴장감이 감돌았다. 하지만 그날 밤이 찾아오고 다시 동녘에서 해가 떠오를 준비를 할 때까지 반역자들은 나타나지 않았다.

때문에 그들은 거의 하룻밤을 지새우다시피 했다.

상급자들은 충분히 숙면을 취해두라 했지만 바로 앞에까지 와 있는 적이 언제 쳐들어올지 모른다는 긴장감에 쉽게 잠이 들 수 없었다.

새벽에 일어나는 게 습관이 되어버린 아렌은 아직 이른 시간임에도 불구하고 바깥 공기나 쐬려는 생각에 밖으로 나왔다가 하늘을 바라보고 있는 네린을 보고는 조심스레 그녀의 옆에 섰다.

그날 이후로 어쩐지 어색해져 버렸지만 그러하더라도 아렌에게 있어 네린은 무척이나 소중한 사람이었다. 굳이 순위를 따지자면 할아버지가 제일 위고, 그 다음이 네린일 것이다. 일단 검은 사람이 아니니까 제외다.

어쨌든 못 봤으면 모르되 이렇게 혼자 하늘을 보고 있는 모습을 보았으니 그녀의 옆에 서는 건 그로서는 어쩌면 당연한 행동이었다. 네린은 하늘을 바라보다 옆에 아렌이 서자 살짝 그를 쳐다보고는 다시 하늘로 시선을 돌렸다.

"왜 나왔니?"

그녀의 말투는 조금 차가웠다. 아렌은 그런 그녀의 말투에 움찔했지만 그렇다고 물러서지는 않았다.

"그냥."

"그냥?"

"응, 그냥 나왔는데 네가 보이더라구. 그래서 옆에 섰지. 어쩐지 여기가 내 자리인 것 같아서 말이야."

"핏!"

네린은 그의 말에 핀잔을 주려다 그냥 입을 다물었다.

그리 기분이 나쁘지는 않았다. 겨우 이 정도의 말에 완전히 화가 풀린 것은 아니었지만 한결 그를 향한 미움이 줄어들기는 했다.

뭐, 어쩌겠는가. 잘못이 있다면 차라리 이런 바보 같은 아렌을 좋아하게 된 그녀 자신의 잘못이 더 큰걸. 물론 좋아하는 것도 잘못이 될 수 있다는 가정하에 말이다.

아렌은 자신도 모르게 선수의 길을 걷고 있는 것인지도 몰랐다.

아렌은 문득 밖에 나와 있는 사람이 자신들뿐만이 아니라는 것을 알 수 있었다. 그런데 그들의 눈은 하나같이 퀭한 게 어디 아픈 것 같아 보일 정도였다.

"무슨 일이 있나? 왜들 나와 있지?"

"바보들이야."

"응?"

"잠자는 사이 적이 쳐들어올지도 모른다는 생각에 날밤을 꼬박 샌 거지. 그냥 밤을 샌다 생각하고 새는 것보다 이리저리 긴장감을 돋우며 밤을 샌 것이 훨씬 피곤하거든. 그것도 모르고 일단 밤을 샌 거야. 적이 쳐들어와 봤자 우리는 검 한 번 휘두를 수 있을지조차 장담할 수 없는데 말이야. 그런 기본적인 것도 생각 못하는 바보들이지."

그녀의 말에 아렌은 그녀 몰래 안도의 한숨을 내쉬었다. 만약 그도 잠들지 못했으면 저처럼 바보라는 소리를 들었을 것 아닌가. 그냥 마음 편히 잠든 게 훨씬 나은 선택이었다고 아렌은 생각했다.

하지만 곧 이어지는 그녀의 말에 아렌의 표정은 어쩐지 이상하게 변했다.

"저들도 바보지만 정말 상황 판단 못하고 잠에 빠진 녀석들도 마찬가지야. 아니, 오히려 더 바보스럽다고 해야지. 아무리 우리가 검을 휘둘러 보지 못할 것이라 하더라도 이건 엄연히 실전이야. 실전에서 그렇게 마음 편하게 먹고 잠이나 자다가는 제일 먼저 적에게 당할걸?"

아렌은 그녀에게 도대체 어쩌라는 거냐고 묻고 싶은 마음을 꾹꾹 눌러 참아야 했다. 이래도 바보고 저래도 바보라면 가만히 있는 게 반이라도 간다고 생각한 것이다.

그렇게 그녀와 함께 동이 트며 세상이 어슴푸레 밝아지기 시작할 때까지 하늘을 지켜보고 있었다. 그런데 그때였다.

흠칫!

"아!"

아렌은 갑자기 느껴지는 이상한 느낌에 놀라고 말았다. 그런 아렌을 네린은 의아한 표정으로 쳐다보았다.

"왜 그래?"

"아, 아니… 뭔가 이상한 느낌이……."

"이상한 느낌?"

그의 알 수 없는 말에 네린의 고개가 갸우뚱할 때였다. 아렌은 그 느낌이 멀지 않은 곳에서 느껴진다는 것을 깨달았다. 어느새 아렌의 발걸음은 그 느낌이 느껴지는 곳을 향하고 있었다.

"아렌? 어디 가? 아렌!"

뒤에서 네린이 부르는 소리가 들려왔지만 아렌은 미처 그에 대답할 틈이 없었다. 갑자기 느껴지는 이상한 느낌, 그것의 정체는 불길함과 가까운 것이었다.

아니, 그보다는 검에서 뿜어져 나오는 실 뭉치가 어느 한곳에 잔뜩 깔리려는 듯한 그런 느낌이었다. 이때 아렌은 알지 못했지만 그것은 극도로 억제된 살기에서 비롯된 것이라 할 수 있었다. 아렌은 그것을 느끼고 있었다.

아렌의 발걸음은 점점 속도를 더해갔고, 곧 그 느낌이 강렬하게 느껴지는 곳의 지척에 도착하고 말았다.

그런데 그때 누군가가 아렌의 어깨를 잡아챘다.

"이봐, 어디 가는 거지?"

다름 아닌 전투단에 속해 있는 용병 중 하나였다.

그는 갑자기 자신들의 야영지로 뛰어드는 아렌의 모습을 보고는 그를 잡아챈 것이었다. 그러고 보니 이상한 느낌이 느껴지는 곳이 바로 전투단의 용병들이 야영을 하는 곳이라는 사실을 깨달았다.

아렌은 다급한 마음이 들었다. 그 이상한 느낌이 점점 더 강렬해지고 있었다.

"저쪽에서 이상한 느낌이 나요!"

"뭐? 무슨 소리를 하는 거냐? 여긴 네가 올 곳이 아니다! 어서 돌아가라!"

용병은 다짜고짜 이상한 소리를 하는 아렌을 세게 밀쳐 내었다. 가뜩이나 반역자들이 나타나지 않아 한시도 긴장감을 늦출 수 없는 이때에 갑자기 뛰어와서 하는 소리가 자신들이 머물고 있는 야영지에 불길한 느낌이 난다니 화를 내지 않은 것만으로도 용병은 최대한 선의를 베푼 것이었다.

뒤따라 뛰어오던 네린은 용병에게 세게 밀려 넘어지려는

아렌을 붙잡았다. 그리고 아렌을 밀쳐 낸 용병에게 뭐라고 하려는 그때, 아렌의 눈동자에 야영지를 통과하는 한줄기의 실이 보였다.

그 순간 실이 뿜어져 나오는 숲 속에서 무엇인가 엄청난 빠르기로 야영지를 향해 뻗어 나오기 시작했다. 그 모습은 너무도 빨라 아렌 역시 실이 아니었다면 눈치 채지 못했을 정도였다.

떠오르는 햇빛에 비쳐 무엇인가가 반짝거리는 게 눈에 들어왔다. 아렌이 그것의 정체가 검이고 무서운 속도로 야영지의 용병들을 향해 뻗어가는 것을 알아차리기까지에는 많은 시간이 걸리지 않았다.

"으악!"

"커억!"

용병들의 입에서 터져 나오는 비명 소리가 그 증거가 되어 주었다.

동이 트고 있었다.

새벽의 공기는 차가웠지만 급조된 막사 안의 공기는 기이한 열기로 달궈져 있었다.

어두컴컴한 막사의 한쪽에서 두 눈빛이 새파랗게 빛났다. 그것은 사람의 눈빛이 아니었다.

"드디어 왔군."

야수의 안광을 뿜어내던 사내, 용병왕 타이온이 자리에서 일어섰다. 그리고 한쪽에 뉘여 있는 거대한 그레이트 소드를 집어 들었다. 몇몇 장정이 힘을 합쳐 들어도 들어질 것 같지 않던 그레이트 소드는 타이온의 한 손에 잡혀 가볍게 들어올려졌다.

그레이트 소드를 든 타이온은 천천히 막사 밖으로 나갔다. 그리고 자신을 부르는, 극도로 억제된 살기가 느껴지는 곳을 향해 발걸음을 옮기기 시작했다.

천천히 걷는 듯했지만 그의 움직임은 무척이나 빨랐다. 그는 단숨에 살기가 느껴지는 곳까지 도착할 수 있었다. 그런데 그때 그의 눈에 띈 인물이 있었다.

붉은 머리카락을 가진 한 여인과 그 여인의 곁에 서서 멍하니 지금 일어나고 있는 살육의 현장을 바라보는 갈색 머리카락을 가진 소년. 그를 잠시 바라보는 타이온의 눈동자에 이채가 띠었다.

'설마 이것까지 느낄 정도였나?'

극도로 억제된 살기는 그가 일부러 자신을 불러내기 위해 뿜어낸 것이다. 결코 아무나 느낄 수 있는 게 아니었다. 그런데 상급 수련생이면서 전투단에 속한 용병들의 야영지에 와 있다는 건 분명 살기를 느꼈다는 것이다.

'역시 쓸 만해. 재미있어.'

거기까지 생각한 타이온은 입가를 비집고 새어 나오는 웃음을 느꼈다.

"크크큭!"

그의 뜻 모를 웃음만을 자리에 남긴 채 어느새 그의 몸은 살육의 현장을 만들어내고 있는 그, 극도로 억제된 살기를 뿌려 자신을 부르는 그, 바로 제국의 검 카고라스를 향해 쏘아져 나가고 있었다.

카아아!

그의 손에 잡힌 그레이트 소드가 공기를 찢어발기며 카고라스를 향해 내려쳐 갔다. 회색 머리카락을 날리며 나타나자마자 엄청난 속도로 단숨에 10여 명의 용병을 검으로 베어버린 카고라스조차 감히 그 공격을 무시할 수 없었다.

쾅!

그것은 검과 검이 부딪쳐선 일어날 수 없는 일이었다.

하지만 카고라스의 검과 타이온의 검이 부딪치자 큰 굉음을 동반한 채 거대한 충격파가 사위를 휩쓸었다.

"으악!"

충격파에 휩쓸린 용병들은 마치 무엇인가가 그들을 떼민 것처럼 힘없이 뒤로 날려갈 뿐이었다.

이 모든 것이 검과 검의 부딪침, 단 일 격에 벌어진 일이었다.

충격파가 한번 휩쓸고 지나간 자리에는 오직 두 인영만이 검을 맞댄 채 서 있었다.

하나는 야수의 기세를 뿜어내는 용병왕 타이온이었고, 하

나는 중년의 지긋한 나이로 보이지만 아직까지 전신에 강직
함이 고스란히 남아 있는 제국의 검 카고라스였다.

카고라스의 검은 롱 소드라 할 수 있었는데, 그럼에도 타이
온의 그레이트 소드에 전혀 밀리지 않고 검을 맞댄 채 버티고
있었다. 그런 그를 보며 타이온은 실소를 흘렸다.

"크크큭! 제국 기사의 자존심이라는 제국의 검 카고라스
각하께서 이처럼 쫓기는 몸이 되어 치졸하게 기습을 행하실
줄은 미처 몰랐소."

"나 역시 내가 이리 될 줄은 몰랐지. 또한 자네의 부하들
속에 내 살기를 느낄 수 있는 아이가 있을 줄은 짐작조차 하
지 못했네."

카고라스의 머릿속엔 조금 전 정확히 자신이 있는 방향을
바라보던 아이가 생각났다.

일반적으로 그 아이는 소년 티를 완전히 벗진 못했지만 아
이라 불릴 만한 나이가 아닌 데도 카고라스의 눈에는 아이로
보일 뿐이었다. 중년의 나이로 보이는 카고라스는 사실 70대
에 접어든 노장이었다.

"크큭! 보았소?"

"보았지. 그 나이에 정말 대단한 아이로군. 세상은 참 불공
평해. 나에게 저런 아이를 한 명이라도 주었다면 지금의 상황
이 여기까진 오지 않았을 텐데… 아니, 오히려 역전이 되었을
수도 있겠군."

"원래 불공평한 것이 이 세상 아니겠소? 크크큭! 그런데 말로 싸우러 왔소이까?"

"그렇군. 잠시 잊을 뻔했어."

"그럼 어서 시작합시다!"

카앙!

타이온의 마지막 말이 떨어지자마자 금속음과 함께 둘은 서로의 거리를 벌렸다. 하지만 그것도 잠시, 곧바로 타이온이 카고라스를 향해 달려들었다.

"받아보시오!"

"오게나!"

콰앙!

둘의 검은 다시 맞붙었고, 또다시 거대한 충격파가 일어났다.

인간을 초월한 이 세상 절대자들의 대결이 지금 막 펼쳐지기 시작했다.

"들었니? 카고라스래. 제국의 검 카고라스."

네린은 믿을 수 없다는 듯이 중얼거렸다.

제국의 검 카고라스라면 그녀도 익히 알고 있는 인물이다. 실제로 만나 본 적은 없지만 세븐스타의 일인이라는 카고라스를 모르는 사람은 이 세상에 극소수일 뿐이다.

그중 하나가 바로 아렌이라는 게 문제였지만.

중요한 것은 그게 아니었다.

어째서 카고라스가 이 자리에 있단 말인가. 어째서 반역자들을 잡으려는 자신들을 공격한단 말인가. 다른 사람도 아닌 제국의 자존심이자 제국 기사단장인 카고라스가 말이다.

그녀는 머릿속이 혼란스러워지는 것을 느꼈지만 곧 어느 정도 상황을 예상할 수 있었다.

'제국엔 반역이 일어났고, 우리는 반역자를 잡으러 왔어. 그리고 반역자들은 코앞에 위치해 있는 상황이야. 그런데 그 상황에서 제국의 검이 나타나 우리를 공격한다는 사실은… 서, 설마 카고라스가 반역자란 말이야?!'

그런 결론이 났지만 쉽게 믿을 수가 없었다. 그녀가 아는 카고라스는, 아니, 세상이 아는 카고라스는 제국을 위해 스스로의 목숨까지 바칠 만한 충직한 인물이었고, 그만큼 원하지 않아도 부와 명예가 그의 뒤를 따랐는데 어째서 그가 반역자의 편에 선단 말인가.

네린은 그러다가 옆에 있는 아렌이 멍한 눈동자로 그들의 대결을 지켜보는 것을 볼 수 있었다. 하지만 그녀의 인상은 곧 찌푸려졌다.

도대체 뭘 본단 말인가?

충격파에 떠밀리지 않기 위해 어떻게 바람막이를 둔 채 숨기는 했지만, 그렇다고 그들의 대결을 지켜볼 수 있는 건 아니었다. 거리도 거리였지만 가장 중요한 것은 그들의 검이 눈에 보이지 않을 정도로 빠르다는 것이었다.

인간을 초월한 절대자들의 대결이다. 아무리 열심히 수련했다고 한들 그들의 검을 보기엔 너무도 부족한 실력이었다.

"아렌, 뭐가 보이긴 하는 거니?"

네린이 그렇게 물었지만 아렌은 아무런 대답도 하지 않았다. 여전히 그들의 대결을 지켜보고만 있을 뿐이었다. 결국 네린은 심통 가득한 얼굴로 보이지도 않는 그들의 대결을 얌전히 지켜볼 수밖에 없었다.

지금은 아무리 건드려도 아렌이 깨어나지 않을 것임을 누구보다 잘 알고 있었기 때문이다.

한편, 아렌은 그런 네린의 의심과는 달리 정말 그들의 검을 보고 있었다.

용병왕의 검은 그 거대한 크기만큼이나 정말 무겁기는 한 것인지 의심이 들 만큼 빠르게 움직였다. 하지만 그럼에도 무시무시한 힘이 느껴졌다.

그의 검이 공기를 가를 때는 그것만으로도 주변 공기가 비명을 지르는 듯한 느낌이 들 정도로 그의 공격은 빠르고 힘이 가득했다.

아렌은 그가 나타났을 때부터 얼마 전 자신에게 가르침을 줬던 그 사내라는 것을 눈치 챌 수 있었다. 그리고 그가 보여주는 검이 그의 가르침과 상당히 상응하는 힘의 검이라는 것 역시 알 수 있었다.

또 다른 이의 검은 아렌의 눈으로조차 따르기 쉽지 않은 검이었다. 아마 검이 뿜어내는 실이 아니었다면 군데군데 놓칠 수도 있는 검이었다.

그만큼 그의 검은 빠르고 또한 정교했다. 아렌은 태어나서 지금까지 이만큼이나 정확한 실을 본 적이 없었다. 검이 뿜어내는 실이 정확한 만큼 검술이 극한의 완성도에 올랐다는 것을 뜻했다.

그의 검은 어디로 올 것인지 알아도 막을 수 없는 그런 검이었다.

그들의 검은 정말 대단했다. 모든 것을 갖춘 검들은 아니었지만 그것만으로도 대단했다. 그 둘이 펼치는 검에서 뿜어져 나오는 실이 온 세상을 뒤덮을 것만 같았다.

아렌은 잠시도 그들의 검에서 눈을 뗄 수 없었다.

상반되는 두 검의 어우러짐은 아렌에게 환상을 보는 것 같은 충격을 안겨주었다. 아렌에게 있어 아직까지 한 번도 보지 못한 새로운 어딘가를 향해 눈길을 돌리게 하는 알 수 없는 경험이었다.

하지만 그것은 그리 오래가지 못했다.

콰앙!

또다시 두 검이 부딪치며 지금까지보다 훨씬 거대한 충격파를 만들어냈다. 순식간에 주변은 소용돌이에 휩싸이는 듯했고, 눈조차 뜰 수 없는 바람이 불어닥쳤다.

"으윽!"

아렌 역시 눈을 감을 수밖에 없었다. 그리고 눈을 떴을 때, 제국의 검 카고라스와 용병왕 타이온의 모습은 어디에서도 찾아볼 수 없었다. 다만 어느 한곳으로 이어지는 파괴의 흔적과 그곳을 따라가는 식이 그들이 다른 곳으로 자리를 옮기고 있다는 것만 예측하게 해줄 뿐이었다.

그들이 사라지자 곧 많은 이들이 몰려왔다.

살아남은 30여 명의 전투단에 속한 용병은 물론이고 수련생들까지 몰려오고 있었다. 이러한 소란의 와중에도 잠에 빠져 있는 사람은 아무도 없었다.

"아렌! 네린!"

멍하니 서 있는 아렌과 네린을 부르는 목소리가 들려왔다. 다름 아닌 바카스였다.

"괜찮아? 어디 다친 데 없어?"

다친 데는 없었지만 아렌과 네린의 꼴은 말이 아니었다. 직접 싸운 것도 아니고 그저 주변에 있었을 뿐인 데도 마치 흙바닥에 뒹굴기라도 한 듯 온통 엉망이었다.

그래도 죽은 사람도 있는 마당에 안 죽은 게 어딘가.

제국의 검 카고라스의 실력으로 봤을 때 아렌이나 자신에게 공격을 했다면 단 일 격도 막아보지 못하고, 아니, 아예 공격당하는 것조차 깨닫지 못하고 죽었을 게 분명했다.

　그래서인지 네린의 불만은 그리 크지 않았다. 물론 아예 없다는 건 아니었다.

　"정말 이런 험한 꼴을 당하게 될 줄은 몰랐는데……. 대체 어째서 반역자들 중에 제국의 검 카고라스가 있는 거야?"

　"카고라스? 네가 저번에 말해준 그 세븐스타 중 하나라는 사람 말이야?"

　바카스는 그때 그녀의 설명을 용케도 기억하고 있었다. 그러고 보면 생긴 건 딱 곰처럼 우락부락한데 그리 기억력이 나쁜 편은 아닌 것 같았다.

　덩치와 똑똑함이 반비례가 아니라는 걸 증명하는 순간이었다.

　네린은 바카스에게 아렌과 함께 본 장면을 설명해 주었다. 설명이라고 해봐야 그냥 갑자기 카고라스가 나타나서 단숨에 십여 명의 용병을 베어버렸다. 그랬더니 또 갑자기 용병왕이 나타나서 카고라스랑 싸움이 붙었다가 곧 사라졌다 정도일 뿐이었지만 그녀의 말발이 첨가되어 카고라스가 용병을 베어버릴 땐 바카스의 얼굴엔 참혹함과 두려움이, 용병왕이 나났을 땐 환호가, 그들이 사라졌다는 말에는 아쉬움의 표정이 고스란히 드러났다.

　그 표정이 너무 다채로워서 막상 설명을 하는 네린조차도 그녀의 말발이 센 건지, 아니면 그저 바카스의 귀가 얇은 건지 헷갈릴 정도였다.

그런 네린의 속마음을 모르는 바카스는 그녀를 향해 계속 질문을 던졌다.

"그럼 너희들은 그 제국의 검 카고라스라는 사람과 용병왕님께서 싸우는 장면을 직접 목격했단 말이야? 우와, 부럽다!"

"그냥 싸움을 시작하는 것만 봤지 검이 너무 빨라서 싸우는 장면은 하나두 못 봤으니까 부러워할 것도 없어."

"진짜? 그렇게 빨라? 대단하다!"

네린은 그들의 강함이 지금 자신과 너무도 차이가 난다는 생각에 질투라고도 할 수 있는 감정을 담아 얘기한 것이지만, 바카스는 네린조차 볼 수 없었을 정도로 그들의 검이 빨랐다는 것 자체에 순수하게 감탄하고 있었다.

네린은 그런 바카스를 보며 어째서 자신의 주변엔 바보 같거나, 아니면 분위기 파악 못하는 아이들밖에 없는 것인지 고민하며 한숨을 내쉬었다. 그러다가 아직도 아렌이 멍하게 서 있는 것을 보았다.

"아렌?"

"으, 으응?"

"왜 그래? 아직도 좀 전의 그걸 생각하고 있니?"

네린은 아렌이 멍하니 카고라스와 타이온의 대결을 지켜보고 있던 걸 떠올리며 물었다. 그 말에 아렌은 고개를 저었다.

확실히 그들의 대결이 머릿속에서 떠나가지 않는 건 사실이지만 지금의 아렌에겐 그것이 문제가 아니었다. 다른 무엇인가가 아렌의 뇌리를 자극하고 있었다.

"아니, 그냥 좀 뭔가가……."

무엇인가 아렌의 뇌리를 자극하고 있었다. 단순한 느낌일 뿐이라 생각할 수도 있었지만 아렌은 그것이 단순한 느낌이 아니라 생각했다.

아직도 그 불안감이 남아 있었다.

그런데 아까 전에 느꼈던 불안감과는 사뭇 다른 느낌이었다. 그때는 확신이었다. 검에서 뿜어져 나오는 실들이 이곳 전체를 뒤엎을 것 같은 정확한 확신이 드는 느낌이었다면, 이번 것은 아니었다.

무엇인가 알 수 없는, 말 그대로 알 수 없는 무엇인가에서 이런 불안감이 느껴지는 것이었다. 아렌은 알지 못할 현상에 불안함을 느껴야 했다.

그런 아렌을 보며 네린은 고개를 갸웃거렸다. 아까 전에도 아렌은 이와 같은 말을 했다. 이상한 느낌이 난다고, 그리고 제국의 검 카고라스가 나타났다. 그것이 마냥 우연이었다고만은 할 수 없다. 그가 나타날 장소까지 정확히 맞혔으니.

'설마 그럴 리는 없겠지만 아렌에게 예지력이 있는 것은 아닐까?'

네린은 그렇게 생각해 놓고 자신의 생각에 비웃음이 나오는 것을 막을 수 없었다. 검밖에 모르는 아렌에게 예지력이라니, 정말 어울리지 않고 또 있을 수 없는 일이었다.

하지만 아렌이 느끼는 이상한 느낌이 단순히 예지력 같은 능력이 아닌, 그의 수련을 토대로 나타난 검의 한 영역이라면 말은 달라졌다. 그러나 네린은 거기까진 생각할 수 없었다.

그런데 그런 네린의 눈에 자신들을 향해 다가오는 한 남자가 보였다. 그녀는 그 남자가 다짜고짜 뛰어드는 아렌을 막아 내고 또 밀쳐 낸 그 용병이라는 것을 눈치 챌 수 있었다. 그리고 그가 자신들에게 할 말도 무엇인지 어느 정도 예상할 수 있었다.

"아렌, 여기 있어봤자 좋지 않을 것 같으니 우리 자리로 돌아가자. 바카스, 너두."

"응? 으, 으응."

네린은 바카스와 아렌을 잡아끌고 돌아가려고 했다. 하지만 남자의 목소리가 먼저였다.

"이봐, 거기 잠깐 멈춰 서."

"네린, 우리 부르는 거 아냐?"

"아냐. 신경 꺼."

남자가 그들을 부르는 소리가 들려왔지만 네린은 애써 무시하려고 했다. 그러자 남자는 오히려 달려와 그들을 붙잡았다.

"잠깐 서보라는 말 못 들었나?"

"봐, 우리 부르는 거 맞다니까."

네린은 상황 판단 못하는 바카스에게 눈빛을 한 번 쏴주고는 남자를 바라보았다. 어차피 여기에서 제대로 말할 수 있는 건 자신뿐이다. 자신의 말이 맞다는 것에 헤벌쭉 하는 바카스나 아직까지 멍하게 서 있는 아렌을 믿는 건 그녀에게 불가능한 일이었다.

"왜 그러시죠?"

"너희들 중… 그래, 너. 네가 아까 나에게 뭐라 하지 않았나? 불길한 느낌이라고."

남자는 정확히 아렌을 바라보고 있었다. 아렌은 또 딴생각을 하고 있었는지 멍하게 서 있다가 남자가 자신을 가리키며 말하자 깜짝 놀라며 남자와 네린을 번갈아 봤다. 그의 눈동자엔 의아함이 가득했다.

그 모습을 보며 네린은 뭔가 좋지 않게 돌아간다고 생각했다. 아렌을 보는 남자의 눈동자에 진한 의심이 가득했던 것이다. 이런 눈빛을 가진 사람은 단순했다.

아군 아니면 적.

아무리 말도 안 되는 이유라도 스스로가 믿어버리면 그게 진실이 되어버리는 피곤한 타입의 사람이 가지는 눈빛이었다. 아마 남자는 반역자들과 아렌이 뭔가 연관성이 있을 거라 생각하는 것 같았다.

또한 그게 사실이든 아니든 여러모로 아렌을 괴롭힐 것이 분명했다.

　순간 네린의 머릿속엔 이대로 남자를 걷어차고 달아날까
하는 생각이 떠올랐지만 어디로 어떻게 달아나겠는가. 결국
그 방법을 포기한 네린이 뭔가 다른 좋은 방법이 없나 궁리를
할 때였다.

　남자는 아렌을 향해 입을 열려 했지만 끝내 그의 말은 입
밖으로 새어 나올 수 없었다. 그 순간, 그들이 있는 곳을 거대
한 불덩어리가 집어삼켜 버렸다.

[제1권 끝]

무한 상상 · 공상 세계, 청어람 신무협&판타지

설봉 新무협 판타지 소설!
절대로 놓칠 수 없는 2006년 최고의 걸작!!

마야(魔爺) / 설봉 지음

강렬하다……!
절대적 무협 지존!

『마야』
(魔爺)

소사(小事)로 시작되어 천하대란(天下大亂)으로 이어지는 끝없는 피의 역사…

북검문(北劍門)과 남도문(南刀門)의 탄생이었다.

두 세력은 장강을 경계 삼아 전쟁을 방불케 하는 싸움을 벌이고 있다.
삼십 년…… 삼십 년 동안이나…….

그리고 절대 죽을 것 같지 않던 그가 죽었다.

**"나를 죽인 건…… 큰 실수야.
나보다 훨씬 무서운… 곧… 곧 너희를……."**

FANTASTIC
ORIENTAL
HEROES

무한 상상 · 공상 세계, 청어람 신무협&판타지

「표사」, 「소환전기」를 뛰어넘는
참신한 재미와 쾌감을 선사한다!

청바지와 박스티 같은 무협 소설!
쉽고 재미있는, 편한 무협을 즐겨라!

『잠룡전설』
(潛龍傳說)

잠룡전설(潛龍傳說) / 황규영 지음

"주유성?
영웅이지. 하늘이 내린 사람이야.
그 사람 게으르다고?
에이, 난 그런 소문 안 믿어.
게으름뱅이가 어떻게 그런 엄청난 일들을 해?"

강호에 내린 희대의 겁난.
하늘은 엄청 센 놈을 영웅이랍시고 내린다.
하지만…….
젠장! 엄청난 게으름뱅이다!!

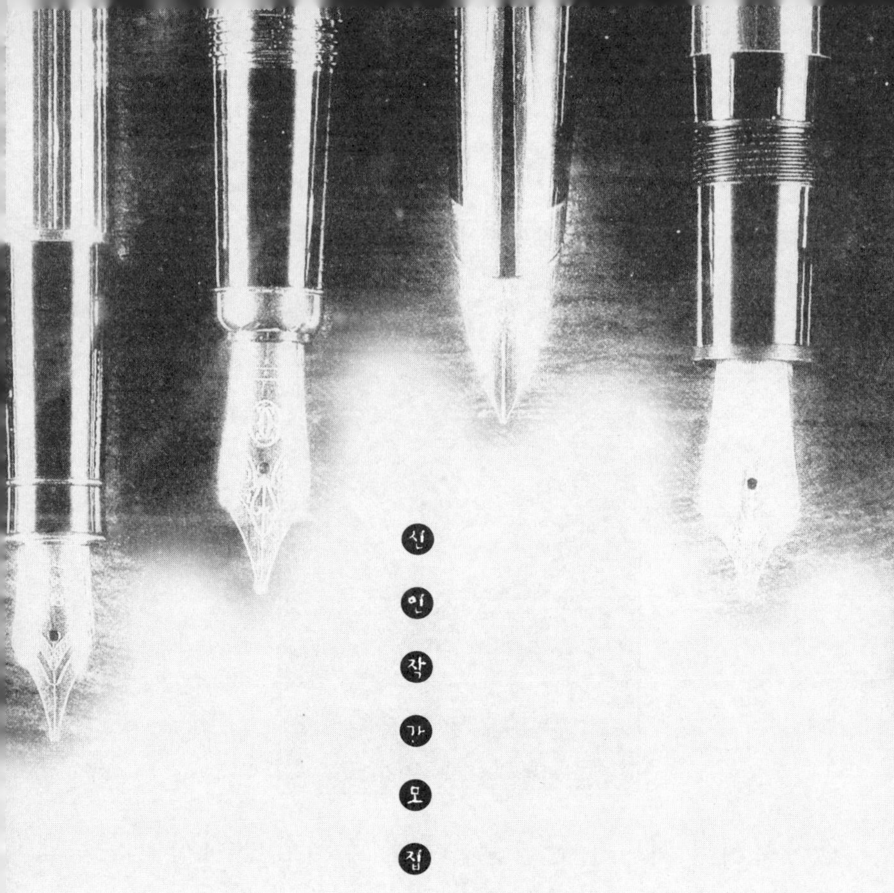

신
인
작
가
모
집

잘나가고 싶은 사람은 읽어라!

그에게 한눈에 반했다! 그것은 분위기 탓?
애인과 나란히 걸어갈 때 당신은 좌, 우 어느 쪽에 서는가?
이성은 왜 서로 끌리는 걸까? 그 심층 심리를 해명한다!

30초의 심리학

■ 30초의 심리학
아사노 하치로우 지음 / 계일 옮김 | 값 8,500원

처음 본 사람인데 와 닿는 느낌이
너무나도 강렬한 사람이 있다.
흔히 하는 말로 '필이 꽂힌 사람',
그래서 잊혀지지 않는 사람,
한눈에 반했다고 하는 것이 바로 그것이다.
이런 인간의 감정을 논하는 데
남녀의 구분이 있을 수 없다.
사랑하는 그, 혹은 그녀를
생각하는 것만으로도 가슴이 두근거린다.
이상할 것 없다. 당연히 그럴 수 있는 것이다.
그렇기에 인간을 감정의 동물이라 하지 않는가.
그러나 그렇게 좋아하는 그 사람이
어느 날 갑자기 싫어지는 경우는 왜일까?

Psychology